Oskar Panizza

Dämmrungsstücke

Vier Erzählungen

Oskar Panizza: Dämmrungsstücke. Vier Erzählungen

Berliner Ausgabe, 2017, 4. Auflage
Durchgesehener Neusatz mit einer Biographie des Autors bearbeitet und eingerichtet von Michael Holzinger

Erstdruck: Leipzig (Wilhelm Friedrich) [1890]. »Dem Andenken Edgar Poe's gewidmet«

Textgrundlage ist die Ausgabe:
Oskar Panizza: Der Korsettenfritz. Gesammelte Erzählungen. Mit einem Beitrag von Bernd Mattheus, München: Matthes & Seitz, 1981.

Herausgeber der Reihe: Michael Holzinger
Reihengestaltung: Viktor Harvion
Umschlaggestaltung unter Verwendung des Bildes:
Oskar Panizza (Fotografie, um 1895)

Gesetzt aus der Minion Pro, 10 pt

ISBN 978-1482664379

Inhalt

Das Wachsfigurenkabinet

Pour bien connaître les choses divines d'une religion, il faut se les figurer dans une forme tout-à-fait humaine.

Renan

Abendmahl

Es war im alten Nürnberg. Ich war auf der Reise und hatte etwas Eile. Wir mochten um Anfang Oktober sein. Auf dem Marktplatz war ein großer Jahrmarkt aufgeschlagen, oder »Dult«, wie dort die Leute sagen. Es war schon gegen Abend und bei der vorgerückten Jahreszeit schon etwas dunkel. Trotzdem war der Verkehr zwischen den Buden noch ein ziemlich reger. Nach Abschluß meiner Geschäfte führte mich mein Weg über den Marktplatz, und ich war eben im Begriffe nach Hause zu gehen, als ich auf einer der Schaubuden, vor der im Gegensatz zu allen anderen zu meiner Verwunderung kein Ausschreier stand, die Überschrift las: »Leiden und Sterben unseres Heilandes Jesu Christi.« – Ich bin von Haus aus allen religiös-theatralischen Vorstellungen abgeneigt, und ich wollte mich mit Abscheu von der Idee abwenden, einen so heiligen Stoff mitten in diesem Jahrmarkts-Getriebe fest, plastisch oder beweglich, mit Draht-Puppen, gemalt, geformt, geschnitzt oder gar tragiert dargestellt zu sehen. Gleich drauf kamen aber in meinem Kopf Schlagwörter wie »Nürnberg«, – »Spielwaren«, – »Puppen«, – »Figuren auf Lebkuchen« zum Vorschein. Ich erinnerte mich des großen Rufes, den die Nürnberger Arbeiten der Art genießen, und mehr aus Interesse für den mechanischen Apparat, mehr aus Neugier für die Marionetten-Künste kehrte ich um und schritt auf die Bude zu. – »Leiden und Sterben unseres Heilandes Jesu Christi« – las ich noch einmal auf der gemalten Überschrift.

Nur einzelne Leute standen vor der sehr primitiv gehaltenen Barake. Und diese gafften, wie das so Usus ist. Der Preis schien mir etwas höher als bei den andern künstlerischen Veranstaltungen. Ich trat ein. Ein Segeltuch-überspannter, mit Lampen etwas düster beleuchteter Raum, in dem sich ein Dutzend Menschen beiderlei Geschlechts und aus allen Ständen des Volkes befand. »Sie kommen gerade recht«, – sprach mich der Budenbesitzer, der ein Sachse war, an – »soeben beginnt die Vorstellung.« Im Hintergrund der

Bude, wohin Alles erwartungsvoll blickte, befand sich ein erhöhtes Gerüst, eine Art Bühne, die aber geschlossen war. Doch sah man an den durchschimmernden Lampen, daß sich dort etwas vorbereite. Und eben, als der Budenbesitzer die obigen Worte gesprochen hatte, ging der Vorhang auf, und Alles drängte nun vor bis zur Rampe.

Auf einer Estrade, die einige Fuß über dem Erdboden erhaben, und ringsum mit Soffiten-Werk entsprechend verkleidet war, befand sich eine große Gruppe dunkler, steifer Gestalten, sitzend, bunt gekleidet, zum Teil mit höchst pathetischem Gesichtsausdruck, aber regungslos, die einen schief, die andern gerad, die dritten buckelig, glotzend, stierend, lächelnd, entrüstet, vor Wehmut zerfließend, wie es gerade der Moment oder der Schauspiel-Part erheischte, an einem Tisch zusammen vereinigt. Es war kein Zweifel, es sollte das die Abendmahlszene vorstellen. Das Arrangement war das wie auf dem bekannten Bilde von Leonardo da Vinci: Eine nach vorn offene, weiß gedeckte Tafel; die Brüche im Tischtuch von der Büglerin stark prononciert, damit das Tafeltuch als unzweifelhaft neu erscheint, wodurch der Begriff des Feierlichen erhöht wird. Die ganze hintere Front gegen den Zuschauer zu mit Jüngern und Christus in der Mitte dicht gepfropft besetzt, aber doch so, daß auf den zwei schmalen Seitenkanten noch zwei bis vier Jünger Platz nehmen, die ja das Publikum noch immer von der Seite sehen kann, und, damit auch die Tafel nicht zu lang werde. Meistens nimmt man zwei untergeordnete Apostel, den Bartholomäus oder jüngeren Jakobus, für diese Seitenkanten, da ja das Hauptinteresse sich doch der Mitte zuwendet, wo Christus sitzt; und gewöhnlich begnügt man sich ein paar gut-profilierte Köpfe, die in nicht zu schreienden Kaftanen stecken, hier an die Enden des Tisches zu placieren, damit das Publikum hier zwar einen wohlthuenden Abschluß finde, aber ja nicht mit der Aufmerksamkeit abgelenkt werde.

Es ist klar, daß die späteren Apostel Paulus und Matthäus hier bei der Einsetzung des Abendmahls noch keine Verwendung finden können. Denn Paulus ist eigentlich *Extraordinarius,* hat mit der Zwölf-Zahl gar nichts zu thun, und hat so zu sagen auf eigene Verantwortung die Apostelgeschäfte ausgeübt, und Matthäus wurde an Stelle des später ausgeschiedenen Judas Ischariot gewählt. Dieser letztere ist aber hier noch von der größten Wichtigkeit, und wird, wie der Leser bald sehen wird, eine imposante, eine imponierende, Alles elektrisierende Rolle spielen. Die ganze Gesellschaft war durch sechs am Boden durch ein Brett gegen das Publikum hin gedeckte Lampen aufs grellste beleuchtet. In der Mitte Christus mit einer fein gearbeiteten, blonden Perrücke; er hat die größte Ähnlichkeit mit einem englischen Lord, wie man sie bei uns auf dem Theater in komischen Stücken darstellt; nur ganz bartlos; die gleiche blasierte Langweile auf dem regungslosen Gesicht; man erwartet jeden Moment, daß er den Mund zum Gähnen öffnet; der Blick, regungslos blau den Beschauer anstarrend, hat etwas Lammfrommes, Trauriges, Kindlich-Unbewußtes; der bleiche, glatte Unterkiefer ragt etwas zu weit vor, und fordert zu Vergleichen mit Repräsentanten aus dem Tierreich auf; der Wachsguß ist etwas zu fettig ausgefallen; man meint Christus schwitze Fett, was nicht zur Heiligkeit beiträgt. Vor ihm auf einem zinnernen Teller liegt ein Karpfe aus dem Bach Kidron; auf dem Tisch verteilt stehen in Glasschalen Brode und einige Äpfel mit auffallend roten Backen. Christus streckt mit brünstiger Geberde die beiden lang-gefalteten Hände über den Fisch aus; doch ist es offenbar, er kann zu keiner Verteilung der Speisen, oder zu einem Brechen der Brode schreiten, denn beide Hände sind vorn an den Fingerspitzen zusammengepappt. – Das Publikum und ich waren beschäftigt, die einzelnen Gruppen und Persönlichkeiten in der Weise durchzumustern: und es herrschte eine lautlose Stille, als der Budenbesitzer plötzlich mit weinerlich-sächsischem Pathos laut die Worte in's Publikum rief: »Wahrlich, ich sage Euch, Einer unter Euch wird mich verraten!« – Nun ist es klar, daß diese Worte als aus dem Mund Christi hervorgehend gedacht waren. Sei es nun, daß der Sprach-Mechanismus dieser Hauptfigur nicht in Ordnung, oder durch vieljährigen Gebrauch ausgelaufen, oder daß er ihn gar niemals besessen, in jedem Falle konnte Christus die ihm zukommenden Worte nicht sprechen; er bekräftigte aber das eben Gehörte durch ein eigentümliches, norddeutsch klingendes und etwas schnarrendes »Nja!« –

Dieses »Nja« war so sonderbar prononciert, daß ich es dem Leser etwas analysieren muß: zuerst kam ein schnurrendes Geräusch, dann hob sich die Oberlippe und zeigte zwei Reihen vortrefflich eingesetzter Zähne fest aufeinandergebissen; da die Holzpfeife, welche das schnurrende Geräusch hervorbrachte, ziemlich dicht hinter den Kiefern saß, so wurde der Ton jetzt bei geöffneten Lippen heller, hatte aber gleichzeitig einen gaumigen, holzigen Clarinettentimbre, der übrigens, wie ich glaube, beabsichtigt war; nun sprang der Unterkiefer auf, die Mundhöhle wurde sichtbar; die gleiche Feder, die dies bewirkte, mußte auch noch ein anderes

Register öffnen, denn im gleichen Moment, und direkt anschließend an das schnurrende »N«, sprang ein helles, tönendes, frisches »ja!« heraus, welches insofern vortrefflich konstruiert war, als jetzt der Mund durch das etwas Offen-bleiben der Lippen einen zufriedenen, heiteren Ausdruck annahm, was doch mit dem bejahenden Charakter der Partikel »Ja!« durchaus im Einklang steht. – Nun kommen aber die Fehler hintennachgehinkt: Nachdem die Kiefer sich wieder geschlossen, blieb die Oberlippe viel zu lang oben, da Lippe und Kiefer getrennte Mechanismen hatten; die obere Zahnreihe mit ihren breiten, wie mit dem Meißel abgehackten Zähnen, gab dem ganzen Gesicht etwas peinlich Lustiges, etwas Lachendes; und als endlich die Oberlippe sich langsam herabsenkte, bekam der Mund einen solchen Ausdruck des Müden, des plötzlich Erstarrenden, Leichenähnlichen, wie ihn der Künstler gewiß nicht beabsichtigt hatte.

Gleichzeitig mit dem »Nja!« aber begann Christus Kopf und Arme ruckweise in die Höhe zu heben und die wächsernen Hände wie segnend über den Karpfen vor ihm auszustrecken. Dann sank er wieder zu der halb geknickten und resignierten Positur, die er anfangs eingenommen hatte, herab. Dieser Aktus hatte eine vehemente Wirkung auf das Publikum. An der veränderten Atmungsweise aus dem Dutzend oder wie viel Leute, die wir beisammen waren, konnte man dies deutlich abnehmen. Das blaue Christus-Auge, welches bei etwas veränderter Kopfstellung nun aus einer schrecklich breiten, wächsernen Apathie herausstarrte, blieb fast gerade mir gegenüber stehen und schaute mich an. Kinn, der rechts im Guß zusammengeflossene rote Mund, Nase und die massigen Fleischteile waren zweifellos auf größere Entfernung berechnet; aber wie schön war dieses blaue Auge! Wenn der Blick des wirklichen Heilandes nur halb so innig war, dann mußte er alle Frauen Jerusalems in dem Maße entzücken, daß sie nach Hause zu ihren Männern liefen, und unter Androhung der Entziehung aller weiblichen Gnadenmittel erklärten, ein Mensch mit so schönen blauen Augen dürfe nicht hingerichtet werden. – Der Budenbesitzer hatte nach den schwerwiegenden, Christi Mund entnommenen Worten: »Einer unter Euch wird mich verraten!« offenbar dem Publikum Zeit gelassen sich zu orientieren. Er mußte aber auch warten, bis der Sinn dieser Worte in die Wachsköpfe der Jünger eingedrungen war. Und dieß schien nun wirklich der Fall gewesen zu sein. Denn als der artistische Leiter, ich meine der Budenbesitzer, noch einmal mit kräftigem Dresdener Dialekt, eindringlich, und mit echt protestantischer Verve betont hatte:

»Wahrlich, ich sage Euch, Einer unter Euch wird mich verraten!« – und Christus wieder mit zerschmelzendem Rythmus das breite Lords-Gesicht erhoben, die prachtvoll-weißen Hände über den Fisch ausgestreckt, und ein klingendes »Nja!« herausgestoßen, begann sofort eine wächsern-glänzige Revolution unter den Jüngern. Jakobus (der Ältere) und Andreas, ersterer in einem schottisch-karrirten Überwurf, die beide an der, vom Publikum aus betrachtet, linken äußersten Tischecke einander zugewandt saßen, und von denen der letztere bis dahin konstant in die rechte Soffite, Jakobus dagegen auf eine vor ihm stehende Schale mit roten Äpfeln geblickt hatte, begannen nun beide mit bedenklicher Miene die Köpfe hin und her, von den Jüngern zum Publikum und vom Publikum wieder zu den Jüngern, zu drehen, als wollten sie sagen: »Das ist ganz unmöglich! Diese Geschichte mit dem »Verraten« ist ganz unmöglich; wirklich ganz unmöglich!« – Einige Leute im Publikum fröstelnd getroffen von den schwarz lackierten Augen des Jakobus (des Älteren), räuspern verlegen und schauen vorsichtig um, ob sich der Verräter unter den Zuschauern befinde. Die ruhelos schnurrenden Köpfe der beiden Jünger bleiben schließlich dicht einander gegenüber stehen, und durchbohren sich gegenseitig mit glänzigstarrenden Blicken, als röchen sie mit den Augen gegenseitig auseinander heraus, wer von ihnen heute noch »den Herrn« verraten werde.

Zweifellos war auf der andern Seite des Tisches eine ähnliche Serie von Entrüstungen vor sich gegangen, ohne daß ich sie beobachten konnte; ich schloß dies daraus, daß die oben schon genannten Bartholomäus und jüngerer Jakobus, von denen der letztere einen gelbseidenen Kaftan an hatte, und die zu Anfang ruhig und gelassen dort saßen, nun mit Händen und Oberkörper zum Tisch hineingelümmelt waren, und trotzig und wie herausfordernd zu Christus hinüberschauten. Der artistische Arrangeur hatte hier offenbar ein große Schwierigkeit zu überwinden und wäre durch diese Gruppe beinahe zu Fall gekommen. Zum Glück hatte der jüngere Jakobus, der eine von den beiden etwas ungeschlachten Jüngern, die hohlgemachte Hand am Ohr, so daß man sah, er horchte, und, was ihre wulstigen, dicken Lippen frugen, war etwa: »Was ist da gesagt worden von »Verraten«? Haben wir recht gehört? Wer verraten? Wie verraten? – Beim »Verraten« müssen wir bitten, unsere Namen auszuschließen!« – Eine sehr gute Geste hatte sich Matthäus einstudiert, der als späterer Evangelienschreiber seinen Platz gleich links vom »Herrn« hatte, und der mit der rechten Hand immer in bestimmten Pausen an die Stirne fuhr, als besänne er sich, ob denn ein ähnlicher Verdacht früher schon ausgesprochen worden sei, im Übrigen aber in der maßvollen Zurückweisung desselben mit seinen Genossen gleichen Sinnes war. Daß Thomas, der später durch seinen Unglauben soviel Aufsehen gemacht, und der wiederum links von Matthäus saß, ungläubig sein Haupt – nun schon seit fünf Minuten – schüttelte, war vom Mechaniker dieser Gruppe zu erwarten gewesen, und da in diesem Falle der Akteur – Thomas – von jedem Übertreiben sich fern hielt, also beim Schütteln auf der Höhe der Exkursion nicht jeweilig mit dem Blick das Ohr seines Nachbarn zur Rechten oder Linken (dort saß Philippus) streifte, so war sein ewiges Verneinen durchaus im Rahmen des Protestes der Andern.

In all dieser fleißigen Bewegung, diesem Fragen, Besinnen, Kopfschütteln, Entrüstet-Thun etc. war aber Christus, dieser schöne Mann in der Mitte, vollständig apathisch, und so zu sagen stocksteif; er kümmerte sich nicht im Geringsten um die Vorgänge um ihn, sondern blickte ruhig auf seinen Fisch. –

Nun aber ging es auf der linken Seite wieder mit verstärkter Vehemenz los. Petrus, ein Mann in den Sechziger, mit grauem, spitzig zulaufendem Vollbart und resoluten Gesichtszügen, der, zur Linken von seinem Bruder Andreas placiert, die ganze Zeit mit verdutztem Kopfe dortgesessen war, wurde plötzlich lebendig, hob den Kopf gegen das Publikum, zog ein mit Silber-Papier überzogenes, sensenartiges Messer hervor, und fuhr mit kopfabschneidenden, kräftigen Bewegungen hoch über seinem Haupt etwa fünf bis sechs mal hin und her, wobei der dicht neben ihm (in der Richtung zu Christus zu) sitzende Judas Ischariot eine deutliche, ruckartige Bewegung machte und an seinen Hals langte, während im Publikum tiefe, Entsetzen verratende Atemzüge hörbar wurden, und ein Zuschauer zu meiner Linken, wie ich sah, seinen Rockkragen hinaufschlug. In der That, diese energische Handlung Petrus' machte den besten Eindruck; wie überhaupt auf dieser linken Seite (rechts vom »Herrn«), wo außer den schon genannten noch der agitatorisch angelegte Simon der Zelote saß (neben Judas), sich, wie man sofort erkannte, die älteren, reiferen und kritik-begabteren Elemente vereinigt hatten; während auf der andern Seite (links vom »Herrn«) man sich mit zweifelsüchtigen Mienen, Mundwinkel-Zucken und Augen-Zwinkern begnügte, aber keine großartigtheatralische Bewegung, Messerführung, oder resolutes Sich in den Bart-Greifen das Vorhandensein eines tiefer angelegten Räderwerks in den betreffenden Geistesmaschinen verriet. Aber weder hier Ruhe und Gleichgültigkeit, noch dort Aufgeregtheit und Petrus mit seinem Blank-Ziehen, vermochten das zu bewirken, was jetzt am allernötigsten gewesen, um die Sache vorwärts zu bringen, nämlich Christus aus seiner Lethargie aufzumuntern, oder ihn zu veranlassen, etwas darüber zu sagen, wer denn eigentlich der »Verräter« sei. – Christus hatte seine langen Hände auf dem Fisch und sein Gesicht war auf die Hände gerichtet und über dem Gesicht hing die prachtvoll- blonde englische Perrücke in unlösbarer Steifheit herunter über Gesicht, Fisch und Hände. – »Einer unter Euch wird mich verraten!« – Diese Worte aus dem Munde des »Herrn« muß ich statt des Budenbesitzers hier noch einmal dem Leser in's Gedächtnis zurückrufen; diese Phrase hat all die Aufregung in dieser wächsernen Gesellschaft hervorgerufen; alles Messer-Ziehen und Sich-an-den-Kopf-langen bezieht sich auf sie; und es wird keine Ruhe unter diesen ehrenwerten Männern eintreten, bis der Verräter bekannt ist. – Als demnach Christus jeden Versuch von Seiten der Apostel, sich näher zu äußern, trotzte, wandte man sich an Johannes, von dem bekannt war, daß er alle Gedanken des »Herrn« wußte. Alle Köpfe wandten sich also jetzt – erst am Tisch und dann im Zuschauerraum – dem rechts neben dem »Herrn« placierten jugendlichen Johannes zu, gleichsam mit der Frage, was er zu der schrecklichen Anklage meine. Dieser Johannes war ein blutjunger, liebenswürdig-schöner Mensch mit vollen Mädchen-Wangen, blauen, unverdorbenen Augen, süßem, rotem Mund, trug ein rosafarbiges, bauschiges Kleid mit weiblichem Schnitt, das mit einem blendendweißen Kragen den jungfräulichen Hals abschloß; eine blonde Lockenfülle, die bis auf den schneeweißen Kragen niederfloß, ergänzte dieses bausbäckige Gesicht zu einer so verführerischen Erscheinung, daß die jungen Mädchen, die sich zu zwei oder drei im Zuschauerraum befanden, flüsternd zusammenrückten und sich mit dem Ellbogen anstießen, auch von diesem Moment an keinen Blick mehr von dem prächtigen jungen Menschen verwandten. Seine geheime Konstruktion erlaubte ihm, die Arme flügelähnlich vom Körper auf und nieder zu heben, und als er dies zum Zeichen der Bejahung, oder der Meinung, daß er an dem Wort des »Herrn« nichts zu ändern habe, etwa fünf bis sechs mal hintereinander mit luftiger Geschwindigkeit that, wurden plötzlich die Mienen aller Apostel bleich und käsig, bleicher fast als Wachs, und die zwei Hineingelümmelten, von denen ich oben sprach, am äußersten Ende des Tisches, Bartholomäus und der jüngere Jakobus, zogen sich von der Tischplatte zurück, wie durch die Geste des jungen Johannes gleichsam vergewissert, daß also wirklich der »Verräter« da sei; der jüngere Jakobus ließ die hohle Hand vom rechten Ohr niedersinken, als habe er genug gehört; Thomas stellte sein ungläubiges Schütteln ein; Matthäus schlug sich nicht mehr mit der Hand vor die Stirn; und auch drüben auf der linken Seite ließen Alle die steifen, teils zur Abwehr, teils staunend und fragend, erhobenen Arme fallen, und eine allgemeine resignierte Abspannung gab sich durch die Reihe der schwergetroffenen Jünger kund.

Nun darf der Leser nicht vergessen, was es für eine Bewandtnis damit hat, daß diese elf Apostel, alles bejahrte, ergraute Männer mit ernsten Gesichtszügen, durch diese kleine, fast flatterhafte Meinungskundgebung des jungen Johannes so im Innersten getroffen wurden. Johannes war eben der erklärte Liebling Jesu, er »lag an der Brust des ›Herrn‹«, wie es im Evangelium von ihm heißt, und wußte dessen Gedanken; Christus muß dem jungen Johannes wiederholt Dinge mitgeteilt haben, von denen die Andern erst viel später Kenntnis erhielten; dies erklärt die apodiktische Sicherheit, mit der jedes Wort und jede Geste von dem letzteren aufgenommen wurde; und dies erklärt auch den Umstand, daß der junge Fant den Ehrenplatz rechts neben Christus einnimmt, und zwar auf einer Seite des Tisches, wo die Charakterköpfe der ältesten und wichtigsten Apostel den größten Gegensatz zu einem Milchgesichte bilden mußten, dessen Gesichtszüge zwar Unschuld aber auch vollständige Unerfahrenheit, verrieten. Denn auf dieser Seite, ihm zunächst, folgte – um noch einmal die Reihe zu nennen – der entflammte Zelot Simon (der Kananiter), dann der verwegene und zielbewußte Judas Ischariot (der, wie das gebildete Publikum wohl größtenteils weiß, der »Verräter« ist); dann der gleich vom Leder ziehende, stets bewaffnete Petrus; dann dessen nicht minder entschlossener Bruder Andreas; und schließlich der mürrisch und finster dreinschauende, jedenfalls sorgengequälte ältere Jakobus in seinem schottischen Anzug. Der Kontrast kam noch in anderer Weise zum Ausdruck: während nämlich alle Apostel sich so zu sagen von dem gedeckten Tisch losgelöst hatten, als hätten sie kein Recht mehr an dem heiligen Mahl Teil zu nehmen, und – durch geschickte Machination der unter dem Sitz befindlichen Hauptschraube jedes Einzelnen – mit freiem Oberkörper dort saßen, war Johannes neben

Christus der Einzige, der, – wenn der Ausdruck verständlich ist – den Tisch belegt hatte. Aber wie belegt! Denn während Christus in seiner stereotypen Haltung, Hände und Gesicht in unerbittlicher Apathie über den Karpfen gebeugt, nach wie vor verharrte, lag der junge Johannes mit den beiden Armen über die ganze Tischplatte hereingelümmelt, das Kinn am Tischtuch, und die apfelblütigen Wangen hinaus in's Publikum gerichtet, wo er mit seinen naiven Unschuldsaugen ein junges Mädchen anguckte, die zitternd und erregt neben ihrer Mutter stand. Letztere war eine Postoffizials-Witwe, wie ich zufällig wußte, da ich sie draußen zwischen den Buden schon einmal hatte anreden hören. Und sie schien nichts gegen dieses gegenseitige Angucken der jungen Leute zu haben. – Nun will ich gerne zugeben, daß der Künstler den jungen Johannes zu jugendlich, zu läppisch gebildet hatte, vielleicht gerade um dem Publikum die Stelle begreiflich zu machen, in der es von ihm heißt, daß »ihn der »Herr« lieb hatte«, – und daß er an der Brust des »Herrn« ruhte, – aber das Alles hindert nicht, daß die alten Apostel von dem jungen Menschen in der unwürdigsten Weise abhingen, auf jedes seiner Worte lauschten, und daß dieses unnatürliche Verhältnis hier in der schroffsten Weise seinen Ausdruck fand. –

Eine bleierne, trübe Stimmung lag nun auf der ganzen Versammlung. Der Heiland impassibel in seiner früheren Haltung. Die Apostel tief in Gedanken versunken. Der junge Johannes mit seinem bausbäckigen Lächeln schien von der ganzen Sache gar nichts zu verstehen. Auch im Publikum war eine gewisse trostlose Gedrücktheit zu bemerken. Ein schallendes »Nja!« entfuhr noch einmal den Lippen des Heilandes, – und zwar diesmal, ohne daß er aufsah, – und schien zum Überfluß noch einmal zu bekräftigen: »So ist's, wie ich gesagt habe. Und da wird Nichts d'ran geändert!« – Für mich war damit, nebenbei bemerkt, entschieden, daß der »Nja« – Mechanismus mit der Bewegung des den Kopf-Aufrichten's, des Fisch-Segen's nichts zu thun hatte. – Nun aber änderte sich plötzlich die Szene: Judas, der während der letzten Minuten sich mit dem schottisch-gekleideten Jakobus, – über den Tisch hinüber, – leise unterhalten hatte, und zweifellos des Englischen mächtig war, war plötzlich aufgesprungen, und indem er mit dem goldgestickten, gefüllten Beutel, den er in der Hand hatte, ein paarmal tüchtig auf den Abendmahls-Tisch einhieb, schrie er: »*What's the matter?*« dreimal mit so schneidender, inquisitorischer Stimme, daß alle heftig erschraken, und sogar Christus in leise zitternde Bewegung geriet. – »*What's the matter? – What's about*

»wird mich verraten«? *What's the matter?*« Dabei warf er den wunderschönen, von schwarzem, hohenpriesterähnlichen Vollbart umrahmten, funkelnden Kopf heftig nach links und rechts, im Vorübergleiten den Heiland fest in's Auge nehmend. Er war ein prächtiger Mann, mit rassigem, scharfgeschnittenem Gesicht; eine kühne Adlernase gab dem ganzen Kopf etwas Siegreiches, Ideelles. Zweifellos war er der Bedeutendste der ganzen Gesellschaft. Von imponierendem Äußern. Gewiß hatte er längst die jede echte Genialität erstickende Gefahr der sanften, unscheinbaren Heilandslehre erkannt, die alle Menschen gleichmachen wollte. Er verband mit der Schärfe des Denkens die Entschlossenheit des Handelns. Und nur das Herz fehlte ihm. Sein Plan der Unschädlichmachung der neuen Lehre war korrekt in Konzeption und Ausführung. (Die paar Silberlinge waren gar kein Gegenstand). Nur vergaß er, daß der blonde Heiland auch zum Sterben bereit sei. Ein süßer Herzenswahnsinn hatte in Letzterem längst Platz gegriffen, als er sich entschloß nach Jerusalem zu reisen. Eine fatalistische Schwelgerei ließ ihn innerlich lächeln über die Spieße und Stangen der Pharisäer, und die Mordtaktik des Judas. Aber dieser, wie gesagt, war ganz korrekt. Er war ein guter Schüler cäsarischer Berechnung und Rücksichtslosigkeit, welche er ja durch die römische Herrschaft täglich vor Augen hatte. Nur vergaß er, daß mit dem Tod Christi nicht Alles vorbei sei. Diesen blutigen Schachzug hatte er aus dem so milden, guten, thränenreichen Antlitz des Heilandes nicht herausgelesen. – Das Publikum konnte nicht umhin seiner Freude über die dramatische Kühnheit des Judas Ausdruck zu geben. Sie waren plötzlich fast Alle auf seiner Seite. Ein angenehmes Grausen über die schroffe Manier des schönen »Verräters« überkam Alle. Besonders die Weiber waren entzückt. Viele fanden den schwarzen Schnurrbart göttlich. Nur ein altes Weib neben mir, mit einer Zahnlücke auf der rechten Seite, pfiff und zischte aus dieser Lücke so vehement heraus, daß man ihr die Entrüstung anmerkte, ohne hinzusehen. Sie war jedenfalls bibelfest. – Vielleicht Protestantin. –

Judas trug prächtige Kleidung. Offenbar standen ihm bedeutende, hohepriesterliche Mittel zu Gebote. Die dreißig Silberlinge kamen nicht in Betracht. Schon der scharlachrote Überwurf, der mit goldnen, sich ringelnden Schlänglein bestickt war, konnte um diese Summe nicht hergestellt werden. Wie zur Sänftigung war das Untergewand aus merlinfarbenen matten Pers hergestellt. Der Kopf drehte sich vorzüglich. Er machte immer eine ganze halbe

Wendung, vom Heiland hinüber zum Andreas, ohne das Publikum zu würdigen. – Die Direktion wußte, daß dieser Moment das Publikum auf's tiefste errege, und ließ zu Gunsten des Bekleidungsfonds für die Apostel einen Teller herumgehen.

Pause

Während der Sachse mit dem Teller herum ging, fiel zu meiner größten Überraschung der Vorhang plötzlich über die Abend-Mahl-Szene. Auf den Moment, wo Christus Judas den Bissen reicht, schien also der Verfertiger der Gruppe, wohl wegen der großen mechanischen Schwierigkeiten, Verzicht geleistet zu haben. »Sogleich beginnt der zweite Akt!« rief der Budenbesitzer mit lauter Stimme jenem Teil des Publikums zu, welches sich nach Fallen des Vorhangs etwas in den Hintergrund des Zuschauer-Raums zurückgezogen. Er war wohl besorgt, es möchten Einige das Theater verlassen. Offenbar wurde noch einmal gesammelt. Ich suchte durch ein etwas größeres Geldstück die Aufmerksamkeit des Teller-Trägers auf mich zu lenken, da ich verschiedene Fragen zu stellen hatte. Auf der Bühne verdunkelten sich jetzt die Lampen und aus dem Rumoren und Poltern merkte man, es werde eine neue Szene aufgeschlagen. – »Sie haben da vortreffliche Figuren!« sprach ich den Sachsen an, der im Zuschauer-Raum die Herrschaft führte. »Ja, – meinte er, – seit wir den neuen Christus haben, geht es besser.« – »Hatten Sie früher einen andern Christus?« – »Ja, – der war geschnitzt, – aber ganz schlecht, – und schon ganz schwarz; – der nahm sich unter den schönen Wachsköpfen wie der Teufel aus; – wir haben ihn verkauft.« – »Allerdings, der neue Christus ist vortrefflich.« – »Oh, ich sag' Ihnen, der ist so schön, so sanft, – wissen Sie, das blonde Haar, das blaue Auge, – ich sag' Ihnen, die Leute haben oft geweint.« – »Spricht er denn nicht die Worte: Wahrlich, ich sage Euch … etc.?« – »Nein, der hat nie gesprochen, das käm' zu teuer; das »Ja!«, welches er spricht, haben wir hier in Nürnberg erst machen lassen, das kostet uns allein über achtzig Gulden.« – »Dieses »Nja!« scheint aber selbst wieder sehr kompliziert zu sein?« – »Ja, es hat zwei Pfeifen und ein Schnarr-Register.« – »Sagen Sie ein mal: Warum spricht der Judas englisch?« – »Den haben wir von einer englischen Truppe gekauft.« – »Ja, aber gerade die inhaltsschweren Worte, die er zu reden hat, die versteht ja kein Mensch!« – »Oh, das macht nichts; im Gegenteil, es wirkt ungeheuer; die Leute sind ganz baff; – diesen Judas gäben wir für keinen andern her, – nicht einmal für einen hannoveran'schen, – der ist unsere beste Figur!« – »Was ist das, ein »hannoveranischer Judas?« – »Pst!« machte der Sachse und deutete auf den Vorhang, der sich soeben erhoben hatte.

Kreuztragung

Eine weite kahle Heide. Auf dem Boden hie und da etwas buschiges Gras, dessen breite, prachtvoll grüne Halme, wie mir schien, in Schweinfurter-Grün getaucht und mit Silber-Puder bestreut waren. Keine Seele auf der weiten Fläche. Ob dieses Feld in der Nähe von Jerusalem war, ob der Zug nach Golgatha hier vorüber mußte, ob vorausssprengende römische Kriegsknechte jeden Moment zu erwarten waren, oder ob es das Stelldichein einer friedlichen Szene werden würde, ob die schöne Magdalena hier vor dem Publikum ihre blonden Flechten auseinanderwickeln werde, um sie mit ihren Thränen zu waschen, – das Alles wußte kein Mensch, da ja im Vorausgehenden die Direktion bewiesen hatte, daß sie sich unmöglich, weder in der Aufeinanderfolge der Scene, noch in den Einzelheiten des jeweilig Dargestellten, wortgetreu an den Text der synoptischen Evangelien halten könne. Aber Stimmung machte schon diese weite, grünumflossene Ebene, die von den acht Lampen hinter der Verschaalung grell beleuchtet wurde. – Und plötzlich näherte sich aus der rechten Koulisse eine große Maschine, deren Schatten die Soffiten-Beleuchtung zu früh auf der hinteren Szenen-Wand zu Gesicht brachte. Man wußte noch nicht, was es war. Es schien nur ein kolossales Ding. Jetzt kam es näher. Und plötzlich erschien ein Balken, der hinunter ging; dann kam ein Balken der hinaufging; dann die Vereinigung der beiden Balken; und dann ein Kopf. Ein wachsbleicher Kopf mit wunderschönen blonden Haaren, die auf dem Scheitel geteilt waren. Es war wieder der weiße Lord. Es war Christus, der in ein großes bauschiges, helles Gewand gehüllt, unter dem Kreuz zusammengeknickt, auf der Szene vorüberzog. Doch bewegte er die Füße nicht. Im Gegenteil, alles war starr und steif. Und dieses vermehrte noch das Eindrucksvolle. Offenbar wurde durch einen Bühnen-Einschnitt über die ganze Breite der Bühne hin die im Souterrain genügend befestigte Figur hindurchgezogen. Der Rücken war wohl gekrümmt, und überhaupt die ganze Gestalt so tragisch und gebrechlich wie möglich hingestellt; trotzdem war der Kopf in einer ganzen Viertelsdrehung nach links zum Publikum hinaus gedreht, und außerdem noch so weit zur Schulter hinauf gehoben, daß die Augen fast wagerecht zu liegen kamen; und schaute nun so mit gespenstigbleichen, wie erstarrten, wie bei einer andern milden Gelegenheit gefrornen Gesichtszügen, aus denen jeder Schmerz und jede Anstrengung gewichen war, direkt aus der Bühne heraus; eine Kombination von Pose und Affekt, die in der Natur gar nicht möglich wäre, die aber hier die kolossalste Wirkung hervorbrachte. Es war nicht derselbe Christuskopf wie beim Abendmahl. Der dort war englischer, breitkiefrig, fleischig und die Perrücke glatt gestriegelt. Der hier war idealer, deutscher, etwas hohlwangig, ein feinfühliges Kinn, und wunderschöne blonde Locken flossen auf die Schulter hernieder. Langsam, starr, lautlos und stete zog dies gepeinigte Christusbild wie eine Vision quer über die Bühne. Es war jetzt beiläufig in der Mitte. Der Sachse sprach kein Wort. Dies war auch gar nicht nötig. Jedermann, das kleinste Kind, wer nur aus dem Publikum jemals einen Schulkursus in deutschen Landen mitgemacht hatte, oder einmal ein Bild von einem Franziskaner-Pater geschenkt bekommen hatte, der wußte, das ist Christus unter dem Kreuz. Dieser stumme Religions-Unterricht hatte die ungeheuerlichste Wirkung unter den Zuschauern, und setzte sich in ihrer Fantasie wie eine gewaltige Macht fest. Und ich war froh, als der weiße Mann endlich zwei Drittel der Bühne zurückgelegt hatte. Denn auf Momente hatte ich die Empfindung, das vor Entrüstung fassungslose Publikum möchte hinausstürmen und irgend Einen zwischen den Buden ergreifen und als »Verräter« halb totgeschlagen hereinschleppen. Denn was das blonde bleiche Antlitz da droben nicht sprechen konnte, das sprach wie mit Stentorstimme im Gewissen des Publikums: »Wer hat das angerichtet? Wer ist Schuld an dieser Marter? Wer ist der Teufel, der es zu verantworten hat, daß dieser wunderbare Mensch da droben so leidet?« – Wie es bei Vorüberführen von so fest-gegossenen Bildnissen geht, die Augen schauen, in welcher Stellung auch immer, stets den Beschauer an. Und als der Heiland sich der linken Soffite näherte, schauten seine wasserhellen, blauen Augen mit einem schmerzlichen, vorwurfsvollen Ausdruck zurück in's Publikum, als sprächen sie »Folge mir nach!« so daß einzelne Mädchen entsetzt von der äußersten Rampe, bis zu welcher das Publikum vorgehen konnte, zurückwichen. Und in der Fantasie eines solchen, der leichter entzündbarer ist, als Andere, mochte jetzt der Gedanke entstehen, es könnte Einer von dem zurückschauenden Blick des Heilands verwirrt und seiner Umgebung vergessen, mit einem einzigen Satz über Rampe und Lichter hinweg auf die Bühne springen, um zerknirscht dem bleichen, wächsernen Bild zu Füßen zu sinken. Aber Gott sei Dank, Alles blieb still, wie durch ein Blei-Gewicht in der Brust hingefesselt, starr, fasziniert. – Jetzt war die lichtumflutete, gewaltige Erscheinung dicht bis an die linke Soffite gekommen. Eine Verzögerung schien zu entstehen. Das Bild machte Halt. Hinter ihm nach folgte, wie eine schwarze Schlange, der riesige Kreuz-Balken. Aber vorn schienen die kleinen Balken-Enden, die über die Schulter hereinhingen, nicht zur Soffite hineinzukönnen. Das Bild schwankte jetzt hin und her. Der Sachse ging vor und schaute in die Soffite. Nur jetzt keine Katastrophe, – dachte ich mir, – und Menschen, die diese weiße Gestalt bis in ihr spätestes Alter mit sich in der Fantasie herumschleppen werden, noch ein Ärgernis bereiten. – Doch jetzt ging's wieder vorwärts. Noch ein einziger, langer, blauer Blick über die ganze Versammlung, und das blonde Haupt verschwand hinter der Soffite, und der Vorhang fiel. – Ein einziger großer Atemzug im ganzen Publikum löste die Anwesenden wie von einem lange ertragenen Alp. »Zum Besten des Maschinisten!« – sagte der Sachse, und ließ einen Teller herumgehen.

Pause

Während noch Alles still dastand, Einige flüsterten, Niemand aber die feierliche Stille zu unterbrechen wagte, hörte man plötzlich von hinter der Bühne her einen schallenden Klatsch und gleich drauf in norddeutschem Dialekt an Jemanden zornig die Frage gerichtet: »Wie können Se man so dämlich sein und Christus an die Wandverkleidung anrennen lassen?« – Obwohl diese barbarische Unterbrechung, welche mit einem Schlag das ganze Komödiantenwesen aufdeckte, die feierliche Stimmung in's Gegenteil zu verkehren geeignet war, so zeigte sich doch im Publikum keine Neigung auf die Komik des Vorgangs einzugehen. Die Macht der weißen Christus-Erscheinung, die mit ihren hellen kolossalen Umrissen in der Fantasie nachzitterte, war doch stärker wie diese Lappalie. Nur der Sachse lachte verstohlen in seinen Teller hinein. Er kannte offenbar den Schlingel, der die Christusfigur im letzten Moment ihres Verschwindens, als sie in's Wanken kam, schlecht dirigierte, oder die Soffite nicht richtig gestellt hatte. – »Sie scheinen stark auf die Nerven Ihres Publikums zu rechnen!« – sagte ich zum Sachsen, als er zum Einsammeln zu mir kam, indem ich durch eine Silbermünze seine Aufmerksamkeit mir auf's Neue zu sichern suchte. Bei dieser Gelegenheit bemerkte ich, daß seine Ernte an Geldstücken eine ganz überraschend reiche war. – »Wir müssen darauf halten, – antwortete er, – mit dem Entrée könnten wir knapp die Platzmiete bezahlen!« – »Sind während der letzten Nummer noch keine Unfälle vorgekommen?« frug ich weiter. – »Manche bekommen ihre hinfallende Krankheit, – aber in England thut man ja noch vielmehr!« – »?« – »Die englischen Figuren sind viel derber und ungenierter; – sie hauen auf den Tisch und machen sich Fäuste, als wollten sie boxen; – einen englischen Christus habe ich gesehen, der Ihnen wunderschönes Blut schwitzte; – und die Truppe, von der wir den Jakobus in dem schottischen Kleid haben, brachte eine Nummer vor der Kreuzigung, in der sich Judas in einem Obstgarten an einem verdorrten Baum erhängt, – aber da, sage ich Ihnen, da fliegen die Sovereigns, und der Strick wird in zehn bis fünfzehn Teile geteilt, und für 'ne Christuslocke wird fünf Pfund geboten!« – »In Deutschland ist dies Alles wohl verboten?« – »Ach, die Behörden haben ja gar kein Verständnis für diese Dinge; bei uns steckt noch Alles in den Kinderschuhen, nur unsere Köpfe sind besser.« – Diese Unterredung wurde halblaut zwischen uns geführt, und ich wollte mich nur noch betreffs des »hannoveranischen Judas« erkundigen, als hinter der Bühne ein Zeichen gegeben wurde, womit sich der Sachse entfernte, und alsogleich ging der Vorhang auf.

Golgatha

Eine große Menge von Personen füllte die Bühne, von denen es zunächst auffiel, daß ein Teil lebte, die Andern aus Wachs waren. Links vorn auf einer Seiten-Estrade saß der kurzgeschor'ne Pilatus mit etwas mürrischem Gesicht und wusch seine Hände in einem zinnernen Becken. Korrespondierend rechts stand der Hohepriester Kaiphas, im reichen Ornat, den mit der Mitra geschmückten Kopf so den Bühnen-Vorgängen zugewendet, daß man vom Gesicht nur Nase und den glänzend-schwarzen Vollbart sah; er zuckte in rythmischer Weise fortwährend mit der Achsel, wobei sein mit Steinen geziertes Priestergewand jedesmal in rasselnde Bewegung kam, als wollte er sagen: »Ja, ich kann's nicht helfen, – wenn es das Volk so will!« – Beide Figuren, der Jude und der Römer, schienen selbst-thätige Mechanismen zu sein, die zu ihrer In-Gang-Setzung keine weitere Bedienung nötig hatten. Die Waschbewegung war ganz vortrefflich, in Idee wie Ausführung. Der fortwährend stumme Protest, wie: »Mich geht Eure Sache nichts an!« der in diesem allegorischen Händewaschen lag, war eine vorzügliche Charakteristik für den formellen römischen Beamten, und bildete einen wirksamen Gegensatz zu der blutigen Handlung, die sich unter ihm abspielte. Mechanisch betrachtet war aber die kreisförmige, stets sich in einander verwickelnde Bewegung der Wachs-Hände eine Kunstleistung ersten Ranges; übrigens, wie ich später erfuhr, französische Arbeit. Weniger erträglich auf die Dauer war das Achselzucken des Kaiphas; aber was war zu wollen? Die Figur war aufgezogen; besser sie zuckte, als daß sie gar nichts machte; so bekam man wenigstens eine Vorstellung von der Meinungsrichtung dieser einflußreichsten Persönlichkeit im »Hohen Rat«.

Im Hintergrunde der Bühne standen drei Kreuze; das mittlere leer; an den zwei äußeren die zwei Schächer; diese beiden, alte schlechte Holzfiguren, mit ein paar farbigen Fetzen ausgestattet, mit Absicht, wie mir schien, außerhalb der Beleuchtung gerückt, um dem Publikum ihre Dekrepitität nicht zu sehr merken zu lassen, und überhaupt sehr vernachlässigt. – Am mittleren Kreuz, welches bereits die Inschrift trug, wurde soeben Christus aufgezogen. Er hatte bereits die Dornenkrone auf, war nackt bis auf die Lendenbinde, und der Oberkörper war anatomisch so schön in Wachs modelliert, daß er jedem Museum zur Zierde gereicht hätte. Die Hauptschwierigkeit lag aber hier in der Behandlung des Kopfes; zwar bewegte sich derselbe anstandslos auf und ab, nach rechts und links, konnte auch die Lider halb senken, und das Auge nach oben schlagen, aber was nicht zu erreichen war, die beiden Hauptempfindungen, oder Ausdrucksformen des Gesichts, die des Schmerzes, zu Anfang der Kreuzigung, und die der seligen Ruhe bei eingetretenem Tod, welche sich, physiognomisch betrachtet, kontradiktorisch einander gegenüberstehen, konnten nicht auf einem und demselben fest-modellierten Kopfe zur Darstellung gebracht werden; und zwei Köpfe konnte man doch nicht verwenden. Übrigens kam dies jetzt, wo noch Alles mit seiner Aufmerksamkeit bei dem Akt des Aufzuges engagiert war, noch nicht so zum Ausdruck, als später, nachdem einmal die Leiche hing. – Was nun dieses Aufziehen am Kreuz selbst anlangt, so war es klar, daß eine so komplizierte Arbeit nicht von Wachsfiguren, und wären es englische gewesen, verrichtet werden konnte. Man hatte deshalb als Kriegsknechte, welche dies zu besorgen hatten, zwei Statisten der Truppe verwendet. Leider war aber der Eine ein lümmelhafter, himmellanger Mensch, der fast bis zum Querholz des Kreuzes reichte, mit einem häßlichen, schrecklich bärtigem Gesicht; der Andere schielte, war kurz und breitschultrig und steckte immer den Kopf hinein, da er, wie ich zu sehen glaubte, noch immer eine verblaßte blaue Kravatte von seinem Werktag-Anzug an hatte. Schon dies mußte auf das Publikum revoltierend wirken. Die beiden Burschen standen hinter dem Kreuz und zogen an Stricken, die über das Querholz liefen, den Christus-Körper, der noch eben vor dem Kreuz ausgestreckt am Boden gelegen hatte, in die Höhe. Vor dem Kreuz stand mit dem Rücken gegen das Publikum ein großer Mensch mit Sammtmantel und turbanähnlicher Kopfbedeckung, der, wenn ich nicht irre, Nikodemus vorstellen sollte, und der den eben jetzt oben am Kreuzesstamm erscheinenden Christus an den Füßen hielt. Abgesehen nun davon, daß Nikodemus hier bei der Kreuzigung noch gar nichts zu thun hatte, kam es mir sonderbar vor, daß die beiden Kerls hinter dem Kreuz mit solch' übertriebener Vorsicht und einstudierter Langsamkeit, ganz gegen ihr eigenes Naturell und den Charakter ihrer Rolle, den Aufzug bewerkstelligten; und habe ich Grund zu glauben, daß der Direktor, der für seine Wachsfigur fürchtete, dazu Auftrag gab, und daß eben der Nikodemus vom Direktor gemacht wurde, um diesen Aufzug besser überwachen zu können. Doch war das Publikum voll Teilnahme und Spannung, und ganz auf der Höhe der tragischen Situation. Lautlos hing Alles an der schwebenden Christusfigur. Links wusch fleißig Pilatus seine Hände; und rechts zuckte Kaiphas, dessen Blick jetzt direkt auf die Kreuzeshöhe gerichtet war, mit den Schultern, als sagte er: »Es war wirklich nicht zu ändern. Ich bin im Rat überstimmt worden.«

Als endlich die Figur fest am Kreuz angekommen war, ließ Nikodemus die Füße los, trat einen Schritt zurück und machte eine verkehrt-brünstige Bewegung, indem er die Hände weit ausstreckte und wieder zusammenpatschte, und dabei den Kopf etwas auf die linke Schulter fallen ließ, so den langgestreckten Christus unverwandt anstarrend. Als nun aber die beiden Kriegsknechte, die ihre Seile irgendwo angebunden hatten, hervorkamen, die Leiter ansetzten, hinaufstiegen, und mit etwas übertriebener Wucht und gemachter Roheit die Nägel durch Christi Hände schlugen, deren rotgeränderte Wunden mit dem abfließenden Blut übrigens schon vorgezeichnet waren, entstand im Publikum eine heftige Bewegung, man hörte einige laute Schreie ausstoßen, die Vordersten wichen von der Barrière zurück, und einige drohende Hände fuhren bei dem Zwielicht der Beleuchtung wie Schatten durch die Luft. Der Sachse, wie mir schien, an solche Dinge gewöhnt, rief mit ruhiger, plärrender Stimme: »Ich ersuche das hochverehrliche Publikum im Namen der Direktion keine Schmähungen gegen die weniger beliebten Persönlichkeiten der heiligen Handlung auszustoßen; es ist ja Alles nur von Wachs; es ist ja nur ein Vorgang; das Alles hat ja vor zweitausend Jahren stattgefunden; ich bitte das verehrliche Publikum sich ruhig zu verhalten; der Direktor hat von der hochverehrlichen königlichen Polizei-Direktion den Befehl, die Vorstellung sofort zu schließen, wenn Ungehörigkeiten vorkommen. Vor vierzehn Tagen hat Jemand aus dem Publikum mit harten Brodrinden nach dem Judas geworfen, und den Judas schwer verletzt. Das geht doch nicht; so ein Kopf kostet uns über zweihundert Gulden!« – Diese Rede hatte aber nur teilweise die gewünschte besänftigende Wirkung; denn nachdem jetzt die Kriegsknechte mit den Leitern sich entfernt, und Christus, dessen wunderschöner Kopf in vollste Beleuchtung gerückt war, mit schmelzendem Augenaufschlag und gebrochener Stimme, von der ich nicht wußte, woher sie kam, die »Worte am Kreuz« stammelte, hörte man im Publikum vielfach schluchzen. Nikodemus ließ sich nun auf ein Knie nieder, um dem Publikum die Blickrichtung über ihn hinweg zu ermöglichen, und unter das Kreuz traten jetzt Maria, Magdalena und Johannes. Maria und Johannes symetrisch rechts und links vom Kreuz; während Magdalena, eine hübsche üppige Person, stark dekolletiert, mit aufgelösten blonden Flechten, in knieender Stellung und mit brünstiger Geberde den Kreuzesstamm umfaßte. Sie war die Kassierin, welcher ich draußen beim Eingang zur Bude begegnet war, und welche jetzt, wo die Vorstellung zu Ende ging, zur Mitwirkung auf der Bühne verwendet werden konnte. Auch Maria und Johannes waren, wie Magdalena, keine Wachspuppen sondern wirkliche Personen; Maria, schrecklich mager und heruntergekommen, machte trotz einer höchst gewählten Toilette in dunkelblau, keinen günstigen Eindruck hinsichtlich der Ernährungs-Verhältnisse der Truppe, auf welche Maria Magdalena erst in so vorteilhafter Weise hinzudeuten schien. Und bei Johannes, der auf der rechten Seite stand, einem jungen, etwas hageren Menschen, mit braunen Locken, fiel mir eine einseitige Gesichts-Röte, wiederum rechts, nebst thränendem Aug' auf derselben Seite auf. Da die

Thränen kaum auf die Handlung sich bezogen, weil er sonst künstlich mit beiden Augen geweint hätte, er auch ein etwas verdutztes Gesicht machte, so fiel mir unwillkürlich der schallende Schlag ein, der in der vorigen Pause hinter dem Vorhang gefallen war, und wenn ich an die breite Hand des Nikodemus dachte, wie er sie vorhin, die Arme gegen das Kreuz erhebend, gezeigt hatte, so war die kausale Verbindung der halbseitigen Gesichts-Röte des Johannes mit früheren Momenten zwar nicht sichergestellt, aber doch angedeutet.

Eine ziemliche Schaar »Volks« drängte sich jetzt auch, aus dem Hintergrund kommend, zu beiden Seiten gegen das Kreuz vor. Es waren meist Nürnberger Straßen-Jungen und – Mädchen, bei denen man es nicht austräglich fand, sie erst in lange Kaftans zu stecken. Ihre Aufgabe war, mit großen Augen und erstaunten Mienen zum Kreuz hinaufzuschauen. Und so gaben sie auch ein vortrefflich eindrucksvolles Moment ab. Im Publikum war Alles mäuschenstill. Alles sah in atemloser Spannung auf die prächtige Christusleiche. Und obwohl es wahrhaftig an Einzelheiten nicht gefehlt hat, um die ganze Vorführung nur als höchst ärmliche Komödie zu erkennen, so konnte sich doch kein Mensch von der wunderbaren Symbolik, die um so ärmlicher, so inniger war, losreißen. Als nun gar die Lampen heruntergeschraubt wurden, und der Kopf des Heilandes durch eine vom Schnürboden aus wirkende elektrische Lampe in magische Beleuchtung gerückt wurde, und Christus mit den Worten: »Eli, Eli, lama asabthani!« das Haupt emporrichtete und mit schmerzlichem Augen-Aufschlag den Blick gegen Himmel wandte, entstand jenes fröstelnde Atmen unter den Zuschauern, welches auf eine zurückgehaltene aber tiefe Bewegung schließen ließ. Aber es war kein »Lump« da, den man hätte fassen können; kein Judas und dergleichen, den man für die Tragik verantwortlich machen konnte, sonst hätte ihn sich das Publikum auf der Bühne oder im Zuschauer-Raum schon herausgeholt. – Bis dahin war Alles gut gegangen. Und es wäre auch weiterhin gut gegangen, wenn nicht die Direktion durch einen unbegreiflichen Mißgriff eine Kollision geradezu heraufbeschworen hätte. Nachdem nämlich Christus bald darauf mit einem letzten Schrei verschieden war, sein Haupt schlenkernd auf die Brust herabfiel, die elektrische Lampe oben erlosch, Alles mit feiner Berechnung entsetzt vom Kreuz zurückwich, und durch mäßiges Aufschrauben der acht Lampen eine Dämmerstimmung über der ganzen Szene ausgebreitet war, kam der obenerwähnte langbeinige Kriegsknecht, der so wie so beim Publikum nicht besonders beliebt war, nahm eine Lanze und stach Christus in die rechte Seite, wo unter dem Wachsmodell höchst geschickt eine Blutblase angebracht worden war, so daß eine ziemliche Menge roter Flüssigkeit sprudelnd über den Körper sich ergoß, über die weiße Lendenbinde und bis zu den Schenkeln hinabfloß, im Zuschauer-Raum aber ein vielstimmiger Ausruf des Erstaunens und des Grausens laut wurde. Nun hatte dieser Kriegsknecht die unglückselige Idee auf diesen Ruf hin sich umzukehren, und da sein bärtiges Gesicht auch ohne jeden Affekt immer den Eindruck machte, als lache es, oder vielmehr, als grinse es, so glaubten die Zuschauer sich verhöhnt, fühlten sich als Juden, die Christo beim Einzug zugejubelt hatten, und machten in diversen »Oh! Oh! – Pfui!« und ähnlichen Interjektionen ihrem Unwillen Luft. Das zahnlückige Weib aber zu meiner Rechten glaubte sich zur Stimmführerin der allgemeinen Indignation berufen. Mit einem »Hundsknochen, elendiger!« sprang sie kreischend bis zur Bühne vor und hob die geballte Faust gegen den lanzenführenden Kriegsknecht empor, aus deren bläulich-verwittertem Aussehen ich entnehmen zu dürfen glaubte, daß sie eine Wäscherin oder dergleichen war. Nun fing der Kriegsknecht wirklich hellauf zu lachen an. Andrerseits aber brachte die unqualifizierbare Äußerung dieses Weibes das übrige Publikum zur Besinnung; man erkannte, daß man nur in einer Komödie war; die Frau, welche in ihrer lebhaften Empfindung jedenfalls an die Wirklichkeit dieses Vorgangs geglaubt hatte, wurde unter lauten Äußerungen der Entrüstung zurückgerissen. Aber die Wäscherin, welche inzwischen vermutlich auch wieder nüchtern geworden war, wurde nun durch die Opposition gereizt. Und da sie sehr mager und gelenkig war, so gelang es nicht sie zu bändigen. »Ihr seid auch nichts Bess'res als Christus-Schinder!« gilfte sie vor Zorn heraus. Während sie aber vielleicht nichts weiter bezweckte, als loszukommen und nach Haus zu ihren Kindern zurückzukehren, brachte sie durch ihren Widerstand das ganze Publikum in Unordnung und Aufregung, welches glaubte, sie wolle sich zur Bühne drängen. Jetzt begannen auch die Darsteller sich drein zu mischen. Maria Magdalena trat ganz vor an die Rampe zwischen Pilatus, der ruhig seine Hände weiterwusch, und Kaiphas, der noch immer gegen das Kreuz hin seine Zuckungen machte, und mit vorgestreckten nackten Armen beschwor sie das Publikum um Ruhe. Der Lanzenträger stand starr da, keiner Bewegung fähig. Allmählich kam die ganze Nürnberger Straßen-Jugend vor, welche als »Haufen Volks« figuriert hatten;

und wie sie vorher mit großen Augen das Kreuz angestarrt hatten, so starrten sie jetzt auf die Vorgänge im Zuschauer-Raum. Dort war es inzwischen nun zu einer förmlichen Rauferei gekommen. Die Wäscherin lag am Boden. Der Sachse, den ich nicht mehr sah, muß nicht weit von ihr gewesen sein. Da sie aber einen höchst abgewetzten, bläulichen Drillich-Rock an hatte, und sonst nichts, so gelang es nur sehr schwer sie zu fassen. Sie quixte und gilfte in einem fort. Auf einmal ertönte eine tiefe Baßstimme mit norddeutschem Timbre von der Bühne herab. Es war Nikodemus in seinem sammt'nen Gelehrten-Talar, welcher den Turban vom erhitzten Kopf genommen, und das »hochverehrte Publikum« inständigst bat, doch Ruhe zu halten. Auch Josef kam vor, um zu beschwichtigen; da er aber fast keine Stimme hatte, begnügte er sich mit Fisematenten und Gestikulationen. Er kam gerade neben dem unentwegt weiterwaschenden Pilatus zu stehen, und diese beiden Figuren bildeten in ihren zwangsmäßigen und gewollten Gesten ein merkwürdiges Quotlibet. Nur Maria hielt sich unbeteiligt im Hintergrunde. Sie schien in der That leidend zu sein. – Ich weiß nicht, wie lange noch diese fatale Situation gedauert hätte, und was noch daraus geworden wäre, – denn einige Unbeteiligte lagen bereits am Boden und waren nach den Hilferufen zu schließen, in Gefahr ertreten zu werden, – wenn nicht einer Frau auf der Bühne ein rettender Gedanke gekommen wäre. Maria Magdalena erschien plötzlich mit fliegenden Haaren vorn am Eingang der Bude, wo immer ihr Platz als Kassierin gewesen war, und, indem sie den Vorhang, welcher das Licht vom Zuschauer-Raum abschloß, weit zurückriß, rief sie laut in's Publikum hinein: »Meine Herrschaften, die Vorstellung ist zu Ende!« Dies wirkte. Alle ließen von einander ab. Die Dortliegenden erhoben sich. Und merkwürdigerweise, die Wäscherin war die erste, welche mit einigen fluchtähnlichen Sätzen über die Eingangs-Rampe der Bude hinweg sich auf und davonmachte. Der Sachse, welcher jetzt auch hervorkroch, war abgemattet wie ein Hund; offenbar hatte er gegen die Wäscherin verloren. Alles atmete nun erleichtert auf. Man wandte sich dem Ausgang zu, wo Maria Magdalena immer noch den Vorhang hielt. Ihre nackten Arme, auf denen wunderschön geheilte Impf-Narben zu sehen waren, zitterten heftig; man wußte nicht vor Erregung, oder wegen der naßkalten Luft, der sie hier besonders ausgesetzt war. Man sah, sie hatte etwas Zorniges auf den Lippen; aber sie schwieg. Und während drinnen auf der Bühne Nikodemus zwischen den ruhelos weiter manöverierenden Pilatus und Kaiphas auf und niederging, und für seine Erregung keine weiteren Worte fand, als die ewige Wiederholung von: »Nein, dieses Publikum! Ein solches Publikum! Nein, da haben wir in Norddeutschland ein anderes Publikum!« – und von hinten aus dem nun ganz verfinsterten Bühnen-Raum die Christusleiche starr und wächsern hervorglänzte, – verließen die Letzten das Wachsfigurenkabinet.

Der Stationsberg

..... Die Nacht, in der sich Alles seltsam verändert, Menschen müd und leblos wie versteinern, und Steingebilde zu phantastischem Leben erwachen.

Lenau

Eines Abends kam ich spät ermüdet in ein unterfränkisches Dorf, dessen Name mir entfallen ist. Es mochte wohl am Fuße der Rhön gelegen sein, deren bergige Ausläufer in undeutlichen Umrissen am Horizont zu erkennen waren. Doch war es so regnerisch-trüb, und bei der vorgeschrittenen Zeit so dunkel, daß von einer eigentlichen Orientierung des Orts, wie weit das Dorf in die Berge vorgeschoben sei, keine Rede sein konnte. Wir mochten wohl um die Zeit zwischen Gründonnerstag und Ostern sein. Das Dorf, wußte ich, war berühmt durch seine Prozessionen. – Kein Mensch war auf der Gasse. Mehrmals war ich die breiten Straßen auf und ab gewandert in der Suche nach einer Herberge, und allmählich war es stockfinster geworden. Als Beleuchtung für das ganze, nicht unansehnliche, Dorf dienten drei Öl-Lampen, in Laternen eingeschlossen, die, an Schnüren aufgehangen, quer über die Straße von Haus zu Haus hinübergebunden waren, und deren Scharnierwerk bei dem leichten Süd-West-Wind ein kreischendes, ächzendes Geräusch hervorbrachte. Sonst war Alles still. Keine zehn Leute hätte man in diesem großen Dorfe vermutet. Beim Schein der Laternen entdeckte ich endlich ein kleines Gasthaus: »Zu den heißen Thränen der Magdalena«. Ich klopfte und erhielt Einlaß. Der Wirt, ein kleiner, freundlicher Mann, bedauerte, da für die Festtage Alles überfüllt sei. – Ich war mißmutig und enttäuscht. – Ein kleines, hoch oben gelegenes Dachstübchen, meinte er, mit schlechtem Bett, sei Alles, was er mir bieten könne. – Ich erklärte mit Allem zufrieden zu sein. Und da ich müde war, ließ ich mir sogleich hinaufleuchten; es war ein kleines Dachzimmerchen mit tief bis in die Mitte sich hereinlegendem Gebälk; ein winziges Oberlicht-Fenster, gerade groß genug, um den Kopf bequem durchstecken zu können, befand sich über dem Bett, das gegen das Dach zu postiert war; ohne mich weiter im Zimmer umzusehen, löschte ich sogleich das Licht aus und begab mich zu Bett, wo ich auch alsbald einschlief.

Wie lang ich geschlafen, kann ich nicht sagen. Es war mitten in der Nacht, als ich plötzlich durch einen starken Stoß erwachte, der gleichzeitig einem fürchterlichen Traum ein Ende machte. Das Oberlicht-Fenster meines Zimmers war durch den Wind aufgefahren; ich fuhr erschrocken aus den Kissen, setzte mich im Bett auf, dessen Kopfteil sich direkt unter dem Fenster befand, und erblickte ein merkwürdiges, fesselndes und schreckliches Schauspiel, welches ich anfangs geneigt war für einen zweiten Traum zu halten: In die schmale Fensteröffnung, durch die knapp ein Kopf hätte durchgehen können, ragte nur ein Stück Himmel, und von unten her die dunkeln Umrisse eines Bergrückens, auf dessen Kamm sich eine lange Reihe glitzernder Funken auf und ab bewegten. Die Luft war mild und feucht; die schweren Wolken des vorhergehenden Abends hatten sich verschoben; nur oben am Rand meines Fenster-Rahmens hing noch ein schmaler Saum schwarzen Gewölks; dann kam ein Stück ganz reinen, trotz der Nacht fast blau erscheinenden Himmels mit funkelnden Sternen; irgend eine Beleuchtungsquelle, der Mond, mir unsichtbar, vielleicht hinter dem schwarzen Wolkensaum, oder über dem Dach, mußte die ganze Skizze mit hellem Licht übergießen; so scharf trat Alles hervor; durch die Mitte des Bildes lief dann der dunkle Bergrücken, der, wie ich jetzt bemerkte, durch Tannen gebildet war, und über den die Menge glitzernder, hüpfender Lichter in langsamer aber stetiger Bewegung hinwegzog. Unten schloß der Fensterrahmen mitten durch den Berg das Bild ab. –

Ich starrte erschreckt auf das merkwürdige Schauspiel. Es war, als hätten sich sämmtliche Irrlichter von zehn Meilen im Umkreis dort ihr Stelldichein gegeben. Allmählich jedoch schärften sich meine Sinne und ich gewahrte, daß die Lichter Kerzen waren; und unter den Kerzen gingen dichte Haufen kleiner schwarzer Menschen, die langsam und mühevoll den Berg hinaufkeuchten. Wie Karawanen von dunklen Ameisen, die jedes ein Fünkchen am Kopf angebunden haben, zog es ruckweise vorwärts, und wenn der Wind günstig zu mir herüberwehte, dann hörte man in feierlich-klagendem Ton immer die gleichen Worte »Bitt' für uns! – Bitt' für uns!« Ich starrte wie gelähmt auf den gespenstig-wunderbaren Vorgang.

Mein kleiner Fensterrahmen erschien mir wie die Rampe eines Miniatur-Theaters, über dessen Bildfläche kleine, feststehende Figürchen gezogen werden. Aber dann sah ich wieder, daß der Vorgang in der Natur spielte, und der Horizont ein unermeßlicher war; der Mond, und kein Theaterlicht, goß breite Lichtwellen auf die Szene, und die kühle Brise der Nacht schlug an meine Wangen. – Ruck für Ruck verfolgte ich die vorwärtskriechenden Ameisen-Knäuel schwarzer Menschen; oft wurde wie auf Kommando Halt gemacht, als gälte es die Verrichtung irgend eines wichtigen Geschäfts, und dann ging es wieder gleichmäßig vorwärts, als beseelte ein einziger, unausgesprochener Instinkt die ganzen Haufen. Und jedesmal, wenn der Wind herüberwehte, klang es monoton und flehend: »Bitt' für uns! – Bitt' für uns!« und wenn der Wind quer herüberkam, dann klang es breit, dialektisch gefärbt: »Bett' für uns! – Bett' für uns!«

»Wer bitt' für uns?« rief ich; »Bitt' für wen? Wer seid Ihr? Was macht Ihr da droben?! – Bin ich in Liliput, wo kleine Nußknacker-Gestalten winzige Lichter mit beiden Händen in die Höhe heben, und springen und hüpfen und quixen. Bitt' für uns! Bitt' für uns!?« – Inzwischen aber wurde ich immer mehr wach; meine Sinne begannen sich zu konzentrieren; ich wußte recht gut, ich war nicht in Liliput; aber die Sache mußte doch erklärt werden; wer war das kleine, schwarze, fremdartige Volk, dem die deutsche Sprache nicht unbekannt zu sein schien? Als Resultat meiner nun schon helleren Beobachtung bemerkte ich jetzt, daß über den ganzen Bergkamm verteilt in unregelmäßigen Zwischenräumen, und von den Bäumen halb versteckt, kleine Steinhäuschen standen, aus denen dichtgepfercht kleine weiße Figuren herausgestikulierten und Gesichter schnitten; vor jedem dieser Häuschen hielten die kerzentragenden, schwarzen Menschen immer in größerer Zahl, sprachen und bewegten die Hände hastig gegen die weißen Figuren, die auf ihre Weise zu antworten schienen. Was, beim Himmel, machen die da droben, dachte ich mir. Spielen die Theater? Und die eine Hälfte hat sich weiß angezogen und ist in Häuschen versteckt, und die andere Hälfte ist schwarz angezogen und weil sie schwarz angezogen ist, bekommt sie als Kompensation, oder als weiteres Unterscheidungs-Merkmal, ein Licht in die Hand!? Und nun stürmen sie aufeinander los und bekämpfen sich! – Ich schaute mich unwillkürlich um, als wenn hinter mir ein Erklärer stünde, wie man oft auf Jahrmarkts-Panoramen findet, der zu mir spräche: Das bedeutet das! und das bedeutet das! – Aber es war Niemand da. Im ganzen Haus herrschte eine atemlose Stille. Vielleicht, dachte ich mir, bin ich der einzige Mensch wach, und der einzige Beobachter eines unerhörten beispiellosen Naturvorgangs; das weiße und schwarze Ameisenvolk da droben ist irgend ein Bergvölklein, in der Gegend unbekannt, das an einem bestimmten Tag im Jahr aus dem Berge kriecht und seine geheimnisvollen, den Menschen nachgeäfften Feier und Spiele treibt. – »Bitt' für uns! Bitt' für uns!« wehte immer wieder der Wind herüber. – Ich wurde immer aufmerksamer. Meine Sinne erwachten mehr und mehr. Ich versuchte den Anfang dieses nächtlichen Auszuges zu entdecken und bemerkte zu meiner Linken auf halber Höhe des Berges ein Häuschen, in dem wie altertümlich angezogene Soldaten einen Menschen an einem weißen Strick hinter sich herschleppten. Dieser Mensch war ebenfalls weiß, wie Alles Uebrige im Häuschen, und hatte einen schmerzlichen, tiefleidenden Ausdruck im Gesicht. Andere Soldaten waren damit beschäftigt, gegen die schwarze den Berg heraufziehende Menge, die vor dem Häuschen dicht gedrängt stand, heraus zu lachen und ekelhafte Grimmassen zu schneiden. Aber doch nicht so, daß die Schwarzen dies notwendigerweise auf sich beziehen mußten. Es schien vielmehr, als wenn bei allem gegensätzlichen Verhältnis zwischen beiden Parteien die Vorgänge im Häuschen selbst ein für sich abgeschlossenes Ganzes bildeten. – Was für eine seltsame Komödie! rief ich innerlich. Es scheint, hier spielen die Einen den Andern vor. Oder spielen sie miteinander? – Wer schaut dann zu? – Ist Alles gegenseitig abgekartet, und man verstellt sich, und fällt nicht aus der Rolle? Aber für wen wird dann gespielt? Und warum da droben auf dem Berge? Warum nicht im Theater? – Bei manchen der Häuschen konnte ich das Innere gar nicht sehen, das wie mit schwarzen Schatten ausgefüllt schien. Manchmal aber fiel der plötzliche Lichtstrahl einiger der Kerzenträger in das dunkle Innere und ich sah dann, wie ein weißer Kopf herausgukte, der einem andern, ebenfalls weißen Kopf, in's Gesicht spie. – Was für schreckliche und sonderbare Dinge, sprach ich zu mir selbst, gehen da droben vor; ich besann mich lebhaft, ob ich jemals ähnliches in meinem Leben gesehen. – Eine schwarze, festgekeilte Gruppe lag eben vor diesem Häuschen auf den Knieen, – einige mit Wachslichtchen in der Hand, – und gestikulierten in eifriger Weise hinauf zu den zwei Köpfen, von denen ich bei dem stets wechselnden Spiel von Licht und Schatten durch die Kerzen nicht sagen konnte, ob sie sich bewegten, wem sie angehörten, was sie vorstellten; oft schien es bei dem grellen Lichtreflex, als hätten sie ein schwarzes rundes Loch mitten im Mund; sicher schien nur so viel, daß der eine Kopf dem andern immer ins Gesicht spuckte, und daß der eine Kopf ein martialisches, höhnisches, fast niederträchtiges Gepräge hatte und einen Soldaten-Helm trug, während der andere der weiße Mensch war, dem wir schon in einem früheren Häuschen begegnet, der weiße Mensch mit seinem gekränkten, traurigen Gesicht. – Unter den knieenden schwarzen Gruppen schien es manchmal zu Meinungsverschiedenheiten, zu Partei-Ergreifungen für den einen oder andern Kopf zu kommen, und oft sah ich, drehten sich auch unter den Knieenden zwei Köpfe wie zwei schwarze Siluetten um, und schauten sich direkt in's Gesicht, und dabei hob jeder einen Arm gegen das Häuschen hinauf, als stritten sie sich. – Aber Alles ging so schnell und gleichzeitig, so marionettenhaft vor sich, daß ich auf den Gedanken kam: Vielleicht bewegen sich auch die Leute vor dem Häuschen unter einem gewissen Zwang, wie Gliederpuppen, und sind keine Menschen. – Aber was, frug ich mich immer wieder, bedeutet das Ganze? – Ich wachte, so viel war sicher; ich durfte also die Vorgänge da droben mit meinen fünf Sinnen prüfen. – Ist der Vorgang in den Häuschen ein wirklicher, frug ich mich, ein ernsthaft stattfindender, also so, wie die Menschen in ihren gebauten Häusern sich bewegen, wie sie essen, lachen und sich unterhalten, – nicht zum Spaß essen, sondern wirklich ernsthaft essen? – Oder ist, was in den Häuschen vorgeht, nur ein bildlicher Vorgang, eine Allegorie, ein Spaß? – Sind die weißen Menschen Schauspieler? – Die sich mit weißer Zinkfarbe angestrichen? – Oder vielleicht sind die Figuren starr und tot? – Aus Gyps?

Während dieser Betrachtungen schweifte mein Blick etwas höher den Berg hinan, immer der schwarzen Menge folgend, und ich bemerkte in einem der nächsten Häuschen, wo die Tannen nicht den Zublick verwehrten, eine weiße junge Frau, die ein weißes Taschentuch heraushängte, wie man ein Wäschestück aufhängt; auf dem Taschentuch war ein Gesicht gezeichnet; oder, es schien, als ob das Taschentuch ein Loch hätte, und eine der weißen Figuren steckte seinen Kopf durch. – Was soll nun das wieder heißen? rief ich. Ist das symbolisch? Soll das heißen: Seht solche Köpfe habt Ihr! – Das weiße Gesicht auf dem Wäschestück war entsetzlich traurig, aber ganz platt gedrückt. Zu meiner Verwunderung bezog die Menge vor dem Häuschen die Andeutung der jungen, weißen Frau nicht auf sich, sondern starrte lautlos auf den weißen Kopf. – Ich bemerkte wohl, das Taschentuchgesicht hatte Ähnlichkeit mit dem malträtierten weißen Menschen in den früheren Häuschen. Aber was sollte ich mir denken, als ich denselben weißen Menschen im gleichen Häuschen hinter der jungen Frau in hockender Stellung über die Szene laufen sah!? Und mit dem gleichen Gesicht, das schon einmal auf dem Taschentuch war, herausschauend! – Was für eine Komödie! rief ich immer wieder. Wie possierlich und traurig ist das Alles zu gleicher Zeit! Die Häuschen hatten so viel Ähnlichkeit mit den Puppentheatern auf unsern Jahrmärkten, wo die neugierige Menge dichtgedrängt davorsteht und lacht und weint. Und nun kam mir folgende phantastische Vorspiegelung: Ich dachte mir, der tiefdunkelblaue Sternenhimmel da droben ist ein blauer Vorhang, der senkrecht auf dem Bergeskamm aufsitzt, und die Häuschen sind herausgeschobene Koulissen, Stationen, kleine, giebelförmige Miniaturtheater, und hinter dem Vorhang stehen große gewaltige Riesen, Götter, allmächtige Schauspieler, oder wer nur immer, kurz, Größere als wir Menschen sind, die durch die Häuschen mit uns Menschen, oder denen da droben, kommunicieren, und aus dem Hintergrund der Häuschen ihre Riesenfinger herausstrecken; und an jedem Finger haben sie eine weiße Puppe, und mit diesem Puppenspiel und Theaterwerk ergötzen sie uns, und rühren uns zu Thränen, und beschäftigen uns, oder die da droben, während ihrer Lebenszeit.

Aber ein Vorgang in einem der folgenden Häuschen riß mich plötzlich aus meinen Träumereien, und belehrte mich, daß ich nicht träume, sondern wache, denn diesmal ging die Sache nicht still und lautlos ab, wie bisher. – Das Häuschen lag knapp vor der Spitze des Berges. Offenbar hatte ich einige Häuschen mit dem Aug' überschlagen, da sie hinter Tannen versteckt waren; denn der Vorgang stand außer Zusammenhang mit dem Vorhergehendem: Da wurde demselben weißen Menschen, dem wir schon früher begegnet, die Kleider vom Leibe gerissen; eine von den weißen Puppen hieb ihm mit einem Prügel auf den Kopf, auf welch' letzterem ein eigentümlicher Kranz befestigt war; derart, daß ihm das weiße Blut über die Wangen lief; ein Anderer ballte ihm mit kniffiger Miene die beiden Fäuste so nah' vor dem Gesicht, daß man glauben konnte, im nächsten Moment erwürge oder erschlage er ihn; eine große Menge weißgepuderter Menschen lachte außerdem aus dem Häuschen heraus, so zahlreich, daß sie Alle in der Lünette nicht Platz hatten; und Einige, wie um ihre höhnische Freude über den Vorgang denen draußen nicht entgehen zu lassen, streckten seitlich, da wo der Stein schon abschneidet, wenigstens noch ihre grinsenden Köpfe heraus. – Also ist hinten ein Theaterraum! sagte ich zu mir selbst, und einzelne der weißen Figuren laufen vielleicht hinter den Häuschen unbemerkt den Berg hinauf, um in einem späteren Bild als Statist wieder mitwirken zu können!

– Die schwarzen Marionetten vor dem Häuschen waren außer sich vor Wut und Verzweiflung über die Behandlung, die dem weißen Menschen angedieh; in ganzen Gruppen, zu sechst oder siebent, mit sechs, sieben Händen starr hindeutend, die Augen glotzig, mit käsigen Mienen, verschlangen sie den Vorgang; Einige ältere Frauen hoben Jüngere, ihre Mündel und Nichtchen, hinauf, um das Schreckliche zu betrachten; Andere liefen wie besessen auf und ab, weil sie den richtigen Platz nicht finden konnten. Ich konnte es nicht hören, aber offenbar schluchzten und weinten Viele in entsetzlicher Weise. Trotzdem war der Vorgang oben im Häuschen nicht in Bewegung, nicht sich abspielend, sondern starr und fest, wie gefroren.

Also haben wir es hier mit lebenden Bildern zu thun! rief ich, und die weißen Leute oben in den Häuschen halten ruhig still und spielen ausdrucksvoll, und das Ganze ist ein wirkungsvolles Drama in verschiedenen Aufzügen! – Aber warum geberden sich dann die Leute draußen wie toll, wenn sie das Theaterstück kennen, und schauen nicht ruhig und gemessen zu? – Ein neuer Vorgang stürzte mich in neue Zweifel: In einem früheren, meiner Beachtung bisher entgangenen Häuschen saß die weiße, junge Frau, von der ich oben sprach; und in ihrem Schooß lag der weiße, junge Mensch, den wir auch schon kennen, anscheinend schlafend; die schwarze Menge war schon voraus den Berg hinan gekrochen; der Platz war also leer; vor diesem Häuschen stürzte sich plötzlich ein Weib mit einem dicken Bauch und karrierter Schürze, das sich anscheinend verspätet hatte, hin, und mit schwitzendem Gesicht und flehender Geberde, wie in einem Ausbruch von Wut und Verzweiflung, schrie sie was in's Häuschen hinauf, was ich aber bei der wechselnden Windrichtung nur teilweise verstehen konnte und etwa klang: »Benedeite! … Blutige! … Mutter! … schaff' mir mein' dicken Bauch ab! … Ich kann jetzt kein Kind brauchen! … Hast ja meiner Schwäg'rin auch g'holfen! …« und dabei streckte sie die schwieligen, mageren Arbeitshände zu der schönen, weißen, jungen Frau hinauf, die eine Krone auf dem Haupt hatte. Diese aber kümmerte sich nicht im Geringsten um das Weib, sondern lächelte stillvergnügt vor sich hin. – Voll Erschütterung blickte ich auf die Szene. Ein tiefer Gegensatz, sagte ich zu mir, besteht zwischen den Weißen und Schwarzen. Das ist kein Theaterstück mehr! Die Weißen sind die Stärkeren, und das Ganze ist von Seite der letzteren nur eine gnadenvoll gewährte Vorführung um Gelegenheit zum Sich-Aussprechen zu geben. – Inzwischen war der Zug auf der Spitze des

Berges angelangt. – Wenn die bisherigen Vorgänge während des Aufstiegs wahrhaftig an Grauenhaftem, Possierlichem und Unauslegbarem gerade genug geboten hatten, so sollte dies Alles mit dem Erklimmen der Bergspitze erst seinen Gipfel erreichen: Da standen drei kolossale weiße Balken, die hoch in die Luft hinein starrten; und an den Balken waren hoch oben drei weiße Menschen festgeknebelt; die Arme am Querbalken schräg hinausgereckt; und am mittleren Balken hing wieder jener weiße, malträtierte, junge Mensch, den wir von früher kennen; die Häuschen waren hier verschwunden; die ganze Szene, die an Schauderosität wie Massen-Umfang für jedes Häuschen zu groß gewesen, war hier, gleichsam dem Häuschen entrissen, mitten auf das Plateau des Berges in die Wirklichkeit und mitten unter die Schwarzen hineingestellt. Diese umstanden glotzend und verwundert die grauenhafte Szene. Alles schien hier Halt zu machen, und durch das allmälige Nachrücken der Späteren im Zuge wuchs die Menge der Schwarzen in's Enorme. Und droben hingen die drei weißen Menschen. Alles Beiwerk war verschwunden. Die grinsenden weißen Gesichter und unflätigen Soldatenköpfe der früheren Häuschen waren zurückgeblieben. Der Kontrast dieser drei aufgehängten weißen Menschen und der riesigen Übermacht der Schwarzen war von ungeheurer Wirkung. Schließlich, dachte ich mir, ist das Ganze doch furchtbarer Ernst; ein kolossales Stück wird dort oben tragiert; keine abgekartete Sache, sondern eine entsetzliche, blutige Handlung, deren Ausgang man noch nicht kennt. – Ich durchforschte die Ansammlung der Schwarzen und bemerkte, wie Alles sich um drei langgeröckte, dickbäuchige, bebrillte Menschen konzentrierte, die noch gestickte Schärpen und goldflimmernde Mantillen über ihren Röcken trugen, und eben große Folianten aufschlugen, in denen sie beim Schein der Kerzen eifrig lasen und dazwischen immer hinauf zu den drei weißen Menschen an den Balken glotzten. – Kein Zweifel, wir waren hier an einen der Haupt-Momente der ganzen Tragödie gekommen. Aber, was war die Bedeutung? – Waren die drei Dickbäuche die Repräsentanten der Schwarzen? Und die drei weißen ausgemergelten Menschen an den Balken die Vertreter der Weißen? Handelte es sich um einen Kampf der Fetten mit den Mageren? Wo war aber der Rest der Weißen? Offenbar fehlten zwischen dieser Szene auf der Spitze des Berges und dem letzten Häuschen mehrere Mittelglieder. Aber die Tannen versperrten dort jede Aussicht. – Hatte inzwischen ein Kampf stattgefunden; und die Schwarzen hatten einige von den Weißen gepackt und erdrosselt und hier als Siegeszeichen aufgehängt, während die Übrigen in die Wälder zerstoben? – Aber das Verhalten der drei Weißen unter sich gab mir neue Bedenken. Während nämlich der mittlere, arme, traurige Mensch ruhig und resigniert, mit gesenktem Kopf am Balken hing, streckte der auf seiner linken Seite zu meiner größten Verwunderung die Zunge heraus, die weiß und gypsern war wie der ganze Mensch, reckte dem in der Mitte in höchst despektierlicher Weise das Gesäß hin und schien überhaupt der ganzen tragischen Szene nicht die geringste Beachtung zu schenken, indem er mit der größten Gleichgültigkeit über den Wald hinblickte, in einer Richtung, in der, wie ich später gewahr wurde, ein Wirtshaus lag. – Den dritten weißen Mann konnte ich nicht sehen, weil die Kerzenträger sich so hinter einen der dickbäuchigen Sachwalter der Schwarzen gestellt hatten, daß dieser einen mächtigen Schattenkegel auf den dritten Balken warf, wobei der weiße Mensch daran und noch ein großer Teil des dahinterliegenden Waldes verfinstert wurde. – »Bitt' für uns! Bitt' für uns!« brachte jetzt wieder der Wind zu mir herüber. – Ja, »bitt' für uns!« dachte ich mir, – »bitt'« für wen? Wer soll denn für Euch bitten? Was fehlt Euch denn? Seid Ihr krank? Jetzt habt Ihr die Weißen erst aufgehängt, jetzt sollen sie für Euch bitten! Könnt Ihr ohne die Weißen nicht existieren? Seid Ihr ein Doppel-Geschlecht, wobei Weiße und Schwarze die äußersten Qualitäten ein und desselben Ichs bezeichnen, die sich bekriegen und doch immer wieder vereinigen müssen? Oder, was soll denn die ganze Komödie da droben? – Der eine der Dickbäuche fing jetzt in schnarrendem Ton aus dem Folianten zu lesen an. Ich war zu weit entfernt um es zu verstehen; aber es war eine fremde Sprache. Die Schwarzen hatten sich jetzt allmälig insgesamt vor den drei weißen Menschen an den drei Balken versammelt; und da die ganze weinerliche Szene mit den drei weißen Figuren immer jenseits der Schwarzen von meinem Standpunkt aus sich abspielte, die Schwarzen also zwischen mir und den drei Balken sich befanden, so sah ich in dem Fall nichts wie schwarze Buckel. – Alles blickte wie fasziniert auf das weiße Antlitz des armen Menschen am mittleren Balken, auf das der Hauptstrom der Kerzenlichter fiel. Oft atemlose Stille, als wartete man auf eine Antwort, – vielleicht von einem der weißen Menschen oben. Von Zeit zu Zeit streckte sich eine Hand blitzartig aus der Masse gegen den mittleren Balken zu aus. Alle Köpfe folgten dann der angedeuteten Richtung. Der bebrillte glatzige Kopf des Dick-Bauchs hörte dann auf einen Moment mit dem Lesen auf und glotzte ebenfalls hinauf. Ich strengte meine Sehkraft an, so gut ich konnte, ob vielleicht von oben, von dem weißen Menschen am mittleren Balken, etwas erfolge, ein freundliches Lächeln, oder ein spöttisches Zucken, eine vielsagende Nick-Bewegung wie von dem Komtur im Friedhof im »Don Juan«, oder ein trauriges Kopfschütteln. Aber nichts! – Und der Folianten-Träger las weiter. Und die Menge wimmerte leis mit. – Wie zufällig und ermüdet von der trostlosen Szene schweifte mein Blick noch einmal den Berg hinab, den die Menge heraufgekommen war. Die weißen Puppen waren tief in ihren Häuschen versteckt, und da die Kerzen-Beleuchtung fehlte, so konnte man über ihr ferneres Thun und Treiben wenig erkennen; nur hie und da blitzte eine weiße Hand heraus; oder ein gestikulierender Kopf wurde sichtbar. Der ganze Weg war jetzt vollständig leer; aber plötzlich hielt ich inne: ein kleines, blondes Mädchen, das ich anfangs hinter den Tannen versteckt nicht bemerkt hatte, sprang lustig und leichtfüßig den Berg herauf. Offenbar stand es mit der ihm voranziehenden Menge außerhalb jedes Zusammenhangs, und verstand von dem sich abspielenden Vorgang und seinen Leidenschaften und Eccentricitäten so wenig wie ich; vielmehr schien es die weißen Figuren, die ihm nicht entgingen, wie wirkliche Puppen zu behandeln, und sich in seiner mädchenhaften Weise mit ihnen zu beschäftigen. Die Kleine mochte vielleicht vierzehn Jahre zählen und hatte große blonde Zöpfe. Vor dem Häuschen, wo das Weib mit der karrirten Schürze so jämmerlich geschrieen hatte, kniete sie hin und breitete ihre Arme aus; dann zog sie ein rotes Herzchen aus der Tasche und schenkte es der schönen, weißen, jungen Frau im Häuschen, die eine Krone auf dem Haupte hatte; machte allerlei Knixe und Verbeugungen, band ihre Zöpfe mit den Fingern der weißen Frau zusammen, und brach dann in ein lautes Gelächter aus. Endlich sprang sie weiter, den Berg hinauf, unter allerlei sonderbaren Gesten, wie es ganz junge Mädchen machen, die sich unbeachtet wissen; gab den Tannenzweigen die Hand, sprach zum Mond hinauf, und machte vor den Rosenhecken Komplimente.

Aber ein furchtbares Gekreisch brachte meine Aufmerksamkeit zum Gipfel des Berges zurück. Dicht unterhalb der drei Balken, in einem ähnlichen Häuschen, wie die oben beschriebenen, aber geräumiger, und von ebener Erde aus zugänglich, lag der weiße Mensch längshingestreckt, wie tot, im Bett; der Mund offen, die gypserne Zunge nachlässig heraushängend, ganz nackt, nur um die Hüfte ein weiß und blau karrirtes Tuch. Die Schwarzen, die sich inzwischen von der Drei-Balken-Szene zurückgezogen, und besonders die Weiber unter ihnen, drängten in dicken Knäueln in dieses Häuschen; einzelne mit Kerzen, schauten mit wehmütigen Geberden auf den weißen Mann, von dem ich nicht sicher werden konnte, ob er sich verstelle, oder ob er tot war; auch konnte ich nicht konstatieren, ob der weiße Mensch oben noch am Balken hing, da alle Kerzen sich hier zu der Bettszene zurückgezogen hatten; ob es sich etwa bezüglich des weißen Menschen um ein Unterschiebsel handle, oder ob die Weißen über mehrere Schauspieler in dieser Rolle verfügten. Jedenfalls machte der weiße Mann im Bett nicht die geringste Bewegung, als die Vordersten unter den Schwarzen ihn mit Küssen bedeckten, Speichel auf seine Hände und Füße schmierten und ihn dabei ganz mit Wachs volltropften. Und eine unter ihnen, ein mageres, häßliches Weib, nur mit einem einzigen dünnen Rock bekleidet, warf sich in ihrer ganzen Länge auf ihn, ohne daß er zerbrach, woraus ich soviel schloß, daß er jedenfalls nicht von Gyps war; sie umklammerte ihn heftig, rieb ihr runzliches, beulenbedecktes Gesicht gegen seine Wangen, und rief in einem fort eine kreischende Phrase, die ich aber nicht verstehen konnte, weil der Wind konträr ging; um so sicherer war jedoch der Effekt auf die Umstehenden, die nach kurzem Erstaunen wie wütend auf die Obenliegende sich stürzten, wie mir schien, nicht aus Entrüstung, sondern aus Neid, wegen des gelungenen Koups, der der Mageren, Dünnbekleideten gelungen war; denn stets da, wo es gelang sie wegzureißen, drängten sich andere Gesichter, Backen und schwitzende Hälse hin, um den weißen Mann zu berühren; und, merkwürdig, als man nun endlich die Spindeldürre weggezerrt hatte, warfen sich Andere, Schwerfälligere und Dickere, die keine Aussicht hatten, bis zum weißen Mann vorzudringen, wiederum auf sie, um selbe an jenen Stellen, wo sie mit dem weißen Dortliegenden in so unflätige Berührung gekommen war, abzuküssen und abzulecken; als handelte es sich um ein Gift, um einen Impfstoff, der von dem kalkigen Menschen ausging, und von Lippe zu Lippe übertragbar war. Gegen dieses Verfahren wehrte sich aber die so gewaltsam Entfernte mit Händen und Füßen; eine schreckliche Balgerei entstand in dem engen Häuschen, die Alte drängte heraus, andere drängten hinein, um zu dem weißen Mann zu gelangen; wie es bei solchen Gelegenheiten geht, Einzelne, mit eingepferchten Armen, wurden mit dem ganzen Körper emporgehoben und stiegen mit kirschrotem Gesicht, wie rote Bengallichter, aus der schwarzen, wühlenden Masse langsam aber sicher in die Höhe; Andere, die den einen Arm mit dem rettenden Wachslicht frei bekommen und in die Höhe hielten, träufelten nun im Gewühl das Wachs auf die verzweifelt nach oben blickenden Kirschgesichter, auf die Halskrausen und die daraus hervorquellenden Kröpfe. Leider konnte ich nur das Bild als solches, die Formen und Bewegungen sehen; von den Lauten des Schmatzens, Küssens, Leckens, Abglitschens, Fluchens, – von dem eigentlichen Inhalt der Szene, was sie mit dem weißen, nackten Mann sprachen, was sie von ihm wollten, – entging mir Alles. Endlich erbrach sich förmlich das mit den schwarzen Menschen gefüllte Häuschen; eine Öffnung entstand, wie ein Krater, und heraus flog das dürre Weib und auf den platten steinernen Boden hin; ihr dünner Rock war teils zerrissen im Kampf, teils hinaufgeschlagen; man sah, daß sie keine Hosen anhatte, und die mageren, schlottrigen Beine steckten in schmutzigblauen Strümpfen, die mit kittgelben Bendeln befestigt waren. So lag sie am Boden, wo sich kein Mensch mehr um sie kümmerte.

Ich war noch damit beschäftigt mir die Bedeutung dieser merkwürdigen Szene zurechtzulegen, insonderheit mich zu fragen, welches die Rolle sei, die dieser weiße Mann den ganzen Berg herauf gespielt hatte: erst läßt er sich in's Gesicht spucken, dann liegt er stillvergnügt im Schoße einer jungen Frau, darauf hängt er sich an einen Balken und hält Zwiegespräche mit den Schwarzen ab, ob er herabsteigen soll, um sich endlich in's Bett zu legen und von den alten Weibern umarmen zu lassen: ist er krank, oder ein Simulant, oder ein Schauspieler? – als eine plötzliche Bewegung, die auf der Spitze des Berges begann, mich an dem weiteren Verfolgen meiner Betrachtungen hinderte: Die ganze enorme Menge der Schwarzen, sowohl Die, welche, wie ich jetzt erst sah, den Gipfel des Berges, wo die drei Balken standen, gar nicht verlassen hatten, als auch Jene, welche, vorzugsweise Weiber, etwas unterhalb in dem offenen Schlafzimmer des weißen Mannes die Balg-Szene aufgeführt hatten, stürzten sich, wie auf ein gemeinsam verabredetes Zeichen, wie auf einen Signal-Pfiff, der aber nicht erscholl, in wilder Flucht, laufen was laufen konnte, die andere Seite des Berges hinab, die glücklicherweise weniger steil verlief als der Aufstieg, da sonst der Sturz Einzelner und Drüberfallen der Nachfolgenden unausbleiblich gewesen wäre. – Alles lief in wilder Hast durcheinander; Kerzen und kleine Büchelchen in Goldschnitt wurden weggeworfen; Weiber hoben die Röcke empor, um besser laufen zu können; und vornen dran, nicht am wenigsten geschickt im Vorwärtskommen, galoppierten die drei Dickbäuche mit ihren gestickten Mantillen. – Ich glaubte schon, die Schwarzen hätten eine endgültige Niederlage erlitten, und die Weißen, in Verfolgung ihres Sieges durch Nachsetzen des Feindes, kämen aus den Häuschen gesprungen, und eilten mit Spießen und Stangen, und unter Anführung des armen, weißen Menschen in wilder Hast hinterdrein. Aber Alles blieb ruhig und still; und in Verfolgung der Richtung, die die Schwarzen eingeschlagen hatten, entdeckte ich auf halbem Abhang des Berges ein – Wirtshaus. Dieses Wort, dieser sättigende Begriff, brach auf einmal, wie einfallendes Tageslicht, ernüchternd in die phantastischen Ereignisse dieser Nacht. Ich begann an der Sonderexistenz der weißen und schwarzen Rasse zu zweifeln. Ein Gejohle drang aus den erleuchteten Fenstern der Schenke, welche die Schwarzen im Sturm eingenommen hatten, als berieten sie drinnen über die erlittene Niederlage, und eine etwaige Neuaufnahme des Feldzugs. Bald belehrte mich das Erklingen von Fideln und dumpfes Aufstampfen auf den Boden, daß getanzt wurde. Das Wirtshaus lag, bei dem eigentümlichen Winkel, den der Grat des Berges beschrieb, näher am Dorf und bei mir, als der bewaldete Berg-Rücken, auf dem sich alle bisherigen Szenen abgespielt hatten; auf diese Weise konnte ich Menschen und Stimmen leichter beobachten und vernehmen, als im Verlauf der Nacht, wo nur ein günstiger Windstoß mir die oder jene Phrase zugebracht hatte. Ein Fenster von der Schenke flog jetzt auf; dieser geringfügige Umstand begünstigte mich in der Möglichkeit der Orientierung wesentlich; aus einem wie aus nächster Nähe zu mir herüberdringenden Durcheinander von Gläserklirren, Lachen, Schreien, Tanzweisen von einer miserablen Trompete angeführt, Stampfen und Fluchen war zunächst nichts Bestimmtes zu unterscheiden; das plötzliche Aufschreien einiger weiblicher Kehlen belehrte mich mehr, als ich durch den dem Fenster entströmenden Dampf beobachten konnte, daß mit den Weibsleuten Unfug getrieben wurde; endlich aber ließ sich eine tiefe, versoffene Mannsstimme durch Tumult mit der Aufforderung vernehmen: »Laßt uns Kegel schieben!« – Eine ruhigere Stimme, vermutlich die des Wirts, schien zu antworten, es seien keine Kugeln da, oder ähnliches. – »Haut den Luthrischen die Köpf' ab!« ließ sich wieder die erste Stimme vernehmen. Diese Aufforderung schien wie ein elektrischer Funke die Masse der Schwarzen zu berühren. »Haut den Luthrischen die Köpf' ab!« antwortete ein Echo von Dutzenden von Stimmen. Alles sprang von den Sitzen auf und drängte nach dem Ausgang. Wie eine plötzliche Aufrüttelung, der Einen aus einem tiefen Traume aufweckt, brachte mich dieser Kampfesruf in die nüchternste Wirklichkeit zurück. – Voll Angst flog mein Auge noch einmal über den Kamm des Berges zurück. Er war ganz leer; hinten machte sich in einem hellen Saum die anbrechende Morgendämmerung geltend; die Tannen waren nun lichter und man übersah Alles besser; die Häuschen standen nackt und verlassen da, und in ihnen die weißen Figuren starr und regungslos in ihren verzwickten Stellungen, wie weggeworfene Puppen aus gefrornem Gyps; pfeilgerade starrten die drei Balken auf der Höhe in die Luft, und an ihnen die drei vertrakten weißen Gestalten; die zwei äußeren mit verkrümmten Gliedmaßen, als suchten sie sich loszureißen; aber zu meiner größten Verwunderung entdeckte ich, wie an dem mittleren Balken, an dem der arme weiße Mensch mit langgestrecktem Körper hing, das blonde Mädchen, welches inzwischen die Spitze des Berges erreicht hatte, emporgeklettert war; sie hatte bereits den Querbalken erreicht; ihre lichten Zöpfe flatterten hoch im Morgenwinde empor, und während sie sich fest an den Stamm anklammerte, küßte sie den weißen Menschen, dem sie schmeichelnd den Hals umfaßte, auf den Mund. Voll Entsetzen wandte ich mich ab. – Unten stürmte der schwarze Haufe den letzten Bergesabhang, der von der Schenke direkt ins Dorf führte, herunter. »Haut den Luthrischen die Köpf' ab!« schrie es wild durcheinander. Ich erkannte sie jetzt. Es waren Menschen wie ich auch. Aber alle frühere Ordnung und ihr zielbewußtes Vorgehen von oben schien verloren. Kreuze und Fahnen schwankten hin und her, wie von Betrunkenen getragen. Kleine Knaben, die Weihrauchkessel über den Buckel geworfen, galoppierten voraus. Hinten keuchten schwerfällig die in Gold und Seide gekleideten dicken Anführer, mit gerötetem Gesicht, dem Einen die Brille aus dem Ohr gerissen. Mit zerknittertem Busentuch kamen die Weiber schimpfend und lärmend hinterdrein. »Haut den Luthrischen die Köpf' runter!« erscholl es immer näher und deutlicher. Es war, als hätten sie oben gegen die Weißen verloren und suchten jetzt nach einem Objekt ihrer Rache. Halb mit Entsetzen, halb voll Mitleid blickte ich auf den Zug. Ich war Lutheraner; aber nicht die Sorge um meinen Kopf beschäftigte mich. Ein Gefühl, halb Schauer von all' dem Gesehnen, halb Erschütterung durch den plötzlichen Wechsel aus der nächtlichen Vision in die morgenkalte Wirklichkeit, packte mich wie ein Schwindel. Ich wollte mein Gesicht mit den Händen bedecken, um nichts mehr sehen zu müssen, konnte mich aber nicht aufrecht halten, und schluchzend fiel ich in die Kissen des Bettes zurück.

Die Menschenfabrik

> ... Oft bin ich ganz verwirrt. Die Menschen um mich herum erblassen zu Schattenbilder, die wie wertlose Puppen auf- und abtaumeln, und ein neues, farbiges Menschengeschlecht, von meiner Fantasie beordert, steigt aus dem Boden herauf, mich mit seinen erschreckten Augen anblickend.
>
> *Tieck*

Wer viel zu Fuß gereist ist, bekommt allmählich eine so große Übung in Beurteilung des Standes der Sonne sowohl, wie der Wegstrecken seiner Reise-Karte, daß er genau weiß, wann er von einem Ort aufbrechen muß, um sicher noch vor Eintritt der Dunkelheit das von ihm als Nacht-Quartier ausersehene Dorf oder Städtchen zu erreichen; ihm ergeht es nicht so, wie dem Verfasser Dieses vor mehreren Jahren, als er erst kurz zum Wanderstock gegriffen hatte, und sich eines Abends von der Dunkelheit überrascht sah, und, unfähig eine Land-Karte oder den Kompaß zu Rate zu ziehen, seit zwei Stunden mutterseelenallein auf der Landstraße hingetappt war, müde, hungrig, ohne Ansprache und ohne Direktion. Es war im östlichen Teile Mittel-Deutschlands, und ich weiß wahrhaftig nicht mehr in welcher Provinz, oder in der Nähe welcher größeren Stadt, was auch zur Beurteilung der folgenden Komödie ohne jeden Belang ist. – Nachdem ich zur Einsicht gekommen, daß Stehen-Bleiben zu Nichts führe, und die Feuchtigkeit des Bodens das Aufschlagen des Nachtquartiers auf freiem Feld verbot, beschloß ich unter möglichster Schonung meiner Kräfte ruhelos weiter zu wandern, und wäre es auch die ganze Nacht, da bei der bekannten Bevölkerungs-Dichtigkeit Deutschlands ich über kurz oder lang auf irgend eine menschliche Niederlassung stoßen müsse. Meine Ausdauer wurde auch mit Erfolg belohnt, insofern, als ich das, was ich suchte, fand: ein Nachtquartier. Ob das Nachtquartier als solches ein Erfolg zu nennen war, oder ob der Verfasser nicht besser gethan hätte, in der schmutzigsten Pfütze auf der Landstraße zu übernachten, möge der gütige Leser am Schlusse dieser Erzählung beurteilen, denn nur die vertrackten Ereignisse dieser einzigen Nacht werden Gegenstand der folgenden Blätter sein.

Es war vielleicht kurz vor zwölf Uhr Nachts, als ich, der beim Marschieren immer den Kopf drunten am Boden hatte, plötzlich ein riesengroßes, schwarzes Gebäude nur wenige Schritte von der Landstraße vor mir auftauchen sah; dasselbe schien, soweit man bei der Dunkelheit urteilen konnte, aus mächtigen Quadern sehr solid gefügt, war mehrere Stock hoch, hatte diverse Hinter-Bauten, Remisen, Maschinen-Häuser, Schornsteine, kurz eine weitläufige, offenbar industrielle Anlage. Ich sah kein Licht; trotzdem war ich fest entschlossen, mich anzumelden; ein fein bekießter Weg führte von der Landstraße zum Eingangsthor. Hübsche Anlagen rechts und links bewiesen eine gewisse Wohlhabenheit des Besitzers ebenso, wie dessen Kunstsinn und Liebe zur Natur. Ich läutete. Ein schneidend-heller Ton fuhr durch das ganze Haus, dessen Gänge und Korridore nach dem Echo zu schließen, gewaltige gewesen sein mußten. »Das wird eine schöne Störung verursachen!« dachte ich mir. Aber zu meiner größten Überraschung hörte ich sogleich Tritte in meiner nächsten Nähe; eine Thüre wurde aufgemacht; ein Schlüsselbund raschelte; im nächsten Moment öffnete sich das schwere, braun angestrichene Einfahrts-Thor, und vor mir stand ein schwarzes kleines Männchen mit freundlichem, glattrasiertem Gesicht, und frug mich mit einer stummen Geste nach meinem Begehr. – »Entschuldigen Sie die Störung so spät in der Nacht – sagte ich – was ist das wohl für ein Haus?« – »Eine Menschenfabrik.« – Nun bitte ich den Leser, bevor wir weiter gehen, sich durch Nichts, durch keine Frage, Antwort, oder Bemerkung, und wäre sie die verrückteste, davon abhalten zu lassen, diese Geschichte zu Ende zu lesen. Wir hören, sehen oder lesen im Leben oft viel sonderbarere Dinge, als die obige Antwort anzudeuten scheint, ohne gleich davon zu laufen, oder das Buch zuzuschlagen. Hauptsache ist, daß man nicht den Kopf verliert, die Fakta ruhig auf sich einwirken läßt, und dann eine Verständigung sucht. Zur Sache selbst möchte ich bemerken, daß, wenn in einem zusammengesetzten Substantiv das eine Wort zur näheren Bezeichnung oder Erklärung des andern dient, dieses letztere meist subjektivisch zu nehmen ist, während das erste am besten durch einen Relativ-Satz aufgelöst wird. Da ich nun keinen Grund hatte, anzunehmen, daß in diesem merkwürdigen Haus andere grammatikalische Regeln herrschen, als in den übrigen deutschen Landen, so verstand ich unter »Menschenfabrik« eine Fabrik, in der Menschen fabriziert werden. – Und das war ganz richtig. – Und nun will ich den Gang der Erzählung nicht länger aufhalten, als ich selbst sprachlos und wie niedergedonnert vor dem kleinen Männchen dastand, unfähig, kaum einen Gedanken zu fassen, geschweige eine passende Rede vorzubringen, bis der freundliche Alte, nicht im mindesten ungehalten über meine Zögerung, mich durch eine Handbewegung aufforderte, einzutreten. Ich trat nun in den Hausflur, und brachte soviel durch Sammlung meiner Gedanken zu Wege, daß ich, ihm in die Augen blickend, sehr höflich bemerkte: »Sie meinen das nur bildlich!? – Sie wollen damit nicht sagen, Sie fabrizieren Menschen!?« – »Ja, wir machen Menschen!« – »Sie fabrizieren Menschen? Was heißt das?« rief ich jetzt auf's Höchste erregt. Im Geheimen aber stieg in mir ein Gedanke auf, daß es mit dem Mann oder mit dem Haus nicht in Ordnung sein könne. Der alte Mann schien meine Verwunderung nicht zu bemerken oder nicht zu beachten, sondern sagte, auf eine Glasthür hinweisend, zu der wir inzwischen weiterschreitend gekommen waren, »Bitte, wollen Sie hier eintreten!« – »Menschen, – rief ich, – das kann nicht wörtlich zu nehmen sein, das ist ein Bild, eine Redeblume, Sie können nicht Menschen machen wollen, wie man Brot macht!?« – »In der That«, – rief das alte Männchen fast freudig, und gar nicht alteriert, etwa im Tone, wie der Custos einer Gallerie sagt: Ja, das berühmte Bild, nach dem Sie fragen, das ist bei uns, – »in der That, ich acceptiere Ihren Vergleich, – wir machen Menschen, wie man Brot macht.« – Wir waren in einen mit breiten Stein-Fliesen belegten Korridor gekommen; in den Fenster-Ecken, die zum Hof hinaus führten, standen große hölzerne Spucknäpfe mit flockigem, weichem Säg-Mehl aufgefüllt; man konnte schließen, daß hier bei Tag viele Leute vorbeipassieren. Alles trug den Charakter der Salubrität und rationellen Bewirtschaftung; die Wände frisch geweißt, die Bemalung einfach, aber sorgfältig. – Ich schaute mir noch einmal den alten Mann an; er schien so nüchtern, fleißig, benevolent zu sein; sein Alter und seine Gemessenheit schien jede Neigung zu Fantastik oder dummen Scherzen auszuschließen. Ich kratzte mir im Ohr herum, ob sich dort ein Sieb befände, welches die Worte und ihren Gehalt verstelle. – »Menschen!« – sagte ich zu mir; – »Menschen, – sagte ich dann ganz laut, – machen Sie; aber wozu? Zu welchem Zweck? Zugegeben, Sie machen sie; aber wozu Menschen machen, wenn sie kostenlos täglich zu Hunderten geboren werden? Was sind Ihre Art von Menschen? Wie kommen Sie zu der ganz ungeheuerlichen Idee? Wer sind Sie? Sind Sie ein im Mittelalter stehengebliebener Fantast und brüten über zauberische Theoremata eines Dr. Faustus, die die Neuzeit längst vergessen? Wo bin ich hingeraten? Bin ich zu weit ostwärts gekommen in eine orientalische Zauberküche? Oder bin ich in einem abendländischen Narrenhaus? Reden Sie! Wiederholen Sie Ihre Antwort! Was ist das für ein Haus?« – Mein Begleiter schien über die Flut meiner erregten Fragen nicht im Mindesten bestürzt; er sah ruhig vor sich auf den Boden hin, als kontrolliere er die Genauigkeit der Arbeit des Steinlegers; eine Gleichgültigkeit, die mich noch erregter und furchtsamer machte; und sagte dann mit einiger Gemessenheit: »Sie stellen in einem Atemzug viel Fragen. Ich will versuchen, sie von rückwärts zu beantworten. Aber ich mache Sie gleich darauf aufmerksam: Durch Sehen und Beobachten werden Sie auf unserem Rundgang mehr begreifen und kennen lernen, als ich erklären und Sie fragen können. Also nochmals: Dies Haus ist eine Fabrik!« – »Und Sie fabrizieren?« ergänzte ich fast schnaubend. – »Menschen.« – Menschen, Menschen, sagt der Mann mit unverbrüchlicher Ruhe. Ich versank in ein tiefes Hinbrüten, das mein Begleiter nachsichtig genug war, nicht zu stören. Alle die hundert Fragen, die sich an ein so plötzlich Einem in den Weg geworfenes Wort, wie »Menschenfabrik«, sternschnuppenartig anschließen, zogen gedrängt durch mein Inneres, weil die Zunge sie nicht rasch genug zu bewältigen vermochte. Menschen, sagte ich zu mir selbst, gut! Der Gedanke ist nicht schlecht; aber wozu sie fabrizieren, und mit welchen Hülfsmitteln? Mein Begleiter nahm mich sanft beim Arm und wollte in den ersten Saal treten. »Halt! – noch eine Frage, – rief ich, – bevor wir weiter gehen: Thun Ihre Menschen denken?« – »Nein«, – rief er sofort mit dem Ton absolutester Sicherheit, und nicht ohne den Ausdruck freudiger Erregung, als habe er die Frage erwartet, oder sei froh, sie verneinen zu können. – »Nein! – rief er, – das haben wir glücklich abgeschafft!« – »Damit gewinnt Ihre Neuerung außerordentlich für mich an Interesse, – bemerkte ich und fuhr gleich darauf fort: Ich habe einen Menschen gekannt, der denken mußte, – der *contre coeur,* ohne Neigung, ohne Beruf genötigt war zu denken, – und zwar Dinge, die nicht er, sondern, die sein Kopf wollte, – also nicht unter einer äußeren, erziehlichen Notwendigkeit, sondern aus einem innern Antrieb, mit dem er sich ebenso identifizieren mußte, wie mit seinen Gedanken; er mußte seine Gedanken *contre coeur* anerkennen, ich sag' Ihnen: eine Komplication...« – »Kenn' ich, – fuhr das auf einmal lebhaft gewordene Männchen dazwischen, – kenn' ich, weiß ich, wir sind vollständig orientiert über die Bedürfnisse des Jahrhunderts, wir wissen, wo es unserer Rasse gebricht, wir haben das Neueste!...« –

Diese letztere kaufmännische Wendung machte mich wieder nüchtern und daneben mißmutig und mißtrauisch. – Wir traten in einen der großen Parterre-Sääle, aus dem uns ein heißer Schwaden entgegenschlug. Alles war reichlich beleuchtet. In den Ecken mehrere mit Thon verschmierte, kapselförmige Öfen mit Gucklöchern. Bevor wir bis zur Mitte des Saales gelangt waren, kam aus dem Nebenzimmer ein Arbeiter im verstaubten Gewand mit einer Laterne in der Hand heraus, und, ohne über meine Anwesenheit im Mindesten erstaunt zu sein, sagte er: Herr Direktor, soeben haben wir den Chinesen herausgebracht. – So, – antwortete mein Begleiter mit fast väterlicher Milde, – sind die Augenschlitze gut ausgefallen? – Etwas glasig! – meinte der Arbeiter. – Glasig? – wiederholte das alte Männchen erstaunt, aber nicht unfreundlich, – das thut mir leid. Lassen Sie ihn jetzt sich erst ausschnaufen; mit den Augen wollen wir sehen, was zu machen ist. – Der Arbeiter entfernte sich mit einer zustimmenden Kopfbewegung. – »Sie scheinen die ganze Nacht hindurch zu arbeiten?« sagte ich mit dem Ton des Grausens über das eben Gehörte. – »Die Prozedur erlaubt keine Unterbrechung!« entgegnete das Männchen. – »Und Sie scheinen sich nicht auf das Nachmachen der Leute Ihrer eigenen Nation oder der Völker des Abendlandes zu beschränken! Sie greifen bis in den Orient hinein!« – »Die sind jetzt sehr beliebt!« – »Beliebt, sagen Sie, was soll das heißen? Beliebt! Sie können nicht damit meinen, daß Ihr verbrecherisches Fabrikat bei den Menschen der alten Zunft gut aufgenommen werde! – Und nach einer Pause brach ich mit neuer Vehemenz los: Um Gottes Willen, sagen Sie mir, was das Alles heißen soll. – Fürchten Sie sich nicht vor dem allmächtigen Schöpfer des Weltalls? – Wollen Sie dem lieben Gott Konkurrenz machen? – Wird sich dieses freche Fabrikat nicht wie eine Parodie ausnehmen? – Mit welchen Gesichtern müssen sich Abkömmlinge zweier derartig verschiedener Rassen auf der Straße begegnen?! – Muß der Kontrast nicht größer und vor allem entsetzlicher sein, als zwischen einem Weißen und einem Polynesier, beide Gottesgeschöpfe!? – Mit welchem Mißtrauen muß ein Mensch der alten Erde an ein solch neues, künstlich geschaffenes Wesen herantreten, es beriechen, betasten, um seine geheimen Kräfte herauszubekommen! – Und wenn die neue Rasse nach einem bestimmten, reif überdachten, Plan gemacht ist, besitzt sie vielleicht größere Fähigkeiten, als wir, wird im Kampf um's Dasein den alten Erdenbewohnern überlegen sein! – Ein fürchterlicher Zusammenstoß muß erfolgen! – Denkt die neue Rasse nicht, wie Sie vorhin erwähnten, schafft sie nur nach ihrer spezifischen, ihr eingeimpften Anlage, die maschinenmäßig zum Ausdruck kommt, wie kann sie verantwortlich für ihre Fehler gemacht werden?! – Die Moral, als Grundlage unseres Denkens und Handelns, hört auf! – Neue Gesetze müssen geschaffen werden! – Eine gegenseitige Aufreibung der beiden Klassen wird unvermeidlich sein! – Was haben Sie gethan!? Was haben Sie unternommen?! – Was ist Ihr Ziel? – Ein Umsturz der gegenwärtigen Gesellschafts-Ordnung!« – Mein Begleiter blickte mich nach diesem neuen Fragen-Schwall sanft und beruhigend an, und meinte nach einiger Zeit: »Die neue Rasse, – sind Sie dessen versichert, – wird sich nicht in der Welt breit machen, und nicht in einen Wettkampf mit ihren Brüdern und Schwestern nobler Abkunft treten. Sie wird ruhig bei Ihnen im Salon sitzen, anspruchslos und bescheiden. Und Sie, die alten Menschen, werden sich in heiterer Anschauung dieser glänzenden, schöpfungsfrischen Wesen begeistert und gehoben fühlen. Deswegen kann ich Ihnen nur raten, sich eine nicht zu kleine Anzahl dieser feinen Geschöpfe zu erwerben.« – »Erwerben! – entgegnete ich – wie soll das geschehen?« – »Wir verkaufen sie. – Zu was wäre die Fabrik da?! – Und wovon sollte sie bestehen, da unsere fabrizierte Rasse nichts arbeitet, nichts verdient, und an und für sich höchst teuer herzustellen kommt!« – Ich wurde sichtlich beruhigt durch diese letzte Erklärung, und schämte mich fast meiner explosiven Fragen von soeben. – Wir schritten auf einen der größeren Öfen in der Ecke zu. – »Natürlich, – sagte mein Begleiter, – der Prozeß ist Geheimnis! – Wir nehmen Erde dazu, wie der Schöpfer des ersten Menschenpaares im Paradies, wir mischen sie, wir manipulieren mit ihr, wir lassen sie verschiedene Wärme- und Hitzegrade durchmachen, – und das Alles kann ich Ihnen zeigen, – aber den eigentlichen Kernpunkt, das Beleben, und besonders das Erwachen unserer Menschen, ist Fabrik-Geheimnis.« – »Ich will Ihre infernale Kunst nicht kennen, entgegnete ich, und ich wollte, Sie kännten sie auch nicht, fügte ich hinzu; jährlich vielleicht Tausende von Kreaturen in die Welt zu setzen, die nichts weiter sind wie Faullenzer....« – »Bitte, beobachten sie einmal diese Formen!« – unterbrach mich der kleine Direktor, ohne auf meine letzte Bemerkung einzugehen. Ich sah durch das Guckloch. In einem anscheinend feuchtwarmen, von der Außenluft abgeschlossenen, Baderaum lag ein wunderschönes Mädchen, anscheinend schlafend, halb bekleidet, an einem künstlichen Rasengrund angelehnt, aber alles ganz weiß, wie aus feuchtem Thon erst hergestellt, und augenscheinlich unvollendet; Formen, Positur, Draperie, die Füßchen, Schuhe, die durchbrochenen Strümpfe, der Spitzen-Besatz, Alles in reizender Harmonie, und mit künstlerischer Vollendung. – »Wenn Sie jetzt noch etwas auszusetzen haben, sprach der Direktor vom andern Guckloch her, welches er eingenommen hatte, so ist's jetzt noch Zeit; jetzt ist Alles noch weich, eindrucksfähig, dehnbar; sind die Augen einmal fertig, erscheint die Röte des Herzschlages auf ihren Wangen, erwacht sie, dann ist es zu spät; dann ist sie, was sie ist, ein Mädchen, heiter, launisch, kokett, eigensinnig, dick, dünn, schwarz, brünett mit allen Fabrikfehlern.«

Was mir auffiel, war, daß die Kleider anscheinend fest mit dem Körper verbunden waren. Ich teilte dem Direktor mein Bedenken mit, mit dem Bemerken, daß es für das arme Kind schwer sei, bei der Unwandelbarkeit seiner Formen immer die richtigen Kleider zu finden. – »Kleiderbedarf es keine«, antwortete er. – »Wie, Sie müssen ihr doch die Wäsche wechseln lassen!« – »Wir kreiren Wäsche und Kleider im Schöpfungsakt mit und zwar ein-für-allemal.« – »Das ist doch das Wahnsinnigste, was ich je gehört habe! – Sie erschaffen also angezogene Menschen?« – »Gewiß!« – »Und die so erschaffenen Menschen bleiben angezogen Ihr ganzes Leben?« – »Natürlich! Es ist doch einfacher! Die Kleider bilden einen Teil der Gesamt-Konstitution!« – »Denken Sie nur an die Ausdünstung, um von allen andern Fragen abzusehen!« – »Die haben wir auf ein Minimum vermindert! – Üebrigens kann ich auf diesen Punkt nicht näher eingehen, da er an den innersten Kern, so zu sagen an das geheime Lebensprinzip unserer Menschen rührt.« – Wir gingen langsamen Schrittes vom Ofen weg; ich nachdenklich und fast verwirrt wie immer. – »Wenn ich's recht überlege, – bemerkte ich endlich, – die Prinzipien bei Ihrer Menschen-Erzeugung sind nicht so übel. Sie statten jeden Ihrer Menschen beim Schöpfungsakt mit einer bestimmten Anzahl körperlicher und geistiger Güter aus, und die lassen Sie ihnen auch unveränderlich.« – »Natürlich!« fiel mir das alte Männchen fast feurig in die Rede, und wie erfreut, daß ich endlich seinen leitenden Gedanken erfaßt. – »Natürlich! Bei den heutigen schwankenden Zeitverhältnissen, bei der Unzuverlässigkeit der meisten Menschen, der Zweifelsucht, der Schwierigkeit der Wahl des Berufs, dem Zaudern und Zögern auf allen Gebieten, mußte sich schließlich das Bedürfnis einstellen, Menschen zu haben, von denen man weiß, was sie sind, was sie für Anlagen haben, welchem Temperament sie zuneigen, und daß Anlagen und Temperament sich unverbrüchlich gleich bleiben.

Wir statten unsere Menschen bei der Geburt mit einer nach den besten Mustern hergestellten Kollektion geistiger und leiblicher Vorzüge aus, und die verbleibt ihnen unter allen Umständen. Ich versichere Sie, – unter uns gesagt, – unsere künstlich erzeugten Menschen sind mir lieber, als die alte, berühmte Menschenrasse!« – »Aber die Willensfreiheit!« entgegnete ich. – »Die ist bei den andern auch nur ein Hirngespinst!« disputierte das Männchen weiter. – »Aber die süße Täuschung sie zu besitzen!« – »Ihren Verlust spürt meine Rasse auch nicht!« – »Die Philosophen, die Philosophen, – bemerkte ich kopfschüttelnd, – wenn Sie das Denken abschaffen! Die Philosophen werden mit Ihrer Fabrik-Arbeit sich nicht befreunden können.« – »Sagten Sie nicht selbst, Verehrtester, vor einer Viertelstunde, daß das Denken eine der lästigsten Operationen bei der alten Rasse sei?« – »Ja, ja, es ist oft bitter, aber halt doch schön!« – »Sie sind ein Schwärmer, ein Idealist, ohne feste kaufmännische Prinzipien!« bemerkte der Alte etwas kurz, und ging voraus, mir damit andeutend, daß ein Fallenlassen des Gegenstandes ihm erwünscht sei. – Wir durchschritten einige Säle, in denen es stark nach Kampfer, Kräutern und Essenzen roch, und wo umherliegende Instrumente der merkwürdigsten Art andeuteten, daß hier fortwährend fleißig gearbeitet werde. Namentlich überraschte mich ein sorgfältig verschlossener Glaskasten, in dem fertig gebildete Körperteile, wie Herzen, Ohren, Fingerglieder, mörtelartig, wie aus Urstoff geformt, zu sehen waren; daneben aber auch merkwürdigerweise Attribute, Symbole, wie Pfeile, Kronen, Waffenstücke, Blitze und dergl. – Nun aber kam ein ganz anderes Bild: In der fünften oder sechsten Abteilung nach dem Ofen-Saal begrüßte uns eine fröhliche, herzige Kinderschaar; es mögen acht oder zehn gewesen sein; alle mit vor Übermut strahlenden Augen und frischen, roten Backen. Ich glaubte schon, es seien die Kinder des Direktors; bemerkte aber doch, daß die Mienen etwas steif waren; auch fiel mir auf, daß, während einige frei standen oder auf zierlichen Stühlchen saßen, andere auf einem Postament ruhten, und Mörtelspritzer d'rum'rum zu sehen waren. »Hier stell' ich Ihnen nun meine Kinder vor!« wandte sich mein Begleiter wieder an mich. – »Was? – rief ich bestürzt, – sind es Ihre eigenen Kinder?« – »Nun ja!« antwortete er etwas trocken. – »Ihre eigenen Kinder, meine ich, – von Ihnen erzeugt?« – ergänzte ich lebhaft. – »Nicht nach der alten Methode, – es ist mein Fabrikat; aber das ist ganz gleich; diese sind sogar schöner!« – »Um Gotteswillen, – entgegnete ich, – wie kommen Sie auf den Gedanken, auch künstliche Kinder zu machen?« – »Die große Miserabilität unserer heutigen Ehen hat mich auf die Idee gebracht.« – »Was, Sie werden doch unser heutiges Menschengeschlecht und seine Fortpflanzung nicht in Frage stellen wollen?!« – »Wir wollten nur einige Verbesserungen anbringen!« – »Einige Verbesserungen am Menschengeschlecht anbringen?! – Fühlen Sie denn nicht das Horrente, das Unerhörte, was in dieser Phrase liegt, die Sie kaltlächelnd aussprechen?« – (Achselzucken.) – »Sie zucken mit der Achsel? – Wollen Sie denn das sittliche Band zwischen Eltern und Kindern zerreißen?« – »Diese hier werden sehr gern gekauft!« antwortete mit unverbrüchlicher Ruhe der Alte, indem er auf sein Fabrikat deutete. – »In welche Bahnen treiben Sie das Menschengeschlecht! – fuhr ich mit großer Bewegung fort, – was würde *Hegel* dazu sagen?! – Wissen Sie nicht, daß *Hegel* das gesamte Menschengeschlecht von den ältesten Zeiten an bis auf unsere Tage als fortlaufende Erscheinungsform der »absoluten Idee« konstruiert hat, und in weiser Voraussicht seine Berechnungen noch bis zum Schluß des neunzehnten Jahrhunderts fortführte, so den Menschen eine gesicherte Bahn sittlicher und geistiger Vervollkommnung vorschreibend! – Was würde er zu Ihren verbrecherischen Versuchen, das Menschengeschlecht durch ein künstliches, der Willensfreiheit beraubtes, zu ersetzen, sagen?!« – »Wir können auf Konkurrenten unmöglich Rücksicht nehmen!« »*Hegel* war doch kein Konkurrent! – Er war doch kein Fabrikant! – Ihm genügte, Welt, Natur und Menschen in ihren prägnantesten Erscheinungsformen festzuhalten und in ein gedachtes System zu bringen, in dem Alles als mit Notwendigkeit entstanden erscheint...« – Ich fuhr in diesem geschraubten Stil noch einige Zeit fort, bemerkte aber bald, daß mein Begleiter vollständig interessenlos für meine Ausführungen an einem der Kinderschürzchen herumkratzte, wo die Farbe etwas matt ausgefallen war. – »Sie sehen hier, mein Verehrtester, – begann er nach einiger Zeit, als wenn das Vorausgehende gar nicht gesprochen worden wäre, einen weiteren Entwicklungsprozeß unserer Erzeugnisse; wenn selbstverständlich auch von einem Leben noch keine Rede ist, so erscheint doch alles schon lebhafter, leuchtender, fast pulsierend. – In der Form ist hier schon alles vollendet und unabänderlich. Die Qualitäten, die diese reizenden Geschöpfchen in sich tragen, können, sollte der Werkmeister etwas versäumt haben, nicht mehr vermehrt werden; aber die da sind, bleiben unveränderlich; bleiben auch auf dieser Stufe; dieser reizende Kindersinn bleibt Ihnen für's ganze Leben; ich habe aus

Fröbel da manches gelernt. Betrachten Sie diesen blauen Augenstern. In Kinderaugen sind wir besonders berühmt.« – Ich schwieg zu diesen gotteslästerlichen Auseinandersetzungen. Wir schritten zum Saal hinaus, der hier in der gleichen Flucht keine Fortsetzung mehr hatte. Auf dem Korridor kamen wir dann zunächst an mehrere mit Eisenthüren doppelt und mit großer Sicherheit verschlossene Gewölbe, aus denen ein heftiges Brausen und Zischen herausdrang. Arbeiter, zu Zweit, in großer Hast, mit glühenden Stirnen, in einem gefalteten Leintuch eine große Last tragend, aus der oft wimmernde Laute hervordrangen, kreuzten oft unsern Weg. – »Hier, bitte ich, sich nicht aufzuhalten, – bemerkte der Alte, mich scharf in's Auge nehmend, – und nicht umzusehen; hier ist jener Teil der Fabrik, der ununterbrochen in Gang ist, und wo eine unvorsichtig offengelassene Thür Sie leicht der Besinnung berauben könnte. Werfen wir lieber noch einen Blick in den Vorrats-Saal meiner fertigen Menschen!« – Wir gingen lange schweigend nebeneinander. Der Vorrats-Saal lag in einem der Hinter-Gebäude. Alle Abteilungen der Fabrik waren durch bedeckte Gänge mit einander verbunden, offenbar um sie von Witterungs-Einflüssen so unabhängig wie möglich zu machen. Überall atmete man eine heiße, dampfgesättigte Pflanzen-Luft. – Die Kinder wollten mir nicht aus dem Kopfe. Daß es Kinder blieben, damit konnte man sich schließlich noch abfinden. Das war eine verrückte Idee dieses Menschen-Verbesserers: ebenso wie man kleinen Hunden und Jockeys Schnaps giebt, damit sie klein bleiben. Aber der Mangel jeder sittlichen Anlage, das Mechanische ihres Lachens und ihrer Kinder-Lieblichkeit, das Fehlen jeder erziehlichen Tendenz, mit einem Wort, das Nicht-Vorhanden-Sein eines sittlichen Bodens, auf Grund dessen Kinder fragen: Warum? Weshalb? auf Grund dessen sie Gut' und Böses unterscheiden, war für mich, einen Protestanten, etwas Unerträgliches. In der Erwägung, daß es an dieser Krämer-Seele von einem Direktor nicht viel zu beleidigen gebe, rückte ich ohne Umschweife heraus: »Können Sie es denn Herr Direktor, – begann ich, – leichten Herzens zulassen, daß diese Kinder, die wir im letzten Saal gesehen, so ganz verkommen?« – »Die verkommen nicht, sagte er sehr ruhig, so lange sie kein ungeschicktes Dienstmädchen in die Hand bekommt!« – »Das mein' ich nicht, – erwiderte ich ärgerlich, – ich meine, haben Sie nicht daran gedacht, diesen armen Geschöpfchen einen sittlichen Funken in's Herz zu legen? Und, da Sie doch Alles mechanisch und starr konstruieren: Wo haben Sie bei den Kleinen den sittlichen

Boden angebracht? Im Kopf? In der Brust?« – »Ach, mein lieber Herr, das ist schwer; dieser Boden würde nicht bemerkt werden! Abgesehen davon, daß wir froh sind, wenn es uns gelungen ist, unsere Rasse äußerlich so herzustellen, daß sie sich wie nette und noble Menschen ausnimmt.« – »Nette und noble Menschen! – wiederholte ich, – als ob Das das Ziel wäre, auf das wir lossteuern! – Brave und ehrliche Menschen, – ist das nicht vielmehr? Ja, sehen Sie, Herr Direktor, wenn Sie nach *der* Richtung vorgegangen wären, – ich sprach sehr lebhaft, und gestikulierte fortwährend mit der rechten Hand, – wenn Sie mit vorwiegend sittlichen Impulsen begabte Menschen geschaffen hätten, – wie soll ich sagen? – eine Moral-Rasse, die auf Grund eines eingepflanzten, wenn auch konstruierten, später hartgewordenen Triebes nur moralisch zu handeln vermöchte; – ja, dann hätte ich Respekt vor Ihnen; – eine Rasse, die überall ihr blankes, sittliches Schild zu zeigen vermöchte, und als leuchtendes Beispiel ihren fleischlich gesinnten Brüdern und Schwestern stets vor Augen stünde...« – »Die wäre absolut unverkäuflich!« – »Das macht nichts; die Regierung sollte sie auf Staatskosten aufkaufen, ebenso wie man vortreffliche Gemälde kauft und sie öffentlich zur Nachahmung ausstellt. – Denken Sie, welcher Fortschritt für die ethische Entwicklung unseres Menschengeschlechts, dessen Moral zur Zeit so schon im Argen liegt!« – »Sie sind ein Idealist! bemerkte der Alte kurz, da kann ich Ihnen nicht folgen; ich nehme die Welt, wie sie ist; wir waren froh die Menschen so, wie sie gegenwärtig herumlaufen, imitiert zu haben. Ich versichere Sie, es war keine leichte Aufgabe; – wir haben uns viel geplagt und haben viel Geld hineingesteckt!« – Diese merkantile Wendung brachte mich wieder zum Schweigen. Ich empfand die ungeheure Kluft, die uns trennt. Dieser Spekulant wollte mit seinen Menschen vor allen Dingen Geld verdienen. Alles andere war ihm Nebensache. – Wir gingen wieder lange schweigend einher. – »Ich begreife nur Eines nicht, – nahm ich nach einiger Zeit wieder das Wort, – wenn Sie Menschen machen wollen, müssen Sie doch ganz genaue Kenntnisse der Anatomie und Psychologie haben. – *Prometheus* machte Menschen aus eine Art Ur-Dreck, aber *Pallas Athene* hauchte ihnen erst das Leben ein. Was haben Sie, das Ihnen die göttliche Hilfe entbehren läßt?« – »Chemie und Physik läßt uns heute über Manches hinwegsehen!« – »Gut, die Naturgesetze sind uns heute in einem Grade bekannt, der staunenswert ist; aber wie selbe in einem menschlichen Körper applizieren, wo doch ganz andere Bedingungen herrschen, als in der unorganisierten Natur? Nehmen Sie nur das Heer der komplizierten Empfindungen, die in eines Menschen Brust sitzen, wie …?« – »Wir machen sie alle nach!« – warf schnell das wieder lebhaft gewordene Männchen ein. – »Aber wie? entgegnete ich, – wie konstruieren Sie z.B. die ästhetischen Sensationen? – nach *Herbart,* oder *Lotze?«* – »Sind das Hamburger? – Oder eine Berliner Firma?« – Das sind weder Hamburger noch Berliner, – sagte ich zornig, – das sind deutsche Philosophen, welche die Grundgesetze der Psychologie für alle Zeiten festgestellt haben, außerhalb welcher Empfindungen beim Menschen unmöglich sind!« – »Sie stellen sich das Menschenmachen doch zu schwer vor, Verehrtester!« – erwiderte etwas verlegen der Alte. – »Zu schwer! – rief ich, durch diese triviale Wendung halb außer Fassung gebracht, und blieb mitten im Gang stehen, dadurch meinen Begleiter zwingend, mir gegenüber Front zu machen, – freilich, wenn Sie dem Menschen seinen köstlichsten Besitz, das Denken und die Empfindungen nehmen!« – »Haben die Kinder, die Sie gesehen, etwa Gyps-Köpfe aufgehabt?« – frug jetzt der Alte auch in gereiztem Ton. – »Nein, ich muß gestehen, sie haben mich frappiert durch ihre Lebens-wahrscheinlichkeit, durch ihre Frische, aber ...« – »Was »aber«? Sie dürfen nicht vergessen, daß für eine veränderte Produktion auch veränderte Produktions-Bedingungen maßgebend sind! Was Ihre Herren *Lebert* und *Kotze,* oder wie sie heißen, die ich ursprünglich für eine Konkurrenz-Firma hielt, in ihren Büchern geschrieben haben, mag für das alte Menschengeschlecht gültig sein, aber nicht für meine Fabrik-Rasse!« – Dieser Einwand war, bis auf die Verschimpfierung meiner Lieblingsphilosophen, richtig. Ich begann zu überlegen. Wir setzten beide unsern Weg langsam und nachdenklich weiter. Zu unserer Rechten brausten und schnurrten allerlei Maschinen und Gebläse. – »Aber«, begann ich nach einiger Zeit wieder, »ohne in Ihr Fabrik-Geheimniß eindringen zu wollen, Sie müssen doch eine bestimmte Methode haben, seelische Vorgänge bei Ihren Menschen zum Ausdruck zu bringen?« – »Wir machen sie fix!« – »Fix?« – »Ja, fix!« – »Was heißt das, fix?« – »Wir waren bestrebt, daß eine bestimmte Empfindungs-Gattung, die einen Menschen beherrscht, immer in derselben Richtung, in der gleichen Färbung, in der nämlichen Abtönung auftritt, damit das lästige Schwanken, das Hin und Her der Wünsche und Bestrebungen, die Unentschlossenheit vermieden wird...« – »Aber, Sie merkwürdiger Fabrikant, darin liegt ja der Reiz im menschlichen Leben, daß unser Willens-Impuls das Resultat der gegensätzlichsten Motive und Neigungen ist, heute so, morgen so, und das Zusehen des »Ich« bei diesem Kampfe ist ja eben das, was wir Leben nennen...« – »Hat aber eine Menge von Unannehmlichkeiten zur Folge! Dem Minderwerden des Enthusiasmus folgt der Ekel, dem Aufhören des Gefallens die Gleichgültigkeit, dann Haß...« – »Gut, aber gerade dieser Wechsel....« – »Dieser Wechsel ist der Grund unserer heutigen Haltlosigkeit; wir müssen Stabilität gewinnen!« – »Aber so erzeugen Sie ein sklavisches, des Namen Menschen unwürdiges Geschlecht!« – »Ist aber sehr beliebt!« sagte der Alte sehr kurz und nahm eine Prise. – »Beliebt? Bei wem denn?« – »Bei unseren Kunden!« – »Ja, haben Sie förmliche Abnehmer für Ihr Gezücht?« – »Gezücht? Mein Herr, ich muß bitten!« – »Nun ja, also, für Ihre Spezies?« – »Gewiß! Wer trüge denn die Kosten der Fabrikation?! Erst jüngst schickten wir der Gräfin Tschitschikoff eine Kiste mit...« – »Kiste? Ja, verpacken Sie Ihre Menschen wie Stück-Gut?« – »Oh, unsere Rasse ist harmlos und gefügig; nur einen bestimmten Raum verlangen sie; der muß immer gleich groß sein zum Ausführen ihrer bestimmten, ihnen zuerteilten Geste; alles Übrige ist ihnen gleich; – freilich, »Vorsicht« muß auf der Eisenbahn angewandt werden; auch versenden wir nur auf »werte Rechnung und Gefahr« unserer Kunden.« – »Oh«, – entgegnete ich mit Entrüstung, – »warum lassen Sie freie Gottesgeschöpfe nicht...« – »Bitte, mein Herr«, unterbrach mich mein Begleiter etwas schnippisch, »es sind *meine* Geschöpfe!« – Ich begann zu schwindeln; dieser Kontrast zweier Menschen-Rassen, dieses rücksichtslosdiabolische Verfahren eines abgefeimten Spekulanten; der Kampf, der zu erwarten, wenn er seine Maschinen-Menschen wie Hunde gegen das alte, vornehme, aber vielleicht nicht so gewandte, gottähnliche Geschlecht losließe; und dieser Mensch, der dabeisteht und schnupft; diese Konstellation, die ich mir im Innern ausmalte, nahm mir meine Gedanken; ich preßte die Hände vor die Stirn und begann zu taumeln. »Wo bin ich hingeraten?« rief ich fast in einem Anfall von Verzweiflung, »fort aus diesem schrecklichen Haus, dieser Mördergrube, diesem Tod alles Schönen und Edlen!« und lief wie blind voraus, unwissend wohin. – »Halt, mein Lieber«, rief der kleine Direktor, hinter mir dreinkeuchend, »nehmen Sie sich in Acht, hier steht mein Chinese!...« – Ich wandte mich um. An der Wand stand ein zitterndes, glänziges Geschöpf, in überladen-reicher Kleidung, mit zwinkernden, geschlitzten Äuglein, und streckte die rote, spitzige Zunge in einem fort heraus und hinein. »Wie kommt der daher?« frug ich etwas ernüchtert. – »Er kommt gerade heraus.« – »Aus China?« –

»Aus dem Ofen!« – »Ja, ist der nicht echt?« – »Doch, freilich, das heißt, mein Fabrikat; er ist wunderschön ausgefallen!« – Ich war etwas ruhiger geworden; der Anfall war vorüber gegangen; aber ich beschloß, mich in keine Diskussion mehr einzulassen. – »Hier sind wir am Eingang zu der Ausstellung unserer fertigen Menschen!« sagte das alte Männchen und öffnete die Flügelthür zu einem großen Saal. Wir traten ein. – Eine glänzende Gesellschaft war hier versammelt; Herren und Damen aus allen Ständen; teils sitzend, stehend, oder auf bequemen Polstern ausruhend; die Gesichter etwas lackiert; einige hoben müde die Augen; alle waren in riesige Glaskästen eingeschlossen; viele saßen in Gruppen zusammen und schienen sich zu unterhalten; andere lachten; manche scherzten und sprangen; aber die Geste schien wie in einem bestimmten Moment erstarrt und die Bewegung gefroren; Trauer, unsägliche Trauer lag trotz aller lebhaften Mimik auf Aller Antlitz; ein lebensmüdes Geschlecht, welches sich nicht rühren durfte, wie es wollte, sondern auf den Schraubenschlüssel wartete, der es aufzog; alle menschlichen Bewegungen, Komplimente, Affekte, unwillkürliche Konstellationen in Begegnungen, Stellungen ec. waren auf's Sauberste nachgeäfft. Alle Trachten, alle Moden, aller Putz, alle Symbole waren vertreten. – »Die meisten befinden sich hier in einem schlafähnlichen Zustand«, bemerkte mein Führer, »wenn etwas bestellt wird, wird es zuvor noch aufgefrischt und nachgesehen!« – Ich gab keine Antwort, entschlossen, mich auf nichts mehr einzulassen. – Schweigend ging ich durch diese kalt erstarrten Reihen; selbst fast traurig geworden über das freudlose Dasein, welches ein zu einem Scheinleben gezwungenes Menschen-Geschlecht hier führe, – bis ich plötzlich am Ende des Saals vor einem jungen, hübschen Mädchen stehen blieb. Ich hatte sie erst für eine Aufwärterin gehalten, die in diesem glänzenden Saal abzustauben habe; sie hatte ein Körbchen in der Hand mit einem blauen Tuch darin, einem Schlüsselbund, und unten blinkte eine zierliche Häkelarbeit heraus; ihr Benehmen, ihr Anzug zeigte Anstand und graziösen Sinn: ein geblümtes kurzes Kleid, von dem eine Falte wie zufällig leicht abstand und den weißen Saum des Unterrocks sehen ließ; blendend weiße Strümpfe, die in leichten, schwarzen Schnallenschuhen staken; ein durchbrochenes Spitzenschürzchen; ein Häubchen mit Rosaschleifen; – zwei prachtvoll blaue Augen, die bisher ins Weite geschaut hatten, richteten sich plötzlich auf mich, als ich vor ihr stehen blieb: »Du wunderschönes Kind«, lispelte ich leise vor mich hin, »Dich könnte ich lieben, Dir könnte ich alles opfern, bei Dir könnte ich das Treiben des echten und des nachgemachten Menschengeschlechtes, die mir beide gleich verhaßt sind, vergessen. – Und Du«, fuhr ich fort, »wärest Du der Gegenliebe fähig...?« In diesem Moment schlug sie die reichbewimperten Augendeckel nieder, und auf beide Wangen trat eine deutliche, fast heftige Röte. Ich erschrak und trat zurück; hinter mir stand der Direktor, der sich leise herzugeschlichen hatte, mit einem meckernden Gesicht. – »Sie gräßlicher Fabrikant«, schrie ich, »sogar die Schamröte haben Sie gestohlen, die duftigste und reinste aller menschlichen Empfindungen, um dem lieben Gott seine Menschen-Race nachzuäffen!« und stürzte, von Ekel erfaßt, davon. Ich fühlte, mein Anfall von vorhin werde sich wiederholen. – »Es ist ja nur Cochenille!« rief das kleine, trockene Männchen, hinter mir dreinkeuchend, »es ist ja nur Cochenille!« Am Ausgang rannte ich beinahe einen zweiten Chinesen um, einen ähnlichen, wie der, der am Eingang stand. Unaufhaltsam durcheilte ich alle die Korridore, an den brausenden, dampfenden Sälen vorbei; der Direktor nur mühsam mir nachkommend; Alles war noch erleuchtet; doch sah man, der heranbrechende Morgen machte sich schon geltend. Bald war ich gezwungen, langsamer zu gehen. »Wollen Sie denn nichts kaufen?« hörte ich von ferne schon die Stimme des Alten. »Wollen Sie sich nicht einige von meinen Menschen mitnehmen?« – »Nein«, entgegnete ich zornig, »ich will fort aus diesem Haus, ich will nichts mit Ihrem verbrecherischen Fabrikat zu thun haben!« Am Eingange des Hauses, im großen Thorbogen trafen wir zusammen. – »Eine Mark«, papperte das kleine Direktorchen, »eine Mark, – eine Mark, – wie ein aufgezogener Automat fortwährend vor sich hin, – eine Mark kostet der Besuch der Fabrik!« Ich zog den Beutel und zahlte. – »Noch eine Frage, bevor wir scheiden«, sagte ich »gehören Sie, der Direktor, zum natürlich erzeugten Menschengeschlecht, oder zu dieser kreidigen, ladestocksteifen, angestrichenen Kunst-Race?« – »Es ist richtig«, begann er, und schien zu einem längeren Exkurs auszuholen, »ich habe mich stark in meine Fabrik-Race hineingelebt, – doch um Ihre Frage...« – »Nein!« schrie ich, »ich will nichts mehr hören!« und stürzte zum Thor hinaus. – Ein kalter, frischer Morgenwind schlug mir entgegen. Ich war erschöpft von dieser durchwachten Nacht, noch mehr von dem, was ich erlebt hatte. Die Sonne war noch nicht heraufgekommen, aber es schien ein prächtiger Tag werden zu wollen. Ich eilte fortzukommen aus dieser schauerlichen Umgebung. – Auch hatte ich Hunger. Wie weit das nächste Dorf entfernt sein mochte, davon hatte ich keine Ahnung. Als ich den Kiesweg verlassen und wieder auf der Landstraße war, schaute ich noch einmal um, um dieses merkwürdige Haus zu betrachten. Vor Schrecken taumelte ich fast zurück: da standen im Parterre und ganzen ersten Stock an die Hunderte von diesen weißen, wunderschönen Menschen mit ihren glasig verzückten Augen und gelblichen Fingern, dichtgedrängt an den Fenstern und schauten zu mir herüber, und schienen mich zu verhöhnen. Ich wandte mein Gesicht ab und eilte, von diesem vertrackten Haus wegzukommen. – Aber, wie es geht, lebhafte, beängstigende Eindrücke konzentrieren sich oft in uns bis zur Lebendigkeit, und werden zu Reden, Handlungen, Lauten. Und so war es mir, als hörte ich, während ich rüstig weiterschritt, folgendes Gespräch dieser glasigen Gesellschaft im ersten Stock mich verfolgen: »Seht, da geht er. Seht, das ist so einer von der merkwürdigen Race, die Blut im Leib haben und denken. Seht, wie er geht, wie er sich bewegt, wie er verschiedene Positionen annehmen kann; seht nur sein Gesicht an, wie es sich verändert. Jetzt lacht er, jetzt wird er wieder ernst. Diese merkwürdigen Geschöpfe sind wie von Gummi, sie können jede Position machen, auch im Innern jedes Gefühl empfinden; dann verändert sich ihr Gesicht und zuckt und schnalzt, und wird purpurrot und kreideweiß; seht nur, wie der geht, wie die wollenen Bein-Rohre, die nur Überzüge sind, um die fatale Bewegung zu verbergen, hin- und herschlenkern; eine kostbare Race! Man muß sie sehen, wie sie oft in der Straße einhergehen und sich anzwinkern, dann plötzlich stehen bleiben, durch eine große, durchsichtige Scheibe hineinschauen und Bücher-Titel lesen, wie sie dann mit einemmal starr werden, und die Augen heraustreiben, und ihr ganzes Äußere verrät, daß eine furchtbare Veränderung in ihrem Innern vor sich geht; ihr Kopf fängt dann an zu denken, und der rote Saft in ihrem Körper wird dann durch ein Röhrensystem mit Windeseile durchgepeitscht; sie müssen dann denken, was der Kopf will, und empfinden, was ihnen ein roter Gummiball in der Brust vorschreibt, und sich bewegen, wie die beiden wollen; wie sie dann springen und schnalzen, und den Hals verdrehen, und hinüber und herüber schießen, und die Brust heraustreiben und schnaufen, und dann wieder Knixer machen, – es ist zu possierlich...« – Ich eilte, so rasch ich konnte, mir wurde unheimlich; trotz des kalten Morgenwindes fielen die Schweißtropfen wie Perlen von meiner Stirn. Die Sonne mußte schon aufgegangen sein. In der Ferne zeigte sich eine glänzend bestrahlte Burg und bald, bei einer Wegbiegung, sah ich, lag ein freundliches

Städtchen mit Kirchen und Gärten vor mir. Mir war, als kehrte ich von einem grauenhaften Ausflug in's Schattenreich zur Welt zurück, die ich mit all' ihrem Jammer vor Entzücken an mein Herz hätte drücken können. Und ich hatte kaum hundert Schritt weiter gemacht, als ich einen fleißigen Landmann, mit dem Rechen auf dem Rücken, mir entgegenkommen sah. Ich sah wohl, das war ein Mensch wie ich auch; durch natürliche Zeugung entstanden; das war keine Kunstrasse; denn er nahm zuweilen die Pfeife aus dem Mund, rückte am Hut, sah in die Luft, schaute nach dem Wind, hatte überhaupt viel natürliche Bewegung. – »Mein lieber Freund«, sagte ich, als wir einander nahe kamen, »können Sie mir nicht sagen, was das da hinten für ein Haus ist, kaum hundert Schritte von der Landstraße?« – »Ei, Herr Jäses!« rief der Mann, in dem ich sogleich einen Vertreter des liebenswürdigsten Volksstammes unter den Deutschen, einen Sachsen erkannte, »mein kutestes Herrchen, das kann ich Sie wohl sagen, – das is Sie *die berühmte königlich-sächsische Porzellan-Fabrik von Meißen!*« –

Eine Mondgeschichte

There are many attempts made by poetical authors to reach the moon from their writing-desk.

E. Poe

Zu meiner Zeit war es bei Studenten noch nicht Sitte, an einer oder höchstens zwei Universitäten zu studieren, die noch dazu beide im Inlande gelegen sein mußten; wir zogen über die ganze gebildete Welt; waren heute in Prag und morgen in Paris. Und so war es *Leyden,* wo mir die Geschichte, die ich in den folgenden Blättern erzählen will, passiert ist. – Sollte Jemand zu dem Schluß kommen, daß ich bei solcher Freizügigkeit im Besitz besonderer Mittel gewesen, so wäre das ein großer Irrtum; denn ich war blutarm; und diese Armut war es, die mir zu der folgenden Geschichte verhalf. – Oder sollte Jemand zu der Meinung gelangen, solches Eilen von Hochschule zu Hochschule müßte mit großem Fleiß vergemeinschaftlich gewesen sein, so wäre dies abermals ein Irrtum; denn ich war faul; und diese Faulheit war es, die mich das folgende merkwürdige Ereignis erleben ließ.

Ich will die Vorgeschichte kurz machen: Ich war Mediziner und wohnte in Kost und Logis bei einer Frau, die zu meinem Unglück das Gegenteil aller übrigen Holländerinnen war. Sind diese dick, gutmütig und behäbig, so war sie mager, scharfsichtig und von teuflischer Flinkheit; an ihrem Leib hielt kein Korset; die Haube saß stets schief auf einem verwirrten Kopf, wie zwei Basilisken fuhren die kleinen schwarzen Äuglein in ihrem mageren, gelbfaltigen Gesicht umher; ihre Zähne waren so lang, daß sie wie Spieße aus dem Munde starrten; – kam ich nach Hause, so wurde ich von einer Flut von Schimpfworten übergossen; durch eine mir nie bekannt gewordene Methode war sie stets aufs Genauste unterrichtet, wie ich meine Zeit außer ihrem Hause verbracht hatte; zufrieden war sie nur, wenn ich über meinen Büchern saß und studierte; da dies leider selten der Fall war, so lebten wir in ewigem Zank und Streit; schon nach wenigen Monaten kam ich infolge von Geldverlegenheiten ganz in die Gewalt dieser Frau; ich muß zu ihrer Ehre konstatieren, daß sie meine Notlage nur dazu benutzte, um mich zum Studieren zu nötigen; hätte ich ausgehalten, ich hätte zweifellos ein glänzendes Examen gemacht; daß dies nicht geschah, daran trugen mannigfache Umstände die Schuld; nicht zum letzten die

Furcht, mich nach einem begangenen Exzeß wieder zu Hause zu stellen.

Der stärkste dieser Exzesse schloß sich an ein seltsames Erlebnis in der Anatomie an, nach welchem ich mich acht Tage lang mit einigen meiner schlimmsten Kameraden von Wirtshaus zu Wirtshaus trieb. Als ich am letzten dieser Tage – es war an einem Samstag – einigermaßen zu Vernunft gekommen, fehlte mir der Mut, nach Hause zu gehen; wie ein Hund, der weiß, er kriegt Schläge, lief ich hinaus auf's Feld, um zu überlegen, was zu thun sei. – Wir waren um November. Es war schon dämmrig geworden, und naß und schwer, wie eine feuchte Melone, stieg der Mond am Horizont empor. Es war Vollmond. Ich setzte mich an einen Ranger und überließ mich, während ich in's Weite schaute, meinem Nachdenken. – Wie sonderbar, sagte ich zu mir, daß die Studenten von Hause weit fortgehen, in eine neblige, große Stadt, und dort von einem alten, dürren Weib mit langen Zähnen mehr erzogen werden und ganz neue Grundsätze annehmen, als zu Hause von ihrer Mutter! – Während ich so dachte, schien mir, als ob sich am Mond etwas bewegt hätte; ich blickte genau hin, konnte aber nichts entdecken. – Wie sonderbar, fuhr ich fort zu denken, ist ein solcher Student; bevor er seine deutsche Heimat verläßt, küßt er ein blondes Mädchen und sagt zu ihr: »Kind, wenn ich Doktor geworden bin, dann komme ich und heirate Dich!« – Dann zieht er fort in die große, nördliche Universitätsstadt und geht dort auf die Anatomie und zerschneidet tote Körper; eines Tags bekommt er eine weibliche Leiche mit blonden Haaren, und als er im Begriff ist, das Messer anzusetzen, bemerkt er, wie dieselbe seiner blonden Braut im deutschen Städtchen zum Erschrecken ähnlich sieht. Er verläßt sofort seinen Platz und stürzt zum Saal hinaus; dann packt er sein Anatomie-Besteck zusammen, und geht fort, und säuft sich acht Tage lang toll und voll, nur um diesen schrecklichen Gedanken zu vergessen!... Während ich so dachte, schien sich mir wiederum etwas auf dem Mond bewegt zu haben; diesmal viel deutlicher; ich schaute genau hin, konnte mich aber nicht überzeugen; ich beschloß jedoch, den Mond jetzt genau im Aug' zu behalten. – Ein solcher Student, fuhr ich in meinem Denken weiter, ist von diesem Moment an ein armer, bejammernswerter Mensch; sein Hauptaugenmerk ist, einen bestimmten Gedanken, eine bestimmte Erinnerung, von seinem Hirn fern zu halten; inzwischen hält man ihn für einen Trunkenbold, Spieler, Schürzengaffer, und ein dürres Weib mit langen Zähnen und triefiger Nase hackt immer auf ihn ein, schilt ihn einen verkommenen Kerl, und droht ihn zum Haus hinauszuwerfen. »Herr Gott!« rief ich jetzt laut weinend aus, »ist es zu verwundern, wenn ein solcher Student mit dem Teufel anbinden möchte, oder Einem der altheidnischen Götter sich verschreibt, oder in eine geheime, gotteslästerliche Verbindung mit Sonne oder Mond tritt?!« – In diesem Augenblick geschah bestimmt eine Bewegung auf dem Mond; diesmal war es keine Täuschung, denn die Bewegung hielt an; ich fiel wie vom Blitz getroffen nach vorwärts auf die Hände und starrte mit verrenktem Kopf den Mond an; alle meine früheren Bekümmernisse waren in diesem Moment vergessen.

Welcher Art die Bewegung auf dem Mond war, fällt mir schwer zu beschreiben. Es schien, als hätte die Mondscheibe ihren Platz verlassen, und an ihrer Stelle bliebe ein düsterer, schwarzer Fleck am Himmel; indessen die glänzende Kugel mehr und mehr herabzusinken schien; und indem ich nun von dem näher und näher rückenden Mondball auf die Erde herabmaß, um beiläufig jene Stelle zu finden, auf der, sollte das Unglaubliche geschehen, unser Erden-Trabant landen mußte, entdeckte ich zwei glitzernde Linien, dünn wie Telegraphen-Drähte, aber funkelnd wie Morgentau, die, vom Mond ausgehend, zur Erde herabreichten, deren irdisches Ende aber zunächst meinem Augenmerk sich entzog. Während ich so mit verhaltenem Atem diese Reihe von Erscheinungen verfolgte, bemerkte ich, daß die zwei hellen Linien, die ich lieber für Schnüre gehalten hätte und, nach meinem irdischen Maßstab gemessen, etwa anderthalb Fuß auseinanderstanden, durch Querleisten verbunden waren, und wie zu meinem größten Schrecken an diesen Querleisten ein zappelndes gelbes Geschöpf, wie an einer Strickleiter, mit großer Emsigkeit sich herabbewegte, und mit so dünnen Beinen, daß ich, auf die unendliche Entfernung, den Eindruck erhielt, eine gelbe Heuschrecke bewege sich mit großer Leichtigkeit und in scharniermäßigem Einerlei zur Erde herab, den Mond wie einen leichten, luftigen Ballon nach sich ziehend. – Es ist mir ganz unmöglich, anzugeben, wie lange diese Steig-Arbeit dauerte; ich bemerkte nur, daß es vollständig Nacht war und das summende Geräusch aus der nahen, bis tief in die Nacht hinein belebten Stadt vollständig erloschen war, als keine dreihundert Schritt von mir ein langer gelber Mann zur Erde stieg, der hinter sich an einer Schnur den Mond nach sich zog. Obwohl ich die ersten Bewegungen an unserem Himmelskörper mit der größten Spannung, ja mit Schrecken wahrgenommen, ließ mich das endliche falbelhafte Resultat relativ unberührt; ich schließe daraus, daß das Niedersteigen Stunden gewährt haben muß, um einen derartigen unerhörten Akt durch die fortwährende Beobachtung schließlich in seinem Einfluß auf mein Gemüt wirkungslos zu machen. – Der lange gelbe Mann, der, nebenbei gesagt, schrecklich mager war, schien mit etwas nicht zufrieden zu sein; er war auf einem Stoppelfeld, und suchte und suchte auf dem Boden herum, dabei fortwährend den Mond hinter sich drein ziehend, und begab sich endlich auf ein frisches Winter-Saatfeld, das, – Gott sei Dank! – nicht in meiner Richtung lag. Dort band er den Mond, der wohl eine Neigung nach oben zu steigen besaß, an einen Pflock fest, holte aus seinem kittgelben Anzug, mir unbegreiflich wie, eine Schaufel hervor, und begann zu graben. – Der Leser wird wohl mit mir der Ansicht sein, daß weit wichtiger, als dieser nächtliche Totengräber, der Mond nun selbst für uns sein müsse, der hier vermutlich begraben werden sollte, und daß mit ihm die nächsten Mitteilungen notwendigerweise sich beschäftigen müssen; der lange gelbe Mann konnte ein Bauer sein, der sich gelb trug, und von der nächsten Anhöhe, vom vollen Mondeslicht begossen, herabsteigend, den Eindruck erwecken, er komme vom Himmel herunter; aber der Mond auf einem frischen Saatfeld, wie ein Kalb an einem Pflock angebunden, verlangt doch eine Erklärung oder mindestens eine genauere Beschreibung. Aber gerade hier beginnt für mich die Schwierigkeit, und der Leser wird in der Lage sein, diese Schwierigkeit voll zu bemessen, wenn ich ihm sage, daß es mir manchmal vorkam, der Vollmond sei noch oben am Himmel an seinem Platz, und erst, wenn ich den Strick betrachtete, der vor mir deutlich am Pflocke einschnitt, zog ich an ihm sozusagen den Himmelskörper zur Erde nieder. Über seine Größe kann ich soviel angeben: er war wohl sechsmal so groß, als man den Vollmond bei klarem Himmel über sich im Zenith sieht; aber freilich, bei dunstigem, feuchten Wetter, und gegen den Horizont geneigt, sieht der Mond immer größer aus; die gelbe Kugel, die über dem Saatfeld schwebte, war gewiß so groß, wie der größte Kürbis, der mir vorgekommen; aber vielleicht reduziere ich meine Angabe, wenn ich sage, daß derjenige, welcher die bekannten runden holländischen Käse gesehen hat, groß wie ein Zwanzig-Pfünder, die außen prächtig rosa angestrichen sind, sich am besten eine Vorstellung von dem Umfang des hier so plötzlich vom Himmel genommenen Vollmondes machen wird.

Um mich von der Leuchtkraft dieses merkwürdigen Körpers zu überzeugen, kam mir die Idee, mich umzudrehen und die Landschaft zu betrachten, wie weit sie erhellt sei; aber ich konnte nicht; mir fehlte die Kourage ebenso wie die physische Kraft; wie fasziniert glotzte ich in den glühenden Ball, so daß ich zuletzt über den Helligkeitsgrad nicht mehr urteilen konnte, aber soviel glaubte ich zu erkennen, daß durch Zusammensickern der ganze Körper an Ausdehnung allmählich abnahm, ebenso wie er schwerer wurde und dem Erdboden sich zu nähern schien. – Inzwischen hatte der Mondmann, – so will ich von jetzt an der Kürze halber den merkwürdigen Menschen nennen, – hatte der Mondmann, wie ich aus der Menge der herausgeworfenen Erde schließen konnte, ein ziemlich tiefes Loch gegraben; er war von Zeit zu Zeit hineingesprungen, und maß am eigenen Körper die Tiefe des Loches ab; später blieb er dann in der Grube und schaufelte drinnen weiter, und zuletzt verschwand er für meinen Standpunkt vollständig in derselben, während keuchend eine Schaufel Erde nach der andern herausfuhr, und dabei jedesmal eine silberglänzende Zipfelmütze auf einen Moment sichtbar wurde. – Soviel war sicher, dieser gelbe Bauer, mochte er sein, wer er wolle, ein Schatz- oder Toten-Gräber, verrichtete dieses Geschäft nicht zum erstenmal; dafür war er zu alt, arbeitete zu sicher, und war nie verlegen für das, was kommen sollte; in seinem Gesicht, welches ich genau beobachtete, wenn er, bis zum Hals in der Grube stehend, wie ein glühender Plumpudding über das Land hinschaute, lag etwas Grämliches, wie von einem alten Weib; er sah aus wie ein Arbeiter, ein Tagelöhner, der viel verdient, aber über die Art seiner Arbeit ungehalten ist, daneben schrecklich spart und knauserig ist; das Gesicht war kittegelb, wie man es bei alten, leberkranken Bauern wohl findet, rasiert, mager, und in dem vorstehenden Kinn und den dünnen Lippen lag noch ein abgefeimter Zug wie bei einem Unterhändler, der Hopfen oder Hafer verkauft; das Haar vollständig ergraut. – Er sprang jetzt, nachdem die Schaufel vorausgeflogen war, aus der Grube heraus, indem er sich mit beiden Händen aufstemmte und dann ächzend den ausgemergelten Körper zwischen den Armen nachzog: trotz aller Gewandtheit für den alten Mann eine brave Leistung. Und nun ergriff er den inzwischen noch weiter zusammengesinterten Mond-Kloß und schleuderte ihn mit einer einzigen heftigen Bewegung, daß es zischte, in die Grube; ich glaubte dabei gehört zu haben, wie seinem Mund die Worte entfuhren: »Hund, elendiger!« Dann ergriff er rasch die Schaufel und scharrte alles zu. Aber schon während dieser Arbeit kam es mir vor, als wenn der Mondmann an Lichtschimmer immer mehr abnahm; seine

Figur, die sich zuerst wie eine glänzende Silhouette vom Boden abgehoben hatte, wurde immer düsterer und matter, sah allmählich nur noch wie ein Gipsmann aus, dann wie ein schmutziger Müllerbursche, und zuletzt, als das Grab zugeschaufelt war, erkannte ich knapp einen Menschen, der, wie mir schien, einen dunklen Mantel umgehängt, und eine rabenschwarze Zipfelmütze auf dem Kopf, den Weg in der Richtung nach der Stadt einschlug, und zuletzt vollständig meinen Blicken entschwand. –

Erst nach geraumer Zeit wagte ich mich aus meinem Versteck hervor; ich ging vorsichtig in der jetzt stockfinstern Nacht auf die Stelle zu, wo der seltsame Mann so lange gearbeitet hatte, und entdeckte ein frisch zugeschüttetes Grab, aus dessen Tiefe ein merkwürdiges Geräusch zu kommen schien. Ich legte mich, aus Vorsicht, ein fremdes, geheimnisvolles Werk zu stören, so der ganzen Länge nach neben das Grab, daß ich den frischen Hügel wie ein Kopfkissen benützte, und hörte, indem ich das eine Ohr auf die feuchte Erdmasse aufdrückte, ein Brausen, Zischen, Zerplatzen und Auseinander-Puffen wie von einem heftig sich entladenden Feuerwerkskörper. – Ich kam wieder auf meinen vorigen Gedankengang zurück, der sich bestrebte, Alles auf natürliche Weise zu erklären: Nehmen wir an, sagte ich zu mir, der Mann ist wirklich ein Bauer, ein verspäteter Hopfenhändler vom nahen *D'decke Bosh,* der morgen auf den Markttag nach *Leyden* geht; geben wir zu, daß ein fast ganz in safrangelbes Leder gekleideter Hopfenhändler und mit einem Gesicht, das nach überstandenem Gallenfieber eine schmutzig-gelbe Färbung angenommen hat, in voller Mondbeleuchtung einen bläulich-fantastischen Anblick gewährt, und einen mit der Mischung von Safran-Gelb und feuchtem Mondlicht-Grün Unerfahrenen zu täuschen geeignet ist, so bleibt doch immer noch die Frage: was kann ein holländischer Hopfen-Bauer mitten in der Nacht auf einem Feld zwischen *Leyden* und *D'decke Bosh* vor einem Markttag vergraben wollen? – Den Mond? – Ja, Du lieber Himmel, kann man denn den Mond vergraben?! – Aber, es schien doch so! – Freilich schien es so, aber es ist doch ein Unding! Wie käm' denn ein Bauer zu einen Mond? – Dann war also alles Täuschung! – Nein, das war es nicht; aber man muß nach etwas suchen, was der Bauer möglichenfalls oder vernünftigerweise vergraben haben konnte; einen Haushaltungsgegenstand oder dergl. – Vergräbt man denn Haushaltungsgegenstände?! – Nein, aber es konnte irgend ein Aberglaube sein, der sich auf ein rundes, glänzendes Objekt bezog. – Was konnte denn das für ein Aberglaube sein, der sich auf ein rundes glänzendes Objekt bezog? – entgegnete ich immer mir selber. – Nun, der Bauer konnte ein krankes Weib haben, mit einer entzündeten Brust, oder einem aufgeriebenen Popo; – nun, und? – und eine alte Wahrsagerin im Dorf gebot ihm einen runden Gegenstand genau nach dem kranken Körperteil zu formen, und denselben unter bestimmten Verhaltungsmaßregeln mitten in der Nacht da und dort zu vergraben: wenn der Gegenstand verfault oder vertrocknet, werde das Glied wieder hergestellt sein; – zugegeben! Weiter! – und der Bauer nahm irgend einen runden Gegenstand, der ihm zunächst lag. – Zum Beispiel? – Einen Kürbis oder Potschamber, – und der Bauer, um sicher zu sein, daß das Objekt rascher zerstört werde, füllt die Höhlung mit irgend etwas. Phosphorbrocken, Kalk oder glühenden Kohlen, und geht mitten in der Nacht mit einer Schaufel aufs Feld ... »Gott! welche Verirrung!« rief ich halblaut gegen mich selbst aus, und stand vom Boden auf, um durch Bewegung auf andere Gedanken zu kommen; unwillkürlich blickte ich gen Himmel: der Mond war fort! – Eine sternenhelle Nacht, – die Nebel hatten sich gesenkt, – keine Wolke am ganzen Himmel, – und der Vollmond war fort! – Ich kehrte zum Grab zurück. – »Sollte«, sagte ich zu mir selbst, »hier ein unerhörtes, weltgewaltiges und tragisches Werk vorliegen, welches mir allein vergönnt war zu beobachten, und das ich armer, kleiner Erdenwicht mit meinen Gedanken nicht zu umspannen vermag?« Ich wollte mich aufs neue hinlegen, um das in der Tiefe schwächer und schwächer werdende Brodeln und Zischen weiterhin zu erlauschen, als ich in nächster Nähe die schwarze Silhouette des Totengräbers auf mich zutreten sah. Ich warf mich etwa zehn Schritte von dem Erdhügel rasch zu Boden; jeder Gedanke an den holländischen Bauer von *D'decke Bosh* war jetzt verschwunden; ich fühlte, ich stehe hier einer unheimlichen, übermächtigen Persönlichkeit gegenüber; ich war zum Glück nicht bemerkt worden; der geheimnisvolle Mensch kam langsamen Schrittes und hörbar keuchend heran, ging mehreremale um das Grab herum, schüttelte wie unzufrieden den Kopf, schien nicht alles in Ordnung zu finden, schnüffelte dann in die Luft hinaus, wie um sich zu orientieren, ging einige Schritte auf und ab, sah sich überall in der Dunkelheit um, und kehrte endlich zum Grab zurück, um sich tief hinabzubücken und seine ziemlich lange und scharfe Nase, soweit es ging, wie ein Spürhund in das frische Erdreich zu vergraben. In dieser Positur sah ich, daß er unter seinem schwarzen, havelockartigen Mantel einen großen, dunkeln Sack, der mit irgend etwas vollgefüllt war, trug, ein Gepäck, von dem ich sicher wußte, daß er es vorher nicht hatte, und wenn ich mich an das vorige Keuchen erinnerte, so war es klar, daß er diese Last von irgendwo her herbeigeschleppt haben mußte. Aber woher? Säcke von dieser Güte findet man doch nicht auf dem bloßen Feld! Er muß ihn also in der Stadt geholt haben. – Welchen Verkehr kann dieser seltsame Mann mit der Universitätsstadt *Leyden* haben? – frug ich mich. – Mit wem? – Wird diese lange Hopfenstange unter den hellen Laternen der *Lammer Straat* ihren gleichen phosphoreszierenden Aspekt annehmen wie unter dem Vollmond? Und dann denke man sich diesen bläulich-glühenden Menschen in einen Laden treten und um zwei Kreuzer Kautabak verlangen! – Dabei zeigten aber seine Bewegungen eine Sicherheit und Regelmäßigkeit, die den Gedanken nahe legten, er habe diesen Weg und all' diese Verrichtungen nicht das erstemal gemacht. – Hat man denn, – frug ich mich, – jemals in *Leyden* von dem Erscheinen eines solchen seltsamen Gesellen gehört? – Freilich, – beruhigte ich mich, – der Mondmann, wenn er es war, brauchte ja nicht immer auf dem Feld zwischen *D'decke Bosh* und *Leyden* abzusteigen. Er brauchte überhaupt nicht in Holland niederzusteigen. – Der schwarze Mensch erhob sich jetzt wieder, und er schien mit dem Resultat seiner Prüfung zufrieden zu sein. Denn er verließ das Grab, machte einige Schritte in das Feld hinaus, griff in die Luft und erfaßte eine mir bis dahin unsichtbar gebliebene Strickleiter von rußigem Ansehen, an der er hinaufzusteigen begann.

In diesem Augenblick packte mich eine furchtbare Angst. Nicht wegen des Mannes, nicht wegen der ganzen Episode, die mir ein Rätsel bleiben sollte, wenn der Mann wieder ging, woher er gekommen; sondern wegen eines Gedankens, der mich in dem Moment erfaßt hatte, als der rätselhafte Mensch den einen Fuß vom Erdboden erhoben und in die Strickleiter gesetzt hatte; der Gedanke: Steig ihm nach! Ich wußte, die Entscheidung, wie sie auch ausfallen möge, werde, unabhängig von meinem sogenannten Ich, aus einem tieferen Grund heraufkommen, und ich, meine Person, werde der willenlose Zuschauer sein. Die Unsicherheit, wenn auch nur für wenige Sekunden, was geschehen werde, und wie die Entscheidung ausfallen werde, erdrückte mich fast vor Angst. Doch schneller, als ich dies niederzuschreiben vermag, und schneller, als der Leser folgt, gingen die Ereignisse vor sich. Der schwarze Grabschaufler mit seinem Sack stand bereits auf der fünfzehnten oder zwanzigsten Sprosse, hoch über meinem Kopf. Straff spannte sich die Leiter vor ihm in die Höhe, um sich in der Richtung, wo der Vollmond gestanden war, in's Unendliche zu verlieren. Unter ihm schwankte die Leiter lose hin und her, da und dort am Erdboden anstreifend; ich sehe noch heute deutlich das Ende vor mir; es war etwas ausgefranzt und schien von gutem, hanfenem Stoff; jetzt schwankte es dorthinüber; nun kam es schlenkernd zu mir zurück. Und, was jetzt von meiner Seite erfolgte, war, ich wiederhole es, nicht der Wille eines klar erwägenden Menschen, sondern Zwangshandlungen eines Instinktwesens: Die beiden Seilenden kamen dicht an mich heran: ich streckte die Hände vor, wie um es zu bewillkommnen: es weicht wieder zurück; wie eine Katze springe ich vor, meine Augen starr auf die Strickenden gerichtet; sie kommen in ihrer Pendelbewegung wieder heran, fahren mir in's Gesicht; meine Hände krallen sich fest; die Leiter, durch das hastige Aufsteigen des Mannes über mir in immer heftigere Schwankungen gebracht, reißt mich mit sich zurück, mich am Boden hinschleifend; dann wieder vor; meine Kniee und Füße stoßen sich wund; und wiederum zurück; bis sich endlich der linke Fuß auf der untersten Sprosse einstellt. Damit war mein Schicksal besiegelt. Der rechte Fuß folgt mechanisch nach; auf der dritten Sprosse erkenne ich meine Lage und sehe, daß meine Glieder gegen meinen Willen gehandelt haben. Es war zu spät. Ein Abspringen hätte mich zerschmettert; so heftig waren die Pendelbewegungen geworden. Der Mann über mir war viele hundert Meter voraus. Die Leiter war getheert, kräftig, leicht zum Anhalten, und sehr bequem zum Emporsteigen gearbeitet. Ich eilte, sobald ich sah, daß an ein Zurückgehen nicht mehr zu denken, rasch empor, um den lästigen Schwankungen durch die Bewegungen meines Partners nicht mehr ausgesetzt zu sein. Ich kam aber nur langsam vorwärts. Ich war wohl eine halbe Stunde gestiegen, als ich sah, daß der schwarze Mann über mir zwei Sprossen auf einmal nahm. Ich nahm nun drei. Ich konnte dies, da ich keinen Ballast zu tragen hatte, während jener seinen Sack mitheben mußte, dessen Dimensionen, wie ich erst jetzt erkannte, ganz ungeheuerliche waren. Aber jener schien an seine Arbeit gewohnt. Ich hatte wahrhaftig weder Zeit noch Lust, mich über das zu orientieren, was unter mir vorging; auch hätte dies der am Boden festklebende Nebel verhindert; ich sah also nichts von *Leyden* und seinen Lichtern. Wie hoch wir schon waren, merkte ich daraus, daß das Atmen immer schwieriger wurde, sowie, daß unsre Körper immer schwerer wurden. Dies wuchs von Viertelstunde zu Viertelstunde. Zweifellos wurde die Luft immer dünner, und die Gegenstände, des Widerstandes der

Luft beraubt, fielen härter und schwerer aufeinander. Das Aufsteigen, welches anfangs fast geräuschlos vor sich ging, wurde immer hörbarer, als wenn die Strickleiter, statt aus betheertem Hanf, aus Eisen gewesen wäre; hart wie Stein fiel die Schuhsohle auf die Leiter. Man war längst auf eine Sprosse pro Schritt zurückgekehrt, und selbst hier zog man oft den rechten Fuß nach, bevor man den andern weiter ausgreifen ließ. Ich war meinem Vorsteiger jetzt so weit nahe gekommen, daß ich sein Schuhwerk genau erkennen konnte; wer hier vielleicht göttliches Sandalenwerk erwartet, der wird sich ebenso gründlich täuschen wie ich und, nie kam mir das mythologische Beiwerk, mit dem die Griechen ihre Himmelsboten ausgestattet haben, lächerlicher vor, als in diesem Augenblick. In einem miserablen, niedergetretenen Schlappen steckte der eine Fuß, welch' letzterer selbst wieder statt mit einem Socken mit sogenannten Fußlappen bekleidet war, wie man es wohl bei Soldaten und Handwerksburschen findet; der andere Fuß war wohl in einer sogenannten Stieflette; diese war aber viel zu groß, der Gummi ausgeweitet, auf der einen Seite klaffend und das Leder so steinhart und brüchig, daß dieses Fußbekleidungsstück höchstens auf einem Felde aufgelesen sein konnte. Auch der Havelock, den der Mondmann trug, war ein höchst defektes, in einem Pfandhaus wohl kaum mehr Annahme findendes Stück, von dem ich am liebsten angenommen hätte, daß er es aus irgend einem Hundsstall herausgezogen, wo es einem langhaarigen Bernhardiner zur Unterlage gedient, so verlegen, zerrissen, befleckt und mit fremden Haaren bedeckt war dieses, wie mir schien, noch immer beste Stück des Mondmanns. Und wenn der Wind ging – und Wind ging, trotzdem die Luft hier schon sehr dünn war, – wenn der Wind ging, dann konnte ich hinauf sehen bis zu seinen Hosenträgern. Der eine Knopf war ausgerissen, und beide Träger am linksseitigen Knopf befestigt; der eine von Gummi, der andere ein gelbliches Band; in dem letzteren war ein künstliches Loch eingeschnitten, und ein etwa acht Zentimeter langes Stück baummelte hinten am Podex herunter.

Ich schreibe dies jetzt Alles ruhig nieder; und es sind Beobachtungen, die ich so zu sagen gegen meinen Willen machte; aber der Zustand meiner damaligen Empfindungen war ein schrecklicher; die Frage: Wohin steigen wir? beschäftigte mich nicht mehr; sie war auch nutzlos, da jede Beantwortung fehlte; ein physisches Übel lag mir viel näher: die immer spärlicher werdende Luft; damit die Unmöglichkeit zu atmen; und damit die zu steigen; ich kam mir wie ein Koloß vor, so schwer bewegten sich meine Glieder. Wir waren jetzt wohl an die zwei oder drei Stunden gestiegen. Eine irgendwie genaue Schätzung ist mir in der Erinnerung unmöglich. Eine Art von Beruhigung war es mir, daß der Mondmann noch viel heftiger keuchte, als ich selbst; ich dachte mir: er ist noch weit mehr am Ende seiner Kräfte, und wir sind vielleicht dem Ziel nahe; es war auch ein Glück so; denn wäre mein Schnaufen lauter gewesen, als das seine, so wäre ich entdeckt worden. Er hätte mich unter sich bemerken müssen; er hätte vielleicht ausgeholt und mir einen Fußtritt versetzt, und ich wäre Äonen hinabgestürzt. – Wir stiegen immer zu; fortwährend baumelte mir oberhalb des Kopfes der riesige Sack des Mondmannes, den derselbe über der rechten Schulter befestigt hatte, und durch Hinausrecken des Gesäßes sozusagen auf dem Rücken trug; wenn ich die Oberfläche dieses Sackes betrachtete, so macht es den Eindruck, als wenn runde, kugelartige Körper in demselben enthalten wären; und wenn ich die furchtbare Kraftanstrengung in Erwägung zog, mit der der magere Mondmann arbeitete, so konnte man glauben, die Kugeln wären von Eisen gewesen. Sollte dieser Mensch – sagte ich mir – das Arsenal von *Leyden* bestohlen haben? Und was thut er mit diesen Kugeln? Wirft er sie später wieder auf die Erde herunter?

Wir stiegen immer zu. – Noch war keine Abnahme der Dunkelheit zu bemerken; es mußte doch bald Tag werden! Stiegen wir auch wohin nur immer, – sagte ich mir, – wir müssen doch unter der Sonne bleiben; wir können doch nicht in ein anderes soläres System eintreten! Wir sind doch nicht in einem Märchen, oder auf dem Theater, wo alle Willkür erlaubt! Um neun Uhr etwa hatte ich *Leyden* verlassen; ich saß vielleicht zwei Stunden draußen am Ranger vor der Stadt; macht elf; Herabsteigen des Mondbauern, von dem Moment an, da ich ihn entdeckte, Grabschaufel-Arbeit, dann Füllen des Sackes in der Stadt bis zur Rückkehr, zusammen sage ein oder anderthalb Stunden, macht zwölf Uhr Nachts, oder halb ein Uhr früh; dann dreistündige gemeinschaftliche Steigerarbeit, – so waren wir gegen halb vier Uhr Morgens. Es mußte also, – Anfang November, – wenn auch nicht Tag werden, doch die Morgendämmerung sich bald geltend machen. – In diesem Moment fiel mein Blick unwillkürlich nach unten, wo wir die Erde zurückgelassen hatten, und ich machte eine Entdeckung, die, so schrecklich sie an und für sich war, mir doch eine gewisse Beruhigung über meine Lage gewährte; tief unter mir, wo die hanfene Leiter sich in weiter Ferne verlor, sah ich eine große, helle, bleiglänzende

Fläche; die Nebel waren verschwunden; die weißgraue Fläche konnte kein Nebel sein, dieß sah ich aus angrenzenden ganz dunklen Partien, die die hellere und entschieden Licht reflektierende Fläche saumartig einfaßten, und wenn ich mir auch nicht denken konnte, woher hier Licht reflektiert werden sollte, so war der matte grauliche Schimmer doch ein Faktum; kein Zweifel, wir waren über dem Meer; und wenn ich sage, daß ich bei dieser Entdeckung mit Entsetzen an einen Sturz nach abwärts dachte, so wird der Leser dies begreiflich finden; er wird aber auch begreifen, wie diese lokale Orientierung geeignet war, meinen seelischen Halt, der bei dieser luftausgehenden Arbeit zusammenzubrechen drohte, neu zu kräftigen: ich wußte jetzt wenigstens, wo ich war, ich wußte, daß ich mich zwischen Himmel und Erde befand, ich wußte, daß der magere Mensch mit dem dicken Sack zu meinen Häupten kein Getreidebauer aus *D'decke Bosh* war, sondern der Mondmann, oder ein Individuum, welches offenbar zu den Mondbewohnern gehörte; ich meine, irgend eine Persönlichkeit, die zum Mond in einem bestimmten Zusammenhang stand, kurz, ein Wesen, welches allem Anschein nach den Mond besteigt, oder doch zu erklimmen im Begriffe steht, oder wenigstens versucht; – soll ich denn wissen, wer der Mensch war?! – Wir stiegen immer zu. Es wurde jetzt sehr empfindlich kalt, obwohl ich mich bei der stundenlangen Anstrengung ziemlich warm gearbeitet hatte. Wir machten jetzt in der Minute höchstens drei Sprossen, und zwischen jeder Sprosse vielleicht zehn Atemzüge; ich hütete mich wohl, meine Distance von meinem Vormann zu verringern, um in keinem Fall Anlaß zu einer Entdeckung zu geben; ich wollte aber auch um keinen Preis weiter zurückbleiben, da ein Instinkt mir sagte, wenn Jemand in dieser Region und auf diesem Weg sich auskennt, so ist es mein Vorsteiger, und ich bin entschlossen, was auch kommen möge, sein Los zu teilen. – Die Luft wurde nun so dünn, daß ihr Widerstand nicht mehr genügte, um das Blut in den oberflächlichen Hautgefäßen zurückzuhalten, und meine Nase fing, anfangs leicht, später heftig zu bluten an. Da ich mit Rücksicht auf meine Steige-Arbeit eine ziemlich aufrechte Haltung beibehalten mußte, so tropfte ich Hemd, Weste und Beinkleider ganz voll, von da fiel ein Teil des Blutes quer durch die Sproßen, ein Theil fiel auf die Stricke: ein Glück! – sagte ich zu mir, – wenn ich umgekehrt, statt unten, oben stiege, und tropfte den Mondbauern auf den blanken Vorderschädel, – welche Situation! und welche Folgen!

Nun kam aber ein Moment, da ging das Steigen nicht mehr. Ich fühlte, ich werde keine hundert Sprossen mehr machen können; folge dann kein Ruhepunkt, so werden meine Hände gegen meinen Willen das Seil loslassen müssen, und eine Katastrophe werde erfolgen. Zeitweilig stand ich eine ganze Minute keuchend auf einer Sprosse, um Kraft für die nächste zu sammeln; nicht ohne einen gewissen Trost machte ich die Wahrnehmung, daß das Seil, ich will nicht sagen dicker, aber anders gearbeitet sich zeigte; es fühlte sich fester und derber an; wir kommen an einen Halt- oder Wendepunkt, dachte ich. – Um zu sehen, wie es meinem Partner geht, blickte ich nicht ohne Anstrengung nach oben und machte eine überraschende, mich hocherfreuende, freilich auch beängstigende Entdeckung: In allernächster Nähe über mir, vielleicht dreißig Meter entfernt, schwebte eine mächtige schwarze Kugel, wie ein Hohlgehäuse, wie ein riesiger Ballon; auf seine Hohlheit im Innern schloß ich aus den bemerkbaren Schwankungen, die der derzeit schwache Wind an ihm hervorbrachte. Auf der linken Seite des Hauses bemerkte ich einen Laden aus Holz, wie einen Fensterladen, der jedoch geschlossen war. Es kam mir in diesem Augenblicke vor, als sei es etwas heller geworden, und als zeigten auf der linken Seite die einzelnen Umrisse größere Deutlichkeit. Die Morgendämmerung kommt heran, dacht ich mir, und es mag vielleicht gegen fünf Uhr morgens sein. Rechts, wo alles noch im Dunkel lag, hatte das schwebende runde Haus eine Art Thür, eine gieblige Öffnung, wie man sie, zum Aufziehen der Waren von außen, hoch oben im Speicher anbringt; dort an dieser Thür endigte die Strickleiter, und dort, in der Öffnung, stand auf beiden Seiten sich anhaltend, in der Finsternis kaum erkennbar, ein altes, robustes Weib mit schmutzigem, citronengelben Gesicht, und in zerrissener, liederlicher Kleidung, die Ärmel über die fetten Arme bis zum Ellbogen hinaufgestülpt, die nackten Füße in ein paar Schlappschuhen, eine schmutzige Haube auf dem Kopf, und blickte unverwandt mit einem motzigen Gesichtsausdruck auf den Mondmann. Daß sie sich anhielt, war mir begreiflich; denn durch das Gewicht der Strickleiter und dessen, was auf ihr war, war das hölzerne runde Haus so geneigt, daß die obenerwähnte Thür halb nach unten schaute und das schwere Weib ohne Anhalten hätte herausstürzen können. Nach kurzer Erwägung wurde mir auch klar, daß mein Gewicht auf der Strickleiter, etwas über einen Zentner, und auch das des Mondmannes, eher noch etwas weniger, gar nicht in Betracht kam gegenüber der kolossalen Schwere dieser viele, viele Meilen langen getheerten Strickleiter – wir waren doch jetzt fünfthalb Stunden gestiegen – und gegenüber der Schwere des ungeheuren Sackes. Dieser Sack, nebenbei bemerkt, war es auch, hinter dem ich mich glücklich dem prüfenden Auge der Mondfrau, oder wer dieses Weib sonst war, entziehen, und von wo aus ich einigermaßen die Orientierung über die so plötzlich veränderten Verhältnisse gewinnen konnte. Übrigens war es noch so dunkel, daß es fraglich war, ob mich die dicke Frau überhaupt entdeckt hätte. Mir schien, ihr Blick galt weder mir, noch dem Mondmann, sondern – dem Sack. Denn während der arme Teufel von einem Mondschlepper jetzt keuchend inne hielt, und den mageren Kopf stützesuchend auf eine der Sprossen legte, sodaß der hintere Teil des Sackes weit hinausragte, war das zürnende Auge der oben wartenden Frau scharf vigilierend auf die Umrisse eben dieses Vehikels gerichtet. Gott! dachte ich mir, ich durchschaue schon diese ganze Ehe, wenn eine solche bestand, und der arme, ausgeschundene Mondmann keucht unter dem Joch dieses nervigten Weibsbilds.

Ein Windstoß kam von links und brachte Mondhaus und Strickleiter in heftige Oscillationen, so daß die dunkle Baracke in ihrem Gebälk wie ein Schiffskörper knirschte und ächzte. Wir standen beide noch immer laut schnaufend auf unseren Sprossen; mein Nasenbluten hatte aufgehört und ich bemerkte auch, daß, wenn ich mich ruhig verhielt, ich genügend Luft zum Atmen bekam. – Dagegen war die Kälte entsetzlich. Mein nächster Gedanke war: Wie soll ich da hinein kommen? Denn, – mag der Leser eine Auffassung haben, welche nur immer – es war doch klar, ich mußte hier ein Unterkommen finden, ich war totmüd, hungrig und durchkältet; ich hatte nur dort drinnen Hoffnung mich zu stärken. – Ob ich die dunkle Baracke für den Mond halte? – In drei Teufels Namen, das weiß ich doch nicht! Habe ich gesagt, daß es der Mond sei? Vermutlich war es der Mond. Ich habe nur gesagt, daß meine Absicht war, dort hinein zu kommen, koste es, was es wolle, denn meines Bleibens auf der Strickleiter war nicht länger. Und zurücksteigen wäre Wahnsinn gewesen. Ich blickte unwillkürlich hinunter, wo wir etwa die Erde zurückgelassen: Alles war mattgrau und verloren. – Inzwischen wurde es aber immer heller; kein Zweifel, zur Linken hatten wir Osten, und der Tag nahte. Zu beiden Seiten der dicken Mondfrau erkannte ich jetzt, wie sich eine Menge jugendlicher abgehärmter Gesichter herausdrängten, die mit ihren verwirrten und in die Stirne hereinhängenden blonden Haaren zweifellos armen, hungernden und, wie es schien, halberfrornen Kindern angehörten; sie hielten sich teils an der Luke, teils am Rock der Mondfrau fest, und blickten mit blassen und gespannten Mienen ebenso unbeweglich auf den Ankömmling und seinen Sack wie die alte Frau selbst. Dieser, der Mondmann, schien endlich ausgeschnauft zu haben, er erhob sich mit seiner Last und rückte der Thürluke näher. – »Papa, Papa!« riefen in diesem Moment mindestens ein Dutzend Kinderstimmen. Also ist das der Nährvater, – dachte ich mir. Ich hielt mich dicht hinter dem Sack; denn so viel war mir klar, daß, wenn ich unbemerkt in das Mondhaus kommen wollte, es in dem Moment geschehen mußte, wenn oben die ganze Familie an der Hereinschaffung dieses ungeheuren Sackes mithalf. – Das Mondhaus schwankte unter diesen letzten Anstrengungen des alten, keuchenden Mannes erschreckend auf und ab. Jetzt, – Bum! – ein dumpfer Stoß; der Sack war oben an die Eingangsluke gestoßen, und halb gebückt, halb auf zwei Füßen und der einen freien Hand kriechend, verschwand der Mondbauer mit seiner Last allmählich in dem dunklen Innenraum. – Ich bemerkte, die Strickleiter lief hier am Ende wie über eine Art Holz-Welle, – wohl um nicht durch den Abwärtszug zu stark geknickt zu werden, – und verlor sich erst von hier aus wie ein kleiner Eisenbahnstrang in der Dunkelheit des Innenraumes, wahrscheinlich um an einer entfernteren Stelle erst fest mit dem Gebäude verkoppelt zu werden. – Der Mondmann schien doch ganz allein den Sack bis weit in die Stube hinein zu schleppen, und indem ich vorsichtig und kriechend nachrückte, kam ich gerade recht, wie die Kinder, die wenigstens doppelt so stark an Zahl waren, als ich vorhin vermutete, ihren Vater umringten, seine Kniee umklammerten und ein schreckliches Geschrei ausführten, aus dem ich nur immer verstand: »Papa! Papa! Papa!« und »Hast Du? Hast Du? Hast Du?« – »Mein Gott! Mann, wo Du so lange wieder bleibst?« ließ sich nun auch die Mondfrau in einem ziemlich unangenehmen Baß vernehmen. – »Ach Gott, – die Käse werden immer rarer!« – »Du lieber Himmel, so jammerst Du jedesmal!« – »Ach, wenn es so fortgeht, werden wir für unsere Kinder nichts mehr zu essen haben!« Der so gesprochen, warf ermüdet seinen Sack hin, setzte sich auf eine Bank und fing laut zu schluchzen an. – Das Gemach war ganz dunkel; und nur allmählich fing mein Auge an die Gegenstände zu unterscheiden. Ich benützte die Dunkelheit und die Überraschung und Freude der sich Begrüßenden, mich in den Hintergrund des Gemaches zu stehlen und mich dort zu verbergen. Es war ein runder, saalartiger Raum, oben zur

Kuppel gewölbt; ziemlich kleine Verhältnisse; der Fußboden schnitt von der Hohlkugel ein Stück ab; etwa das untere Drittel, sodaß die Wände gebaucht aufstiegen, wie in einem Tunnel, um sich oben im Bogen zu vereinigen; das Ganze in Holzkonstruktion, alt, geschwärzt und von schlechtem Material; die Stützung der Kuppel durch vortretende Holzrippen mit queren Bretterfüllungen eine schrecklich verpfuschte Arbeit; man sah wohl, der Schreiner, oder wer es nur immer gemacht hatte, wußte, worauf es ankam, er hatte Ähnliches gesehn, und man erkannte klar seine Intention, aber es war ohne jede vorausgegangene Übung gemacht, von Eleganz nicht zu reden. Das Holz schien übrigens gut ausgetrocknetes Eichen. Der durch den Fußboden abgesonderte Raum war ebenfalls hohl; man hörte dies an dem dumpfen Auftreten; eine Klappthür führte hinunter, und die Mondfrau schickte sich eben an, den Inhalt des Sackes in diesem durch eine Holzstiege zugänglichen Raum zu bergen: es waren lauter runde, außen rotgefärbte, kindskopfgroße, holländische Käse, wie sie jetzt auch in Deutschland viel gegessen werden. Also das war der Ballast, den der Mondmann mit heraufgeschleppt hatte! Zweifellos war es die Verproviantierung. Natürlich! Es war ja sonst nichts da! Ich sah keinen Küchenschrank und dergleichen. Zu einer Vorratskammer war gar kein Platz. Es sei denn, daß unten im Mondkeller, ich meine den unterirdischen Raum unter dem Fußboden, sich Lebensmittel befanden. Aber wer schleppt denn neunzig holländische Käse an die fünfzehn Meilen weit herauf mit übermenschlicher Anstrengung und durch immer dünnere Luftschichten hindurch? Doch zum Essen! – Meine Betrachtung wurde durch ein plötzliches, donnerähnliches Geräusch unterbrochen, das unten aus dem unterirdischen Raum kam; der ganze Mond erzitterte in seinen Fugen, und angsterfüllt klammerte ich mich an eine Bettlade an; gleich darauf kam die Mondfrau etwas keuchend von unten herauf, mit drei Käsen im Arm und schloß die Fallthür mit einem fürchterlichen Schlag; es waren die Käse, die die Hausmutter unten aufgeschüttet hatte, und die in der verdünnten Atmosphäre mit so schrecklichem Getöse aufeinanderstießen. Wenn ich jetzt überlegte, wie schon im Heraufsteigen unsere Füße schwer wie Eisen auf die Sprossen fielen, wie mein Körper von Viertelstunde zu Viertelstunde sich immer kolossaler ins Gewicht gelegt hatte, so war es klar, daß der Mondmann die letzten paar Meilen faktisch mit seinen Käsen das Gewicht von ebenso vielen Kanonenkugeln in seinem Sack heraufgeschleppt hatte, und die ausgemergelte Gestalt dieses armen Teufel ward mir nun ebenso begreiflich, wie, daß er jetzt noch immer teilnahmslos auf der Bank saß, den Kopf in die Hand gestützt, und weinte, wie ich glaube, nicht über sein Schicksal, sondern aus Nervenschwäche, vor Ermüdung. – Inzwischen aber hatte sich die übrige Familie, wie ich aus dem aus der Mitte der Stube kommenden munteren Schmatzen entnehmen konnte, zur ersten frohen Mahlzeit wieder vereinigt. – Ich wagte es jetzt, mich aus meiner gebückten Position, die ich hinter einer Bettlade eingenommen, mit großer Vorsicht zu erheben, und mich etwas weiter umzusehen! – Rings an den Wänden des kuglichen Raumes, bemerkte ich, stand eine große Anzahl von kleinen Bettchen, vielleicht an die dreißig, und, wenn ich an die große Schar der armen, ausgehungerten Kinder dachte, so konnte es nicht zweifelhaft sein, für wen sie bestimmt waren. Diese ganze Reihe kleiner Betten war eingeschlossen von je einem größeren Bett, zweifellos für den Mondmann und die Mondfrau. – Ich bemerke hier, daß es mir unangenehm wäre, wenn der Leser glaubt, ich hätte kein Recht Ausdrücke wie: Mondmann, Mondfrau zu gebrauchen, da noch nicht bewiesen sei, daß ich auf dem Mond sei. Ich habe nie behauptet, daß ich auf dem Mond bin. Ich habe nur vermutet, es könne der Mond sein; daß es höchstwahrscheinlich der Mond sei. Und ich gebrauche die obigen Ausdrücke, weil sie mir als die verständlichsten erscheinen und ich angesichts der geradezu extraordinären Situation, in der ich mich befinde, keine besseren zur Hand habe. Ich weiß ja doch nicht wer der lange Kerl ist, der dort auf der Bank hockt und weint! – Mit diesen zwei größeren Betten war also die ganze Bettreihe abgeschlossen, und zugleich die äußere Periferie des Mond-Innenraums ausgefüllt; doch so, daß an zwei Stellen eine Unterbrechung geschah: ein schmaler Gang führte zur Außentreppe, wo wir herein gekommen waren, und wo die Strickleiter mündete; dieser Gang flankiert vom Bett des Mondmanns und der Mondfrau; und außerdem zwischen dem fünfzehnten und sechzehnten Kinderbett ein schmales Gängchen zu dem einzigen Fenster der Mondstube, dessen Schutz-Laden ich schon beim Heraufsteigen links außen bemerkt hatte. – In der Mitte des Zimmers blieb inseits der Bettstatten ein parabolischer Raum zurück; dort stand ein langer Tisch, auf jeder Seite mit einer ebenso langen Bank; es waren die Plätze der Kinder; und außerdem oben und unten an den Schmalseiten des Tisches je eine kleine Bank; für den Herrn des Hauses und für die Frau. – Ich wunderte mich nicht wenig über die Knappheit der Verhältnisse. Denn was ich jetzt überblickte, war die ganze Mondwohnung. Ein einziges

Fenster für einen Raum, in dem zweiunddreißig Betten standen; und dieses führte direkt hinaus in den Weltenraum; ich sah dies an dem zeitweisen Durchblitzen der Gestirne, die eine fabelhafte Schärfe hatten. Der Laden mußte also jetzt offen stehen; ich weiß nicht, wer ihn aufgemacht hatte; denn beim Heraufsteigen hatte ich bemerkt, daß er geschlossen war; vermutlich war er beim Ausleeren der Käse durch die Erschütterung aufgefahren. – Inzwischen ging das muntere Schmatzen der dreißig Mäulchen ohne Unterbrechung weiter. – Wenn ich überlegte, wie dieses Fenster, das ein ganz gewöhnliches Fenster mit bogig glänzenden Scheiben war, wie diese Bettstellen, die paar Möbel hieher an diesen beschränkten Ort kamen, wo doch von einer Industrie, von einem Rohmaterial zur Industrie nicht entfernt die Rede sein konnte, so war es kein Zweifel, der arme, brave Mondmann hatte die Gegenstände alle auf seinem Buckel heraufgeschleppt. Dieser hagere, ausgemergelte alte Kerl, der jetzt dort auf der Bank saß und weinte, und allein nicht essen wollte, während das schmatzende Geräusch der Seinen vielleicht sein Ohr entzückte, schleppt, wer weiß, seit vielen Jahrzehnten, seinen Jungen das Futter herauf, und läuft schnüffelnd und vigilierend auf der Erde herum, und wenn er irgendwo bei einem Bauern ein halbes Fenster herauslehnen sieht, dann nimmt er's mit und stiehlt zusammen, was er finden kann, Runkelrüben, Scherben, Hanf, einen alten Schuh, Lumpen und Knöpfe, um den Seinen hier oben das Nest warm zu machen und die Fensterluken zu stopfen. – Aber, daß man das Signalement dieses Menschen noch nicht erfahren hat. Ein Kerl, der so gewohnheitsmäßig stiehlt, muß doch bekannt werden; gar mit diesem konfiszierten Gesicht; in dieser kittgelben Montur. – Allerdings, er muß ja nicht immer zwischen *Leyden* und *D'decke Bosh* absteigen; der Mond geht ja um die ganze Erde. – Ja, aber die holländischen Käse, die bekommt er doch am ehesten in Holland! – Wer sagt denn, daß diese Kleinen immer holländische Käse essen? Die können ja doch auch einmal Bananen bekommen! – Ja, dann wär' aber den Kleinen die Veränderung aufgefallen und sie hätten irgend eine Äußerung gemacht, wie: »So! Heute giebt's Käse!« – Dreißig Kinder! sagte ich zu mir; wie kann man nur in so ärmlichen Verhältnissen so viel Kinder in die Welt setzen, – in den Mond wollte ich sagen?! Und lauter Mädchen! – Der Mann ließ sich gar nicht abschrecken. – Freilich, es geht ihm da heroben, wie manchen Lehrern bei uns auf den Dörfern: sie haben Nichts zu thun. – Die Kinder sahen schrecklich schlecht aus; – als hätten sie vierzehn

Tage lang gehungert. Der Mondmann blieb doch nur etwa acht Stunden aus, – denn das Hinabsteigen kann unmöglich so lange gedauert haben wie das Hinaufsteigen. – Vermutlich ist ihnen früher die Nahrung ausgegangen. – »Mann, was giebt's denn Neues auf dem großen Käs?« – Diese Worte, die plötzlich die Mondfrau an ihren apathisch dortsitzenden Mann richtete, rüttelten auch mich aus meinen Betrachtungen auf und erinnerten mich, daß ich nach Aufheben der Tafel entdeckt werden müsse. Die Räumlichkeiten waren zu beschränkt, um mir die Wahl eines Versteckes schwer zu machen. Ein Kleiderkasten war nicht da. Von Vorhängen war keine Rede. Daß ein Bett frei bleiben werde, wäre Wahnsinn gewesen zu denken. Bei der Armut der Leute, bei den mühseligen Versuchen zur Fristung ihres Lebens, hätte doch der Mondmann seiner Zeit statt einer überflüssigen Bettstatt lieber ein paar Schinken heraufgeschleppt! – So machte ich mich denn kurz entschlossen daran, unter das eine der größeren Betten zu kriechen, wo ich wenigstens hoffte, freien Raum zum Atmen zu finden, als unter einem der kleinen; es war, wie der Leser sehen wird, das Bett der Mondfrau. Doch gingen die Längsseiten der Bettladen tiefer herunter, als ich geglaubt hatte; es waren uralte Betten; ich mußte beim Hinunterschlüpfen noch im letzten Moment mit der Brust platt den Boden entlang rutschen; meine Rockknöpfe verursachten dabei ein knirschendes Geräusch, und voller Angst, gehört worden zu sein, hielt ich inne und starrte in den schwarzen Unter-Bett-Raum der Mondfrau. Doch das munter fortgehende Schmatz-Geräusch belehrte mich, daß ich nicht gehört worden. Gleichwohl hielt ich lang in dieser Position inne. Das breitmäulige Schmatzen der Mondfrau hob sich dick und stark ab von dem dünnsilbigen, mehr knispenden Geräusch der Kleinen; vom Alten war nichts zu hören; er schien auch zu pensiv, ermüdet und mißlaunig, – und, wie ich glaube, schwerhörig, – um auf etwas zu merken, was unter dem Bett vorging. Endlich brachte ich mich, – eine Drehung meines Körpers um die Längsaxe ausführend, – in eine etwas bessere Position. Die Aussicht, die ich da drunten hatte, war merkwürdig genug: dicht über mir die querverlaufenden Bretter des Bettgerüstes, die die ganze hochaufgethürmte Last des Bettzeuges trugen und zwischen denen sich ein Drilch-Strohsack gröbster Gattung kröpfig hervorwölbte. Entlang dem Boden, wo die Unter-Bett-Räume der ganzen Stube sich meinem Blick darboten, bemerkte ich eine Menge von Schuhen und Pantoffeln, von denen je zwei in zierlicher Ordnung neben einem in Größe schwankenden Nachttopf plaziert, das zu jedem Kinderbett gehörige Inventar bildeten. Nach dieser Einrichtung zu schließen, sagte ich zu mir, müssen doch diese Leute einmal drunten auf der Erde gewesen sein; ist es denn denkbar, daß eine Frau von dem selbständigen Charakter des Mondweibs sich von ihrem Manne sagen läßt: so schläft man drunten auf der Erde, ich habe drunten bei den Bauern nachts durch die Scheiben geguckt, erst kommt ein Strohsack, dann kommt irgend eine alte Pferdedecke und dergleichen, dann ein dünnes, weiches Flaumbett als Unterbett, dann ein festes, grobes Leintuch, dann zwei karierte Kissen oben für den Kopf, und zwei karierte Plümaus, jedes fast so dick wie das ganze Bett, zum Zudecken? Wird sich eine Frau das sagen lassen und es befolgen, ohne sich durch den Augenschein überzeugt zu haben? – Nein! – Also muß die Mondfrau unten auf der Erde gewesen sein! – Aber war sie mit diesem Körper-Umfang im Stande heraufzusteigen?! Vielleicht war sie früher jung und elastisch, wie sie jetzt dick und schwappig war! – Meine Rückenlage wurde mir unbequem, und vorsichtig wandte ich mich auf die andere Seite, als plötzlich dicht vor mir eine große, glänzendweiße Kugel auftrat. Doch der Leser erwarte nicht, daß, weil wir uns auf dem Monde befinden, – zwar vermutungsweise, aber doch höchst wahrscheinlich – irgend ein leuchtender Himmelskörper oder sonst siderisches Gebilde vor unseren Augen auftauchen werde; es war ein höchst irdisches Stück; sogar ein irdenes: es war der gewaltige Nachttopf der Mondfrau; ich drehte ihn um; »Hazlitt und Söhne, Heilbronn«, war unten eingebrannt. Also auch dieses Stück, sagte ich zu mir, hat er heraufgeschleppt, und alle die übrigen Stücke, und wahrscheinlich die ganze Einrichtung – und was zerbricht, ergänzt er. Und immer kam mir in der Einbildung wieder der lange, keuchende Mondmann vor, wie er auf dem Theerseil hinaufklettert, den dicken, schweren Sack auf dem Rücken, und auf dem Sack eine Bettlade, und in der Bettlade ein halbes Fenster, und neben dem Fenster einige Nachttöpfe. Und der Mann überwindet die Anziehungskraft der Erde und klettert, und klettert, und wenn er oben angekommen, dann setzt er sich hin und weint. – »Was giebt's denn neues auf dem großen Käs?« rief jetzt die Mondfrau, die, wie mir schien, fertig gegessen hatte, in weit stärkerem Ton als vorhin. Der Alte, dem diese Frage galt, drehte – dies konnte ich von unter'm Bett gerade beobachten – drehte sein Kinn, das in seiner Hohlhand wie in einem Charnier ruhte, langsam gegen die Mondfrau am unteren Ende des Tisches, glotzte eine Zeitlang, und sagte dann ruhig und trocken: »Nichts!« – »Hast Du denn nichts mitgebracht?« – Antwort: »Ihr habt ja alles!« – »Ich hab' Dir doch gesagt, daß den Kindern die Hemden am Leib verfaulen!« – »Soll ich die Erdenkinder auf der Straße anfallen und ihnen die Hemden nehmen?« – »Du fällst ja die Käse auch nicht an!« – »Die Käse sind tot! Die Hemden leben am Menschen!« – »Du bist doch sonst so geschickt!« – »Mager bin ich, nicht geschickt; wenn ich nicht mager wäre, bekäm ich auch keine Käse!« – Was! rief ich in mir aus, – zu den Käsen kommt er nur durch seine Magerkeit? Dann stiehlt er sie auch! Weiß der Himmel, durch welches Kellerloch er hineinschlüpft! – Eine lange Pause folgte, in der niemand sprach. Auch die Kinder schienen jetzt gesättigt. Man hörte, wie draußen leise der Wind ging und am Fensterladen etwas nockelte, ohne aber den Mondbau im Geringsten in Mitleidenschaft zu ziehen. In solcher Stille hätte man drunten auf Erden eine Schwarzwälder-Uhr picken gehört; aber auf dem Mond hatten sie keine Schwarzwälder-Uhr. Hier war nur, was zum nackten Leben gehörte. – Und trotzdem sah ich, von meinem Platz unter dem Bett aus, an der Wand zur Rechten, wo kein Fenster war, eine Art Tafel, eine Abbildung, eine große gelbe Kugel mit hellen und dunkleren Flächen, wie einen Himmelskörper, auf schwarzem Grund abgebildet. – Weiß der Himmel, dachte ich mir, aus welchem holländischen Schulzimmer er diese Abbildung sich angeeignet! – Nachdem lange weder der Mondmann noch die Mondfrau etwas gesprochen und auch die Kinder sich ganz ruhig verhielten, ebenso wie ich auch, erhob sich plötzlich die Alte und, indem sie einen Teil der Käsrinden vom Tisch zusammenkratzte, rief sie: »Kinder, zu Bett!« – Was, zu Bett? rief ich fast laut vor Verwunderung, ich glaubte, der Tag geht an? – In der That überzeugte ich mich, daß das eigenthümliche Zwielicht, welches um nichts besser als Dämmerung war, sich auch nicht um einen Grad der Lichtskala aufgehellt hatte. – Ich zog meine Uhr heraus; – nach meiner Berechnung mußte es beiläufig sieben Uhr Morgens sein; zwei Stunden mochte ich jetzt auf dem Mond sein. Aber wie erstaunte ich, als ich die zwei stahlblauen Zeiger auf dem weißen Zifferblatt, untereinander zusammengepappt, in rückläufiger Bewegung begriffen sah. Was für tellurische, oder magnetische, oder lunäre Einflüsse diese kleine Revolution in meiner linken Westentasche verursacht hatten, – ich weiß es nicht, – aber ich beschloß, indem ich meine Uhr wieder an ihren Platz brachte, sobald die Mondbewohner in Schlaf versunken, hervorzukriechen, das Fenster aufzumachen und mich womöglich nach dem Stand der Sonne zu orientieren. Aber noch aus einem andern, für mich schwerwiegenden Grund, war mir das Zu – Bett – Gehen der Leute nicht unwillkommen. Ich hatte schrecklichen Hunger. Seit mindestens zwölf Stunden hatte ich nichts gegessen und dabei eine Heroen – Arbeit vollendet. Wenn ich die Phrase vermeide: ich habe den Mond bestiegen, – so thue ich es mit Rücksicht auf einen gar zu skrupulösen Leser, der den ontologischen Beweis vielleicht noch nicht für erbracht sieht; aber so viel darf ich sagen: ich habe mindestens zwanzig Meilen in senkrechter Richtung von der Erde entfernt einen Punkt im Himmelsraum erklommen. – Mit Wonne dachte ich an die etwa auf dem Tisch zurückgebliebenen Käsrinden. Ja, ich dachte sogar dem Keller einen Besuch abzustatten. – Freilich, wie das weiter gehen werde: ein Esser unter diesen vielen Kindern, die selbst oft zu hungern schienen, – und ein Student, – ic-h vermied es, mir diesen Gedanken weiter auszumalen. Inzwischen hatten die meisten Kinder sich ausgezogen und waren in ihre Betten geschlüpft; hie und da fiel ein Kleidungsstück aus Versehen zu Boden und damit in meinen Gesichtskreis; ich betrachtete es; lauter zerlumptes, verschossenes und durchgewetztes Zeug. Jedes Kind, – ich darf dies nicht verschweigen, – bevor es in sein Bett stieg, zog sein Nachttöpfchen hervor, setzte sich im Hemdchen darauf und machte Pipi. Es waren lauter Mädchen, wie ich schon oben bemerkt habe. Die Nachttöpfe waren alle verschieden, an Farbe wie an Form; einer war gar kein Nachttopf, sondern offenbar ein kleiner Kochhafen; ich erwähne dies, weil es für mich der Beweis war für die schon oben ausgesprochene Vermutung, daß diese Geschirre alle von der Erde drunten, und zu verschiedenen Zeiten, heraufgeschleppt waren, und aus Gegenden – weiß der Himmel, wo sie alle her waren. – Aber auch die Mädchen waren verschieden, – wenigstens an Alter. Die ältesten waren mindestens vierzehn, sechzehn und selbst zwanzig Jahre und darüber; nur blieben sie schrecklich klein; das Haar war flachsig, die Augen wasserblau, die Haut teigig und käsweiß; so machten sie den Eindruck von Treibhauspflanzen, die keine Sonne haben. Die Jüngsten waren fast noch unbeholfene Dinger, und wurden von der Mutter zu Bett gebracht. – Diese dreißig Pipi mitanhören war gewiß kein Vergnügen, der Leser darf davon überzeugt sein; auch verbreitete sich in diesem Mondzimmer ein nicht gerade angenehmer Geruch, dessen Grundlage übrigens Käsrinden waren. – Während so Kinder und Mutter allseitig beschäftigt waren, ging der Mondmann in einem gelben Schlafrock in langen Schritten im Zimmer auf und ab, d.h. in dem Raum, der inseits der Betten zurückblieb, den langen Tisch jeweilig zur Rechten und zur Linken habend. Er sprach kein Wort, und schien nachdenklich; in dem gemessenen, gleichmäßigen Schritt lag etwas Würdevolles. Dabei streifte er im auf- und abgehen wiederholt an das Fußende des Bettes der Mondfrau, unter dem ich lag, und da er hier jedesmal umkehrte, so gabs einen kleinen Aufenthalt. Ich betrachtete mir dabei genau seinen Schlafrock, schon wegen der seltenen Farbe; aber das war gar kein Schlafrockstoff, sondern ein geblümter, schmutzig – gelber Sofa – Zeug, wie man ihn Anfang dieses Jahrhunderts zum Empire – styl, auf den auf hohen Füßen stehenden Kanapee's, verwandt hatte; ich sah auch unten am Rand, der um seine nackten Beine schlappte, ganz deutlich die kleine Loch – Reihe, die die Tapezier – Nägel darin zurückgelassen hatten; und das ganze Ding war zusammengestopft und zusammengeschnitten.– Nun, – dachte ich mir, – das paßt zum Andern! – In Wahrheit aber laborirte ich in mir an jener phosphorescierenden Erscheinung, mit der mir der Mondmann drunten auf Erden entgegengetreten war. – Noch lange ging der hagere Alte schweigend auf und ab, – aber endlich hörte ich über mir einen Plumpser: die Bettstatt erkrachte, und das ganze Mondgehäuse kam in oscillierende Bewegung: die Mondfrau war in ihr Bett gestiegen. – Dies war auch für den wortkargen Mondmann das Zeichen zum Einstellen seiner Wanderungen; mit einem halblaut hingesprochenen »Scheußlich!« als hätte er mit diesem Wort irgend eine geheime Gedankenreihe abgebrochen, begab er sich an seinen Gang, zog die Schlappen aus und legte sich mitsammt dem Schlafrock auf's Bett. – Es währte nicht lange und die ganze Gesellschaft lag im tiefen Schnarchen.

In Wirklichkeit bedeutete dieses Schnarchen für mich gar nichts; – wenigstens keine Sicherheit. Für mich war die Frage: Schnarcht oder schläft der Mondmann? Dieser magere, geheimnisvolle Mensch – schien mir – hatte zu viel Gedanken im Kopfe, um schlafen zu können. Wegen der Mondfrau und der Kinder war mir garnicht bange, das heißt: die Mondfrau schnarchte, dieses hörte ich zu mir herunter; aber wegen der Kinder – nehmen wir selbst an, es wäre eines durch meine Gegenwart aufgewacht und hätte geschrieen: »Papa!« oder »Mama! es läuft ein zweiter Mondmann«, oder »ein zweiter Papa im Zimmer herum!« (denn hätten die Kinder sich anders ausdrücken können nach ihren Mondbegriffen?) was wäre geschehen?: Ich wäre schnell unter mein Bett geschlüpft und das

Kind hätte wegen unzeitiger Störung der Nachtruhe von Mama oder Papa eine Ohrfeige bekommen. – So stand also die Sache, als ich mich leis wie eine Ratte mit dem Oberkörper unter dem Bett der Mondfrau hervorbog, gegen den Gang zu, der zwischen den zwei großen Betten lag, und mit auf die Hände gestütztem Körper mich vorsichtig dem Bette des Mondmannes in Matra – zen – Höhe näherte. Ich bemerke nur, daß es nicht Nacht war, sondern Dämmerung. Weiß der Himmel, was es für eine Bewandnis mit dem Ausbleiben der Sonne hatte, oder, was auf dem Mond für speziale Verhältnisse existierten, aber es wurde weder Tag noch auch ganz Nacht. Also mußte ich vorsichtig sein. Entdeckte mich der Mondmann, dann war mir das Schicksal Hephästos', an einem Fuße gepackt und vom Himmel auf die Erde geschleudert zu werden, möglicherweise sicher; die Thür war ja dicht neben dran! – Oder weiß einer von den Lesern, ob die Leute auf dem Mond einem muskelstarken Schlag angehören? Ich weiß es nicht. – Doch ich hatte Glück! Der Mondmann schnarchte nicht, aber er schlief; seine langsamen, regelmäßigen Atemzüge bekundeten mir dies auf's Unwiderleglichste. Ich kroch unter mein Bett zurück und verließ dann am Fußende desselben mein schwarzes Gefängnis, dessen Aufenthalt mir während der letzten Viertelstunde noch der reichlich gefüllte Nachttopf der Mondfrau etwas vergällt hatte. Mein erster Gang war zum Fenster: Alles lag in schwindelhafter Ferne; kein Baum, kein Strauch, keine Wolke, nicht einmal ein Nebel, weder Ton noch Geräusch, kein Vogel, kein Sonnenstrahl, nur in weiter Ferne einige scharf blitzende Gestirne auf einer dunkel – violetten Wand. Gott! – sagte ich zu mir – welch' ein Leichtsinn, sich auf eine so unberechenbare Bahn begeben zu haben. Ebensogut konnte man sich ja von einem Lämmergeier in die Lüfte entführen lassen. Ich dachte an meine Hausfrau in *Leyden*. Sie erschien mir in den süßesten Farben. Welch' ein edles Herz, sagte ich zu mir, trotz aller langen Zähne, trotz allen Gekeifes, aller giftigen Blicke und teuflischen Gewohnheiten. – Eines war sicher, – dies lehrten mich die Sternbilder, von denen ich einige erkannte, – ich befand mich im Weltall. Ich befand mich auch noch im Bereich der Anziehungskraft der Erde, oder sonst eines respektablen Weltkörpers, denn sonst wäre ja unsere kleine Mondbaracke längst zerschellt an der Oberfläche irgend eines streunenden Gestirns angekommen, während hier im Innern alles auf stabile und geordnete Verhältnisse hinwies; einige Bettladen waren aus dem Ende des vorigen Jahrhunderts, dies ließ sich trotz ihrer Ärmlichkeit an einigem Schnörkelwerk in den Füllungen feststellen; ebenso war die gewölbte Konstruktion der Decke ein verunglücktes Ingenieur – Stück von hohem Alter; also mußte diese kleine, in verdünnter Luft schwimmende Holz – Bude sich doch, was man sagt, eine gewisse astronomische Existenz im Himmel verschafft haben.

Aber wo war die Sonne? Dieser Quell alles Lichts, alles Lebens und aller Bewegung! – Ich hätte zu gerne das Fenster aufgemacht, aber was konnte da nicht alles passieren! Vielleicht hatten wir hierin verdünnte Luft, und beim Öffnen wäre die äußere mit der Vehemenz einer Explosion hereingestürzt und hätte alles drunter und drüber gebracht. Was mir auffiel: ich fror nicht. Draußen auf der Strickleiter hatte ich heftig gefroren. Da nirgends ein Feuer, ein Licht oder ein Ofen war, so mußte die Wärme von wo anders herkommen, ich blickte um mich; »dreißig Kinder«, sagte ich mir, »in einem so engen Raum zusammengepfercht, – die zwei Mondleute und ich macht dreiunddreißig, – das giebt schon aus; und so lange Nahrung vorhanden, ist eine gegenseitige Erwärmung nicht ausgeschlossen; aber es genügt nicht, um die äußere Abkühlung des Mondhauses in dieser verdünnten Region, und was außerdem durch die Ritzen der schlechtschließenden Thüren und Fenster hereindringt, zu kompensieren.« Ich machte einen Gang durch den Innen – Bettraum des Zimmers; meine Stiefeln hatte ich unter dem Bett der Mondfrau zurückgelassen; es fiel mir auf, daß die drübere Seite, die Bettreihe gegenüber dem Fenster, schon in der Luft wärmer war als die Fensterseite; auch schliefen dort die kleineren Kinder; ich zwängte mich durch zwei dieser Bettladen durch und fühlte an die Holzwand, wo das gestohlene astronomische Bild hing; sie war badwarm. »Ich laß mich hängen«, rief ich leise vor mich hin, »wenn auf dieser Seite nicht die Sonne steht!« Ich versuchte durch eine Ritze zu spähen, aber da war alles dicht vermacht, es schienen noch dicke Lagen von Werg und sonstigem schlechtleitendem Füllmaterial im Innern zu kommen, auch roch die ganze Wand stark nach Theer. – Nun, wenn dort die Sonne steht, – sagte ich zu mir, – wird sie schon hervorkommen, oder der Mond wird sich zu ihr hinüberdrehen. – Beim Zurückgehen aus meiner Bettladen – Enge fiel mein Blick auf eines der schlafenden Kinder. Mich frappierte die Gesichtsbildung, die insofern eine sehr tiefe Entwicklungsstufe aufwies, als gerade die äußeren Sinnesorgane wie Ohren, Augen, Nase, nur durch minimale Läppchen oder Erhebungen sich anzeigten, im Übrigen aber der Schädel mit sammt dem Gesicht eine kreisrunde Kugelform einhielt; und da die meisten Kinder, in tiefem Schlaf versunken, mit hochgeröteten Backen dalagen, so machte es den Eindruck, als wären von den runden, holländischen Käsen welche mit kleinen Einschnitten versehen oben am Anfang des Plümeaus gelegt worden. Ich konnte mir nicht versagen, die Rundtour um diese Betten zu machen, um bis zu den erwachseneren Mädchen zu kommen; überall die gleichen Pfannkuchengesichter, der Mund meist ein nach oben gekrümmter Halbkreiseinschnitt, die Nase eine plattgedrückte Zwetsche mit rechts und links einem kleinen Loch, die Augen zwei Schlitzchen, die Ohren zwei Läppchen. Dagegen macht man sich auf der Erde keinen Begriff von dem wunderschönen Goldglanz dieser Kinderhaare, und ebenso war ihre Haut von seltener Reinheit und Glätte. – Inzwischen machte sich aber mein Hunger – Gefühl in immer heftigerer Weise bemerkbar; ich habe wohl oben nicht erwähnt, daß ich schon, als ich vom Fenster wegging, auf meinem Weg zur gegenüberliegenden Seite den Tisch befühlte, um die unangenehme Entdeckung zu machen, daß die Mondfrau sämtliche Speisereste bis auf die letzte Käsrinde zusammengescharrt hatte; was thun? – Ich wußte wohl, wo Käse waren; drunten im Keller; aber war es nicht im höchsten Grade riskant einen Raum in der Dunkelheit zu betreten, von dem ich weiter nichts wußte, als daß er den Hohlraum eines Kugelabschnitts darstelle, mit andern Worten muldenförmig sich vertiefe, und dies nur vermutungsweise?! – Stärker jedoch als diese Erwägung erwies sich mein Hunger. Die Klappe, das ist die Kellerthür, wußte ich, lag gerade vor dem Fußende des Mondmann – Bettes; ich begab mich auf allen Vieren in diese gefährliche Gegend; nach langem Tasten in der Dunkelheit fand ich einen eisernen Ring; ich hielt ihn für den Griff und zog; ich hatte mich nicht getäuscht; auch war die Thüre nicht verschlossen; natürlich! für wen denn? – Aber in dem Moment, da ich die Thüre etwas hob, – mit gespreizten Beinen über ihr stehend, – kam aus der Ecke das halb hingezischte Wort »Scheußlich!«. Vor Schrecken ließ ich die Thüre fallen; ein dumpfer Schlag! – Dann lautlose Stille. Mein erster Gedanke war, eine weitere Person sei auf dem Mond und habe Alles, – vielleicht vom Dach aus, – mit angesehen. Dann erinnerte ich mich, daß das ja das Wort war, mit dem der Mondmann zu Bett gegangen. – Zum Glück blieb alles still. Bald hörte ich wieder von allen Seiten regelmäßige Schnarch- und Atem – Züge, und, indem ich mir sagte: der Mondmann ist noch bei seinen Einschlaf – Gedanken, machte ich mich neuerdings an die Arbeit. Es gelang mir, die Fallthür bis zur rechtwinkligen

Lage emporzuheben, hätte aber beinahe wieder Malheur gehabt, da das eine Charnier losgerissen war. Ein schwarzes Loch gähnte mir entgegen, ohne die Spur einer Beleuchtung. Ich lehnte die Thür vorsichtig an die nächste Kinderbettstatt, die fast bis ganz heranreichte, und stieg mit größter Vorsicht hinunter; um nicht mit dem Podex an einen unerwarteten Gegenstand zu stoßen, mit dem Gesicht voran; ein süßlich – bitterer Geruch aus Käs und Theer gemischt empfing mich; unten angelangt ging ich aber wohl im Glauben, daß das Schwierigste vorüber, etwas zu eilfertig, wiewohl tappend, nach vorwärts, und plötzlich fühlte ich einen heftigen Schlag vor der Stirn; ungewiß, ob er geführt oder passiv erteilt, griff ich in die Luft, und faßte ein Querholz, welches, wie es schien, als Handgriff mit einem Triebrad, ähnlich wie bei einem Ziehbrunnen, in Verbindung war. Obwohl ich fast betäubt vor Schmerz war, lauschte ich doch erst, ob die Kollision nicht oben im Mondzimmer vernommen worden, um dann, da dies nicht der Fall zu sein schien, unbekümmert um die abenteuerliche Windmaschine, vom Geruch geleitet, meinen Weg zu den Käsen fortzusetzen. – Richtig! Da lagen etwa ein viertel oder halbes Hundert von den bekannten roten kugelrunden Käsen; wie eine Braut umarmte ich diesen kostbaren Haufen; waren sie doch das Einzige, das noch vor zwölf Stunden mit mir auf der Erde weilend, den fürchterlichen Anstieg da herauf in Gemeinschaft mit mir zurückgelegt hatte. Ich zog aber sofort mein Taschenmesser heraus um den, der mir gerade im Weg war, anzuschneiden. Neue Enttäuschung! Mein Messer war, magnetisch vermute ich, festgefroren, das heißt: die Klinge im Heft eingekeilt und unbeweglich. So machte ich mich denn nach Art der Ratten an meine Mahlzeit und verspeiste mit großem Behagen etwa ein Drittel eines Käses. Es fiel mir auf, daß ich weder das Brot vermißte, noch auch durstig war. Wer von den Lesern so gelehrt ist, mag es mit meteorologischen Verhältnissen erklären, ich kann es nicht. Ich hatte den Rest meines Käses schon zum Haufen geworfen, und den Rückweg angetreten, der mir, wie überhaupt jede Bewegung in diesem Mondkeller, sehr erleichtert wurde, da der überall abschüssige Boden mit einem eigentümlich – weichen Stoff belegt war, als mir ein neuer Gedanke kam: wenn die Mondfrau morgen oder eines Tages den angebissenen Käse findet, werde ich sie nicht unnötigerweise auf die Spur meiner Anwesenheit lenken, es sei denn, daß Ratten heroben sind, was ich nicht weiß, und die nebenbei der Mondfrau nicht einzufallen brauchen? Also: Du nimmst den angebissenen Käse mit hinauf, –

sagte ich mir, – droben riecht es so wie so nach Käse. Ich ging zurück, fand erst nicht den Haufen, stieß an eine Kiste, die schepperte, als wenn eiserne Werkzeuge drinnen wären, zog mich hastig zurück und schlug eine andere Richtung ein, kam schließlich in der Dunkelheit zwar an die Käse, aber an eine ganz andere Stelle als vorhin, griff überall herum, fand aber keinen angebissenen Käse; der Haufen war doch größer als ich dachte, es mögen meinetwegen an die neunzig, oder hundert Stück gewesen sein; ich kroch über den ganzen Haufen und suchte, und suchte, der angebissene Käse erschien mir nun von der größten Wichtigkeit; zum Glück hatte ich keine Stiefel an, und konnte also die übrigen Käse nicht verletzen, höchstens rote Hosenkniee bekommen.

Während ich mitten im Herumwühlen war, machte es oben im Wohnzimmer plötzlich einen Satz wie aus dem Bett, und dann fiel ein menschlicher Körper mit fürchterlicher Vehemenz auf den Fußboden; ich glaubte, der Mondmann sei epileptisch geworden, hörte aber gleich darauf seine Stimme jammernd und wehklagend; nach einem anfänglichen Fluch, den ich vergessen, der sich aber nicht auf irdische Dinge bezog, rief er halb stöhnend, halb verwünschend immer nur die Worte: »Die Leiter! – Mutter, steh' auf! – schnell! – Unser Mondband, – unsern Erdenstrick, – Mutter! – Die Strickleiter! – steh' auf!« – Im gleichen Moment stürzte er kopfüber zu mir in den Käskeller herab. Wahrscheinlich hatte er geglaubt, die Fallthür sei zu, und im Begriff, die Mondfrau zu wecken, war er arglos darüber hinweggeschritten und so hineingestürzt. Aber zu meinem Entsetzen tappte der Mondmann, der sich mit einem Fluch wieder erhoben hatte, auf mich zu. Ich glaubte schon, er habe mich gewittert, durch den Geruch entdeckt, und suche nach mir, wie der Riese, der im Märchen ins Zimmer tritt mit den Worten; Ich wittere Menschenfleisch! Doch blieb er in der Mitte des dunklen Raumes stehen und machte sich an der seltsamen Aufwind – Maschine zu schaffen, die er unter großem Stöhnen seinerseits und unter großem Knerzen von Seite der wie mir schien ganz aus Holz gefertigten Vorrichtung in Gang brachte. Jetzt kam auch die Mondfrau heruntergeschlappt: »Du vergeßliches Mannsbild, Du Träumer, Sterngucker, Faulenzer, Essiggesicht, wenn einer von den Käsleuten heraufsteigt und brennt uns die Bude unterm Arsch an, dann haben wir's!« – »Mutter«, sagte der Mondmann kleinlaut, »sag' ich nicht Bude, – zieh!« – »Bude, sag ich, warum läßt Du alles verkommen? Galgenstrick!«– »Mutter, sag' nicht Galgenstrick! zieh!« – »Galgenstrick, sag' ich, Hungerleider!« – »Mutter, sag' nicht Hungerleider, zieh!« – So ging es wohl eine halbe Stunde zu, das gegenseitige Schimpfen und Widerpart halten. Und dabei fortwährendes Keuchen und Stöhnen, Knerzen und Quiexen. Die Mondfrau hatte sich in der That allmählich auf die andere Seite begeben, wo vermutlich ein zweiter Handgriff zum Treiben angebracht war. – Die Strickleiter! dachte ich in mir, ja, ich hatte sie auch vergessen. Hunger, Müdigkeit, Kälte, Angespanntsein aller Sinne, – wer hätte da an die Leiter gedacht, nachdem man einmal heroben war. Aber was hätte geschehen können, kalkulierte ich weiter, wenn jemand von der Erde, vom »großen Käs«, wie die Leute sich ausdrücken, heraufgestiegen wäre; freilich, in der Nacht auf dem einsamen Feld zwischen *D'decke Bosh* und *Leyden* hätte sie kaum jemand entdeckt. Aber es mußte ja jetzt Tag sein drunten auf der Erde, und die hanfene Leiter schleifte vielleicht durch irgend eine westfälische oder deutsche Stadt. – Ich weiß nicht mehr genau, wie lange das Heraufziehen der Leiter währte, außer, daß es dieselbe Zeit in Anspruch nahm, wie das Schimpfen und Poltern. Aber nach eineinhalb Stunden etwa verließen Mond-mann und -frau keuchend und dampfend vor Arbeit den unterirdischen Raum. Letztere schmiß wieder mit einem fürchterlichen Schlag die Kellerthür zu. Ich blieb drunten. Und weiter wurde die Nachtruhe dann nicht mehr gestört. –

Der Leser, der hier einen Absatz findet, wird vielleicht sagen: ich solle schließen und meine erlogenen Geschichten und schwindelhaften Einbildungen wo anders anbringen. Der Leser wird diese Ansicht mit sich auszumachen haben. – Meine Pflicht ist: mitzuteilen, was ich als Augenzeuge erlebt habe; erlebt, ganz gegen meinen Willen; und für welches Erlebnis ich heute einen kranken Körper mit grauen Haaren, trübem Blick, deroutiertem Geist und einer unüberwindlichen Abscheu gegen Käse herumzuschleppen habe. Niemand wird von mir eine Klage hören über ein Geschick, welches ich ganz allein mir und einem unbegreiflichen Leichtsinn zuzuschreiben habe. Aber niemand wird mich auch vermögen, mit Rücksicht auf einen ermüdeten oder ungläubigen Leser, oder einigen Astronomen, deren Lehrbücher und Berechnungen im schroffsten Widerspruch mit dem von mir Gesehenen stehen, Mitteilungen zu unterlassen, deren Inhalt von der größten Wichtigkeit ist für die Menschheit, für die Erde, für den Mond, für die Verbindung zwischen Erde und Mond, für die Verproviantierung dieses letzteren, für die Abhängigkeit der Gesichtsbildung von der Art der Nahrung, für den Einfluß von meteorologischem Magnetismus auf Taschenmesser u.s.w. – Hab' ich vielleicht durch irgendwelche vorschnelle Schlüsse oder Annahme dem Leser Veranlassung zum Mißtrauen gegeben? Bin ich nicht mit der größten Vorsicht, Ruhe und Objektivität vorgegangen? Hab' ich nicht den Mondmann, zuerst als er auf dem Ackerfelde zwischen *D'decke Bosh* und *Leyden* niederstieg, sogleich als Hopfenhändler und Getreidebauer, und insolange in Anspruch genommen, bis unbegreifliche Ereignisse diese Annahme fernerhin zur Unmöglichkeit machten? – Alle diese Fragen muß der Leser zu meinen Gunsten beantworten. Dann hat er aber kein Recht, mich hier zu unterbrechen!

Aber Alles nimmt zuletzt ein Ende! Auch die holperige Nacht auf den Käsen im Mondkeller nahm ein Ende. – Wenn jedoch der Leser glaubt, daß sich damit meine Situation gebessert, oder daß ich in das Wohnzimmer hätte zurückkehren können, so irrt er sich. – Wie wäre dies auch möglich gewesen? Nach der aufgeregten Szene zwischen den beiden Mond – Gatten an der Aufzieh – Maschine wäre es doch Wahnsinn gewesen, die Kellerklappe, deren eines Charnier gebrochen war, aufmachen zu wollen; nachdem es so gut wie sicher war, daß die beiden Leute für diese Nacht vor Aufregung kein Aug' mehr schließen würden; unerörtert, ob ich die schwere Thür von unten überhaupt aufgebracht hätte. Also blieb mir nichts Anderes übrig, als drunten zu bleiben und meinen angebissenen Käs zu suchen. – Aber, wie gesagt, die Nacht ging zu Ende. Daß sie zu Ende war, merkte ich übrigens nur aus dem über meinem Kopfe entstehenden Leben und Treiben; nicht etwa aus einer beginnenden Helle; denn so viel wird der Leser behalten haben, daß im Mondkeller kein Fenster war; aber es war auch fraglich, ob es oben im Mondzimmer hell war; denn wenn die Sonne hätte kommen können, so mußte sie doch in den ersten zwölf Stunden nach meinem Heraufstieg kommen. – Dies Leben und Treiben über meinem Kopfe war übrigens merkwürdig genug: ein Geklopfe, ein Gerutsche, ein Getrapp, ein Hin und Her, daß man hätte eine Fabrik vermuten können. Soviel war sicher, daß Einer außerhalb der Stube auf dem Dach war und dort klopfte und hantierte. Was, das wußte ich nicht. – Übrigens war mein Plan für den nächsten Tag gemacht; mit meinem angebissenen Käs in der Hand beschloß ich, mich unter die Treppe der Kellerthür zu legen, und sobald Jemand herabstiege, zu sondieren, wie die Beleuchtung oben sei, und war es das Zwielicht, in dem ich die ersten sechs Stunden in der Mondstube verbrachte, dann die Gelegenheit zu benutzen, und mich hinauf unter mein Bett zu stehlen. Herunter kommen mußte Jemand, denn sie mußten doch zum Mittagessen Käse holen. – Inzwischen versuchte ich mich in dem Mond – Unter – Raum etwas zu orientieren: Da war also einmal die schon erwähnte Auf – Wind – Maschine; es wird sich Niemand wundern, wenn ich sage, ich ging ihr so viel wie möglich aus dem Wege; denn abgesehen von meinem nächtlichen Rencontre mit ihr, war mir das Quiexen dieses ungeschmierten Holzkastens ein Greuel, auch war mir ihre Konstruktion herzlich gleichgiltig; schon um deshalb, weil eine unvorsichtige Berührung von meiner Seite den Einstell-Mechanismus, den ich ja garnicht kannte, hätte auslösen können, wobei die Maschine durch das irgendwie angespannte Strickleiterende in eine rückläufige Bewegung gesetzt, und damit die Leiter selbst in Folge ihrer Schwere in einem Nu gegen die Erde zum Abraspeln gebracht werden konnte. Hier ging ich also außen herum wie bei einem Gespenst. Wenn nur nicht so wenig Platz dagewesen wäre! Hinter mir im Rückteil des Kellers lagen die Käse. Von ihnen aufbrechend traf ich zuerst auf den weich ausgelegten Boden, von dem ich oben schon sprach, und der die ganze Kellermulde rings um die in der Mitte plazierten Maschine bedeckte; ich kroch auf allen Vieren, um nirgends anzustoßen, und konnte so diesen weichen Stoff besser untersuchen; es schien eine Art Garn oder fremdartige Wolle, sie war in Strähnen oder Bündel geordnet, geflochten, und, damit die Flechtung nicht aufgeht, noch geknüpft; darin lag nichts absonderliches; ähnlich machen wir es drunten auf der Erde auch; aber, was mir auffiel, war, daß immer nur einzelne Stücke so gleichartig äußerlich behandelt waren; dann kam eine Reihe, darin war die Knüpfung eine andere, oder die Stücke waren dicker, also schwerer; dann kamen wieder welche, da war der Faden oder die Wolle, ich bin da nicht Kenner genug, viel feiner; bei anderen merkte man schon aus der Berührung, und viel sah ich ja da herunten nicht, daß sie wo ganz anders her seien, die Fabrikation eine andere; kurz, die Stücke, war es nun Garn oder Hanf, oder Baumwolle, oder Kokosfaser, waren nicht hier oben aus dem Rohmaterial gearbeitet, sonst wären sie gleichartig geschlungen und geknüpft worden; zweitens, wenn die Stücke nicht heroben gearbeitet worden, dann kamen sie von der Erde, und dann, wohlgemerkt! kamen sie aus verschiedenen Fabriken oder Kaufläden, mindestens aus fünf oder sechs; soviel für jetzt über das merkwürdige Garnlager der Mondfamilie, – ich komme darauf zurück. Zur Rechten, wenn ich der Windmaschine auswich, traf ich auf eine mäßig große Kiste; ich habe ihr schon

Erwähnung gethan; sie enthielt Nägel, verrostete Klammern, Bandeisen, eine halbe Zange, außerdem eine ganz neue, einen ungewöhnlich schweren Schmiedehammer, den nur ein sehr kräftiger Mann mit einer Hand handhaben konnte, diverse Kloben, Schrauben, Schraubenmutter und dergleichen. – Wenn ich an das Gehämmer und Geklopfe dachte, das noch in diesem Moment zu mir herunterschallte, so war es klar, daß diese Kiste noch immer nicht das gesamte Handwerkszeug des Mondhauses enthielt. Weiterhin, den halben Umkreis des Mondkellers auf dieser Seite vollendend, traf ich unter der Kellerstiege, vorsichtig plaziert, ein großes Blechgefäß mit Theer, dessen penetranter Geruch schon in der vergangenen Nacht beim ersten Betreten des Mondkellers, mir den Vorgeschmack an den Käsen verbittert hatte. Ein Stück Holz zum Rumrühren stak drin. Weiter auf der linken Seite fand ich eine ziemliche Menge schwarzer, knisternder Platten an die Wand gelehnt, die ich sofort am Gefühl und Geruch als theergetränkte und mit Sand überzogene Dachpappen erkannte. Die macht der Alte jedenfalls selbst, – sagte ich mir, – bestreicht sie, trocknet sie, und hebt sie hier auf. Ihre Verwendung konnte wohl nur das Monddach betreffen; ich sollte aber später doch noch ganz anderes drüber erfahren. – Und nun, indem ich den Kreis im Umgang des Kellers vollendete, – wohlverstanden, gegen die Mitte zu immer auf den weichen Hanf – Strängen laufend, – kam ich zu meinen Käsen zurück. – Ich war aber nicht sobald dort angelangt, als die Klappe geöffnet wurde und der Mondmann lang und steif herunterkam. Diesmal hatte ich es jedenfalls versäumt, mich wieder in das Wohnzimmer zurückzuschleichen. Denn ich konnte es unmöglich wagen, neben dem Mondmann vorbeizukommen zu versuchen. Dieser ging ziemlich rasch und mit genauer Ortskenntnis um die Maschine herum zu der dem Leser bekannten Kiste, in der er ziemlich lange unter Zuhilfenahme diverser mir unverständlicher Flüche herumkramte. – Ich blickte durch die offene Klappthür nach Oben: es war natürlich sehr hell im Wohnzimmer, das heißt, mir kam es als Differenz von der herunten herrschenden kompleten Dunkelheit sehr hell vor; aber ich war fest überzeugt, es war keine eigentliche Tageshelle, weil ich mir nicht denken konnte, warum die Sonne jetzt auf einmal kommen sollte, nachdem sie vor sechs Stunden, zu ihrem Zeitpunkt ausgeblieben war, und weil ich überzeugt war, die Sonne stehe auf der andern fensterlosen Seite des Mondes, so daß ein direktes Licht ausgeschlossen war. – Inzwischen war der Mondmann mit einigen Kloben und Nägeln wieder nach Oben gegangen; ich nahm jetzt definitiv meinen drittels aufgegessenen Käs zur Hand und plazierte mich unter die Stiege neben das Theerfaß. – Indem ich so meinen Käs in sitzender Stellung wie einen Gummiball zwischen den Beinen hielt, begann ich in der Dunkelheit wieder zu simulieren: Wie kommt der Mann, sagte ich mir, zu seinen Käsen? Sollte er sie kaufen, wie ein anständiger Hausvater bezahlt was er verzehrt? Höchst unwahrscheinlich. – Ich vergegenwärtigte mir noch einmal, wie der glänzende, phosphoreszierende Mondmann nach Zuschaufeln des Grabes drunten auf der Erde zuletzt wie ein einfacher, dunkler Mensch wegging; es war um diese Zeit mindestens elf Uhr Nachts; um diese Zeit sind in *Leyden* gar keine Geschäfte mehr offen; es ist richtig, *Leyden* hat gerade in diesen runden Käsen große Export – Häuser; aber wie zu ihnen gelangen? Sollte er mit einem der Verwalter ein unredliches Abkommen...? – Nein, gewiß nicht! Was könnte denn der arme Mondkletterer dem Mann als Gegenleistung bieten? Nichts! – Ja, wenn der Mond aus Gold bestünde, wie manche alte Sage zu erzählen weiß, – aber, aus was der Mond besteht, das sah ich ja! eine alte, geschwärzte, theerüberzogene Holzbaracke; – nein, nein! – der Mondmann wird schon recht gehabt haben, als er gleich nach seiner Ankunft seiner scheltenden Frau gegenüber auf seine Magerkeit verwies: er kommt nur durch seine Magerkeit zu den Käsen; er wird schon sein bestimmtes Loch haben, durch das er in einen der großen Vorrats – Keller in *Leyden* eindringt, vielleicht ein Zugloch zum Trocknen der Käse, welches der betreffende holländische Baumeister nicht noch kleiner machte, indem er die Unmöglichkeit diebischen Eindringens von dem Leibes – Umfang seiner eignen Landsleute abmaß. – Und der arme Teufel von einem Mondmann darf sich nicht satt essen, um sich nicht der Möglichkeit zu berauben, seine Alte da heroben mit ihren dreißig Jungen mit Nahrung zu versehen. O elende, miserable Himmels – Existenz! – rief ich vor Entrüstung ganz laut aus, – als dicht über mir eine rauhe Stimme herunterrief: »Muß denn den ganzen Tag gefressen sein?« – Es war die Mondfrau, die die Klappe geöffnet hatte und jetzt die fünf oder acht Stufen schwerfällig herunterschlappte, – »den ganzen Tag gefressen sein« – wiederholte sie halb laut für sich, indem sie die Richtung nach den Käsen einschlug. Bei dieser Gelegenheit glaubte ich zu bemerken, daß die Mondfrau ziemlich kurzsichtig war, ein Umstand, der mir, neben der schon früher konstatierten Taubheit des Alten, durchaus willkommen war. Aber, ohne diesen Gedanken weiter zu verfolgen, benutzte ich, wie vorgenommen, die Abwesenheit des Alten auf dem Dach, und das Beschäftigtsein der Mondfrau bei den Käsen, um ohne viel Federlesens strümpfig in die Mondstube hinaufzueilen. Aber *Lot's* Salzsäule konnte nicht fester angewurzelt stehen als ich oben auf der Treppe, – denn vor mir stand kerzengerad, und jedenfalls ebenso erstaunt wie ich, das große, älteste Mondmädchen; ich werde dieses Gesicht in meinem Leben nie vergessen, denn trotz allen Schreckens überwog doch noch mein neugieriges Erstaunen über diese Menschenbildung: ein harmloses, vollgefressenes Bauerngesichtchen mit kugelrunden Backen, blöden, geschlitzten Äuglein und etwas motzig heruntergezogenen Mundwinkeln, die Haut von mehligem Aussehen, die Farbe käsweiß, die Haare flächsern, die Wimpern sogar fast farblos, – so starrte das Mädchen mich an und ich das Mädchen. Ich selbst bin leider von Statur etwas klein; das Mondkind war in dieser hohen reinen Luft ziemlich hochaufgeschossen und ging über mich hinaus. Und dieser Größenunterschied ließ beim besten Willen nicht bei mir das Gefühl der Überlegenheit aufkommen; ich meine: ich fühlte, daß ich dem Kind nicht imponieren konnte, und abgesehen von jedem unangenehmen Gedanken, nun entdeckt zu sein, kam ich mir als der Geringere vor; so mächtig wirkte das schlanke naive Mondkind auf mich ein. Aber nur einen Moment, denn gleich darauf, und bevor sich noch die Mondfrau, unten, der Stiege näherte, verzog sich der anfangs vollständig indifferente Gesichtsausdruck meines *vis-á-vis* in ein freudiges, halb erstauntes, halb blödsinniges Lächeln, wobei sich die Ecken des winzig kleinen Mundes nach oben richteten, und kleine Fältchen rechts und links außen an den Äuglein auftraten. Gleichzeitig hob das Kind tastend den Arm auf, um nach mir, wie nach einem Zuckerwerk zu langen. Ich wußte genug: das Mondmädchen war so naiv, harmlos und unerfahren, daß es – man verzeihe den Ausdruck – wie eine Idiotin meine Anwesenheit weder nach Furcht noch nach Schrecken abschätzen konnte. Es fehlte ihr der Begriff einer möglichen oder denkbaren Erscheinung wie meiner Person. Und als mein Blick – nur für eine Sekunde – rings das Zimmer streifte, sah ich an die anderthalb Dutzend solcher lustiger Mondgesichtchen auf mich zublinzeln und weggewendet von der Arbeit des Hanfspinnens, – denn alle Kinder spannen Hanf. Jetzt ließ sich die Mondfrau hören, und schnell entschlossen, schlüpfte ich um das blöde Kind herum und warf mich schleunigst und mit pochendem Herzen unter die Bettlade, wo tausend Gedanken auf mich einstürmten.

»So! – Also spinnen thun die Kinder! – Hanfspinnen! – Also ist das ganze Hanfmaterial unten im Mondkeller zum Spinnen bestimmt! – Und was spinnen die Mondkinder? – Stricke! Und zu was drehen sie Stricke? – Nur, damit der Papa hinuntersteigen kann und Käse holen! Eine ganze Strickleiter, die bis zum Mond reicht, findet man ja doch nicht auf der Erde, daß man sie stehlen könnte! – Vollends eine getheerte! Weshalb denn getheerte? – Nun zum besseren Anhalten! – Und dann noch mit Sand bestreute! – Weshalb denn mit Sand bestreute? Nun, zum noch besseren Anhalten! – So, so! – Also die Strickleiter! – Natürlich, sie muß ausgebessert werden! – Ewig hält so ein Ding nicht, gar wenn man sie so strappeziert! – Und die Kinder spinnen die Reservestricke, – und der Alte dreht die dicken Stricke und lötet sie zum Ganzen! – Und dann streicht er's mit Theer an! – Und dann sandet er auch das ausgebesserte Stück! – Hat sich denn irgendwo ein Sack Sand gefunden? – Wird schon irgendwo stehen! – Also die Strickleiter, die wird wenigstens heroben gemacht! – Und den Hanf dazu? – Nun, den stiehlt er natürlich, das zeigen ja schon die verschiedenen Fabrikate! – Herr Gott, sind aber die Kinder dumm! – Nun zum Hanfspinnen und Käsessen gescheid genug! – Trotzdem ist es traurig! – O nein! Zu was sollen sie gescheidter sein als nötig; zumal sie glücklich sind; ihr blödes Lachen dies wenigstens verrät! – Ob das große Mädchen dich wohl anzeigen wird! – Gott bewahre! Wie kann sie das? Ebenso könnte ein Lamm von einem Wolf eine Anzeige machen, den es zum ersten Mal gesehn! ...«

Dies waren ungefähr meine Gedanken, und der Leser möge mir zu Gute halten, daß ich sie hier so ohne Umschweife ausgekramt. – Die Mondfrau war jetzt nach oben gekommen und schmiß jetzt nach ihrer Manier die Klappthüre zu; im Schürz hatte sie einige Käse und in der Rechten mehrere von den getheerten Dachpappen. Es war offenbar Essenszeit. Und offenbar hatte eines der Mädchen zu früh Hunger bekommen, und darauf bezogen sich die Worte der Mondfrau, mit denen sie in den Keller hinunterstieg: »Muß denn den ganzen Tag gefressen werden?« – Das Mondfenster war offen, zum erstenmal seit meiner Anwesenheit; es war nicht kalt; sogar ganz erträglich; aber keine Spur von Tageslicht, keine Spur von Sonne. – Die Mondfrau hatte die Käse – ich weiß nicht mit was für einem Instrument – auseinandergebrochen und an die Kinder, die ihr höchst primitives Spinngeräte bei Seite gelegt, verteilt; sie selbst, mit einem Stückchen Käsrinde im Munde, nahm einige der Pappscheiben, ging ans Fenster und rief; »Papa, komm dann zum Essen!« Der Mondmann, der die ganze Zeit auf dem Dach und an den Seitenflächen herumgehämmert hatte, kletterte heran, streckte von oben die Hand herein und nahm die getheerten Tafeln ohne ein Wort der Erwiderung in Empfang. »Komm dann zum Essen!« sagte die Hausfrau noch einmal halblaut. Der Mondmann stieg aber weder herein, noch kletterte er wieder hinauf, sondern begab sich zu meiner größten Verwunderung auf die untere Mondfläche, wo er mehrere der Platten mit wuchtigen Hammerschlägen befestigte. Der so um das Holzgerüste des Mondes gelegte Theer – Überzug war ja gewiß direkt verständlich, da er ein vortreffliches Schutzmittel gegen Wind, Regen, Sonne, wenn sie kam, elektrische Entladungen, alle Art Niederschläge u.s.w. abgab. Weniger begreiflich war mir, daß sich der fleißige Mann da unten halten konnte. Sollte die Anziehungskraft dieses doch nur mäßig großen Mondkörpers genügen, einen allerdings spindeldürren Menschen an ihrer Oberfläche festzuhalten? Oder war der in Jahren doch schon vorgerückte Mondmann gelenkig genug, um sich an den sandüberstreuten Theerflächen festzuhalten? – Das Schmatzen der Kinder machte mich hungrig. Ich holte meinen Käs, der zwischen den Schlappen der Hausfrau und ihrem Nachttopf gelegen, hervor und biß herunter, so gut es eben ging. Das Schlagen und Hämmern unter mir ging immer fort. Es schien, er mußte den ganzen Mond neu überziehen. Von den Kindern liefen einige zu den Nachttöpfen, andere hatten ihre Spinnarbeit wieder aufgenommen, von der ich eigentlich nicht sagen kann, wie es zu Wege ging; von Spinnrad war natürlich keine Rede; ich glaube, das eine Kind hielt ein Ende mit der Hand fest, während das andere die Flecht – Arbeit machte. – Es mußte wohl schon Nachmittag sein, und die Mondmutter war am Tisch eingeschlafen, als endlich der Mondmann durch das Fenster hereinstieg, glühend und mit perlender Stirn. Beim Sprung auf den Boden erwachte die Alte. »Was«, sagte sie, »brennt heute so die Butterkugel?« – »Oh, scheußlich!« antwortete der magere, keuchende Mann, und ballte die Faust gegen die fensterlose Rückseite der Stube. »Papa, hebe nicht die Hand auf gegen sie!« mahnte die Hausfrau in ernstem Tone. – »Ach!« replizierte der Mondmann mit einer wegwerfenden Geste und ließ sich auf die Bank kraftlos niederfallen. Die Mondfrau schob ihm einen angebrochenen Käsballen hin. – Was? Butterkugel? dachte ich. Der Mann kommt verschwitzt und ermattet herein, als hätte er in der glühendsten Hitze gearbeitet, und schimpft und droht die geballte Faust gegen die Butterkugel? Was meint er damit? Meint er die Sonne? Und steht wirklich die Sonne drüben auf der Mond – Rückseite? Warum kommt sie denn nicht herüber, d.h. weshalb kommt der Mond in seiner von den Astronomen hartnäckig behaupteten Drehung nicht zu ihr hinüber? Ich muß dem Leser offen gestehen, ich konnte über die physikalischen, meteorologischen und astronomischen Bedingungen, unter denen unser Erdentrabant steht, hieroben nicht klar werden, und mein Respekt vor den gelehrten Vertretern dieser Disziplinen auf der Erde drunten wuchs auf dem Monde nicht.

Ich war jetzt vierundzwanzig Stunden auf diesem luftigen Holz – Ballon droben, und wenn ich auch einen Teil derselben im Keller zubringen mußte, so konnte ich doch die wesentlichen Vorgänge, die sich im Mondzimmer abspielten, beobachten; freilich nicht alle; so hätte es mich z.B. sehr interessiert, wo die Mondfrau die zweiunddreißig Nachttöpfe hinleert. – Aber ich möchte nicht den ersten Mondtag vorübergehen lassen, ohne an den Leser eine dringliche Erklärung zu richten: Er soll nämlich nicht glauben, daß ich Lust habe, in dieser langweiligen Manier meine Geschichte weiter zu erzählen, jedes Faktum, jeden Schnaufer, jedes blöde Lächeln, jeden Geruch, jedes ungezogene Wort der Mondfrau, jeden Spreißel an einer Bettlade und nun vollends – jeden meiner Gedanken unter der Bettlade getreu zu berichten. Ich selbst hielte diese Schule der Kleinigkeitskrämerei nicht länger als einen Tag aus. Aber es geht auch aus anderen Gründen nicht: Wir würden nie fertig! Der Leser soll nämlich wissen, daß ich zwei Monate auf dem Monde bleiben werde. Ausnahmsweise will ich, abweichend von der Schule, der ich litterarisch angehöre, hier ein Faktum mitteilen, was an den Schluß gehörte; zwei Monate blieb ich, aus Versehen, auf dem Mond! Durch Umstände, welche ich nicht anders als mit Versehen bezeichnen kann, wurde ich zwei Monate auf dem Mond zurückgehalten. Zu meinem größten Schaden. Ich verlor zwei unwiederbringliche Monate. Wären sie in die Universitätsferien hineingefallen, wär es besser gegangen. Der Leser wird vielleicht fragen: ob ich denn bei einem Mondwechsel mit dem Mondmann wieder auf die Erde gestiegen bin. – Das wird sich finden! Oder: ob jeder Vollmond auf diese Weise als Dünger in die Erde vergraben wird. – Das wird sich zeigen! Oder: ob die heruntergeschleppte glühende Kugel nur der auf irgend eine Weise brennend gewordene Theer-Pappen-Überzug des Mondes ist, da ja die Frau und die Kinder droben bleiben. Das kann ich jetzt noch nicht sagen! – Also von einem detailierten Beschreiben während zweier Monate kann keine

Rede sein. Ich werde mich deshalb von jetzt an auf Erwähnung jener Tage oder Nächte beschränken, in denen ich etwas Neues entdeckt, oder an denen außergewöhnliche Vorgänge in der Mondfamilie sich abspielten. Und in der Zwischenzeit lasse mich der Leser ruhig unter meinem Bett meinen Käs essen. – Zwei hervorragende Ereignisse müssen aber gleich aus der nun folgenden Nacht berichtet werden: das Eine betrifft das sonderbare gelbe Bild auf der Rückwand des Mondzimmers, welches den Querschnitt einer großen Kugel darstellte; das andere, eine undelikate Angelegenheit, von der später die Rede sein wird. Die Kinder waren alle, wie den Abend zuvor, zu Bett gegangen, ebenso der Mondmann und die Mondfrau; ersterer, der sich durch seine Arbeit auf dem Dach wohl stark ermüdet hatte, schlief einen außerordentlich festen Schlaf; während die fette Mondfrau sich wiederholentlich hin und her wälzte. Mir kam unter meinem Bett der Gedanke, eine Zeitrechnung einzuführen. Eine Ahnung sagte mir, daß um den nächsten Vollmond etwas außergewöhnliches passieren werde. Denn es war klar, daß der Mondmann nicht zum erstenmal vor zwei Tagen seinen glühenden Ball heruntergeschleppt hatte. Die ganze Verproviantierung des Mondes wies auf kurze Intervalle hin. Vielleicht brauchte der Mann in der Zwischenzeit Theer. Und er stieg mit seinem Blechfaß hinab. Und kann es mir der Leser verübeln, wenn ich am liebsten wieder drunten gewesen wäre? Jedes eigenmächtige Fernbleiben von der Universität wurde mit Relegation bestraft! So beschloß ich denn, mit der ersten Gelegenheit mit dem Mondmann hinunterzusteigen, und, sollte es während der Reise zu einem Confront kommen, ihn derb mit Holländisch anzureden, – denn das sprachen eigentlich die Mondleute, – und sollte er nicht parieren, ihn bei der Gurgel zu packen und ihn zwingen, den Weg bis zur Erde fortzusetzen. Zu all' dem mußte ich aber wissen, wie ich mit der Zeit daran war, und die Tage bis zum Vollmond zählen. Meine Uhr war außer Rand und Band und zu jeder Ablesung unbrauchbar; mein Taschenmesser, mit dem ich Schnitte in die Bettlade zu machen gedachte, war in sich festgekeilt. So griff ich denn in den durchlöcherten Strohsack der Mondfrau und zog einige Halme heraus, die ich in gleich große Stücke riß, um sie in bestimmter Ordnung, wie Merkzeichen, zwischen Strohsack und Bettlade hineinzustecken. – Aber nun kam eine andere Erwägung, die mir meine Tages – Zählung lieber an einem andern Bett vorzunehmen riet: Die Lage unter dem Bett der Mondfrau schien mir nicht ungefährlich; kam etwas vor, wie die Affaire mit der Strickleiter in der vorhergehenden Nacht, so war die Beunruhigung in erster Linie zwischen den zwei Betten der Ehegatten, und wenn auch die Mondfrau im Ganzen ruhig und fest schlief, so war doch in nächster Nähe der nervöse, unzufriedene und selbst im Schlaf aufgeregte Mondmann, vor dem man keinen Moment sicher war, ob er nicht aus dem Bett springen und irgend einen Traum zur Wirklichkeit machen werde. Ich beschloß daher meine Schlafstelle zu wechseln und, mehr entfernt vom Eingang, unter einem der Kinderbetten meine Wohnung aufzuschlagen. Und zwar sogleich. Ich nahm also meine Strohzeichen wieder heraus, schob meinen Käs aus der Bettlade heraus und kroch dann selbst vor. – Der Leser weiß, daß Alles zu Bett ist! – Während meines Rundgangs im inneren Raum zur Inspizierung der Bettläden fiel mein Blick auf das große gelbe Wandbild. Ich zwängte mich zwischen die Bettstatten hinein, um es genauer anzusehen. Es war ein Querschnitt durch einen holländischen Käs, eine ganz dünne Käsescheibe, noch mit dem äußeren roten Rand; diese Käsescheibe auf eine der schwarzen Theerplatten aufgeklebt, so daß die gelbe Kugel auf dem schwarzen Grund sich ausnahm, wie unsere kolorierten Darstellungen der Himmelskörper auf Schultafeln oder in Atlanten. Und nun starre der Leser und werde stumm, wenn ich ihm sage: auf dieser gelben Käsescheibe war, entweder mit einer Nadel fein bröselig aufgeritzt, oder mit etwas dunkler gefärbten Käskrumen aufgestreut, in deutlicher Kontur die Gestalt von Nord- und Süd-Amerika zu sehen, so, wie wir sie auf einer der ersten Blätter unserer Atlanten in Mercator's Projektion zu sehen gewöhnt sind! – Ich war vollständig paff. – Aber mein nächster Gedanke war: Das kann nur der Mondmann gemacht haben. Jedes andere Wesen in der Mondstube war zu dieser, ich war geneigt zu sagen, genialen Arbeit unfähig. Aber wie? Wie kommt der Mondmann zur Anschauung von Nord- und Süd-Amerika in einer Verjüngung, die gerade auf den größten Durchmesser eines holländischen, runden Käses hinaufgeht. Sollte er in einen Atlas hineingeschaut haben? Aber wie? Wie kommt er dazu? Sollte er an einem warmen Sommerabend durch ein holländisches Dorf flanierend die Fenster der Schulstube offen gefunden, und hineinsteigend diese Mercators – Projektion als Wandtafel gefunden haben? Aber warum gerade diesen Gegenstand nachmachen statt tausend andere, die ihm auf der Erde begegnet sind. – Ich ging an die Bettstatt des Mondmann und schaute mir dieses grämliche, gelbe, von Furchen der Sorge zerrissene Gesicht an, um Antwort auf meine Fragen zu finden. – Eine große, kantige Nase sprang scharf hervor, wie man oft bei Bauern eine rücksichtslos geniale Zeichnung des Gesichts findet; die Lippen ganz dünn, zusammengepreßt und durch die gallige Beimischung schmutzig – grün gefärbt, ein spitzig vorbrechendes Kinn, eine hohe grandiose Stirn, friedlich geschlossene Augendeckel, die keine Ahnung dessen erlaubten, was hinter ihnen in dem grauen, scharfen Augenstern vorging. – Kopfschüttelnd ging ich weg und lief eine halbe Stunde nachdenklich im Mondzimmer umher, ohne aber auch nur im Entferntesten eine Lösung des Rätsels an der Wand zu finden. Ein unruhiges Hin – und Herwälzen der Mondfrau mahnte mich an meine eigentliche Beschäftigung. Ich wollte mir ja unter einer Kinderbettstatt eine neue Wohn- und Schlafstelle suchen. Dieses Hinunterkriechen auf dem Boden kam mir wie etwas Schmutziges und Niedriges vor, gegenüber dem, womit mein Kopf sich gerade beschäftigte. Doch überwand ich die Abneigung und ging an die Suche. Da war nun jede Kinderbettstatt anders. Schließlich begann ich mich unter eine, die mir passend schien, hinunterzuarbeiten. Sie stand so ziemlich gegenüber den ehelichen Betten der Mond – Leute, also soweit wie möglich von ihnen entfernt, was ich ja eben bezweckte. Meinen Käs hatte ich unter dem Arm. Ich war nun aber kaum mit dem halben Körper hinuntergekrochen, als ein unvorhergesehenes Tiefergehen der Matratze mich am Weitergehen hinderte. Im Versuch zurückzukriechen, zwängte ich mich mit dem Podex am Fußende der tief herabgehenden Bettstatt ein. So eingezwängt machte ich, wahrscheinlich in der Furcht vor Atemnot, eine brüske Bewegung, warf den Potschamber um, und im selben Moment krachte – wahrscheinlich erst durch eine kräftige Schulterbewegung von mir emporgehoben, – die ganze Kinderbettstatt über mir zusammen. Das Kind, welches vielleicht ein zehnjähriges dickköpfiges Mädchen war, fiel heraus und begann ein schreckliches Geschrei. – »Verdammte Solinger Bandeisen!« begann hinten der Mondmann zu fluchen, und erhob sich ächzend aus seinem Bett. »Solinger Bandeisen« – dies Wort klang wie eine Himmelsbotschaft für mich, denn es wälzte jede Schuld ebenso von mir ab, wie ich jetzt Betttrümmer, Plümeau und Holzladen von mir abwälzte, um mich schleunigst unter den großen Tisch in der Mitte des Zimmers zu verstecken von hier aus die Gelegenheit wahrnehmend, bis die Mondleute herbeigekommen, und ich meinen Platz unter dem Bett der Mondfrau wieder einnehmen könne. – »Das ist jetzt in einem halben Jahr das dritte Bandeisen, das bricht«, brummte der Alte, und schlürfte herbei, um sein flachshaariges Töchterchen aufzuheben, und in seinen Armen das noch immer schluchzende Kind zu liebkosen. »Britsch' ihr den Popo durch!« schrie die Mondfrau von ihrem Bett aus herüber, offenbar zu bequem, um aufzustehen, und höchst entrüstet über die Störung ihres Schlafes. Im Moment war alles still. Das Kind hörte zu schluchzen auf. Der Mondmann zog die nächsten Pantoffeln unter einer Kindbettstatt hervor, zog sie der Kleinen an, und setzte sie an den Tisch. Dann richtete er das ganze Bett zusammen, so gut es für den Moment ging, lehnte die einzelnen Laden am Boden hin, das Bettzeug daneben, wischte sogar den Fluß, den der zerbrochene Nachttopf verursacht hatte, mit einem Lumpen, den er hinter einer Bettstatt hervorzog, auf, und hob zuletzt die Kleine, die starr zugesehen hatte, mitsamt den Pantoffeln auf, und nahm sie mit sich in sein Bett. Ich hatte unter meinem Tisch ebenso starr alles mit angesehen und schwor, niemals mehr unter eine Kinderbettstatt zu kriechen. Erst nach einer Stunde beiläufig, nachdem die Mondinsassen, die fast alle durch den lärmenden Vorfall aufgewacht waren und sich noch lange in ihren Betten hin- und herdrehten, wieder beruhigt waren und, wie ich annahm, fest schliefen, suchte ich mein altes Lager auf, nicht ohne mich vorher meines halben Käses zu versichern, der bei der Katastrophe knapp unter den Rand der nächsten Kinderbettstatt gerollt war und so, zum zweiten Male, beinahe zu meinem Verräter geworden wäre. – Ich darf aber diese zweite Nacht nicht zu Ende gehen lassen, ohne mit dem Leser einen Punkt zu besprechen, den ich wegen seiner delikaten, oder vielmehr undelikaten Eigenschaft am liebsten unerörtert gelassen. Ich hätte dann am besten an die Spitze dieser Erzählung eine Erklärung, etwa des Inhalt, gesetzt: »Gewisse tägliche Verrichtungen im menschlichen Leben wird der freundliche Leser ersucht, an passender Stelle einzuschalten und in seiner Fantasie zu ergänzen.« – Das ist es auch, was die meisten Roman – Schriftsteller stillschweigend voraussetzen. Und ich finde Das bei Erzählung irdischer Vorgänge in der Ordnung. Aber, lieber Leser, wir sind auf dem Mond! Das heißt, immer unter Berücksichtigung einer allzu skeptischen Leserschaft, es besteht die höchste Wahrscheinlichkeit, daß wir auf dem Monde sind. Und auf dem Monde kann die einfachste Verrichtung von der Erde zu einer halsbrecherischen Arbeit werden. Aus diesem Grunde und, weil das Fehlen der den gewöhnlichsten menschlichen Bedürfnissen dienenden Einrichtungen zu charakteristisch war für die ganze liederliche

Mondbaracke daheroben, bin ich gezwungen, etwas zu erörtern, was gegen meinen Geschmack und meinen Reinlichkeitssinn verstößt. Besäße ich die Grazie und das vollendete Geschick der Franzosen, derartige Dinge vorzutragen, so nähme ich mir die nächsten vier bis fünf Seiten und würde meinen Gegenstand ausführlich behandeln. So werde ich meine Sachen mit einigen kurzen Bemerkungen abthun. Also, der Leser wird begreifen, daß, wer Käs ißt, gewisse im Käs vorkommende und im Körper nicht weiter zu verwertende Bestandteile ausgeschieden werden müssen. Die Ausscheidungen aus dem Körper sind dreierlei Art: gasförmig, flüssig und fest. Zu den gasförmigen Ausscheidungen gehören die Gase der Atmung. Der Gehalt an Gasen im Käse ist beträchtlich, und es ist deshalb nicht zu verwundern, wenn wir bei käseessenden Menschen die gasförmigen Bestandteile des Käses in der Atmung ausgeschieden sehen. Zu den flüssigen Ausscheidungen des Körpers … Doch ich sehe, ich komme hier zu tief hinein – – »Mond – Abtritt«, – um die Sache einmal von dieser Seite anzupacken, welches Wort außer hier in der ganzen Erzählung nicht mehr vorkommt, kam auf dem Mond überhaupt nicht vor; und der naserümpfende Leser wird einsehen, daß ich irgendwie um Ersatz für diese Einrichtung besorgt sein mußte. Im Mondzimmer selbst denselben zu suchen, ging aus naheliegenden Gründen nicht; wenn aus gar keinem andern, so, um mich nicht zu verraten. Mein Instinkt trieb mich in den Mondkeller, dessen Klappe ich jetzt schon mit größerer Leichtigkeit handhabte. Unten machte ich den Rundgang um die Maschine, den der Leser schon kennt, fortwährend mich an der Wand haltend, um nach irgend einer verborgenen Ecke zu suchen; als ich über die Käse stieg, polterte einer gegen die Wand, und ich hörte deutlich an der betreffenden Stelle einen eisernen Ring wie auf Holz umklappen. Ich langte in der Finsternis hin und entdeckte etwas oberhalb der Käse einen eisernen Riegel, der verschiebbar war; nicht weit von ihm war der Ring, den ich fallen gehört, durch ein Scharnier im Holz befestigt. Und indem ich nun, neugierig gemacht, mit beiden Händen an der Wand weiter tastete, fand ich die deutlichen Umrisse einer Art Lukthür. Um mich zu überzeugen, nach welcher Richtung sie aufging, nahm ich den eisernen Ring in der Mitte fest in die Rechte, und zog mit der Linken den Riegel zurück. Die Thür fiel schwer und gegen meinen Willen mir aus der Hand und kreischend nach außen; und vor mir lag eine graue, unermeßliche Tiefe, aus der nur ein leichter Luftzug mein vor Angst schwitzendes Gesicht traf.

Obwohl ich vor dem nächsten Gedanken, der jetzt durch mein Hirn fuhr, schaudernd zurückbebte, so bot er doch die einzige Möglichkeit mich in meiner Bedrängnis zu erlösen. Und so schickte ich mich denn an, dieser grauenhaften Tiefe von ungezählten Aeonen die im Käs enthaltenen, und bei der Verdauung im Körper nicht weiter verwertbaren Bestandteile zu übergeben. – Weiter wurde die Nachtruhe dann nicht mehr gestört. –

Nun kam eine langweilige, kaum zu erlebende Zeit. Es konnten wohl acht Tage vergehen, bis sich etwas ereignete, das nicht im Rahmen des täglichen Einerlei dieser höchst beschränkten Mondwirtschaft gelegen wäre. Für mich bildete sich allmählich eine Art Tagesordnung, ein Stundenplan, aus, der mir teils durch die Vorsicht, teils durch die Notwendigkeit mich zu verköstigen, und durch sonstige kleine Bedürfnisse, wohl auch ein klein wenig durch die Neugier, vorgeschrieben war. Tags über, das heißt, was durch das Verhalten der Mondleute, Aufstehen, Essen, Spinnen u.s.w. sich als Tag charaktersierte, lag ich regungslos wie eine Eule unter meinem Bett; mit dem Herannahen der Schlafenszeit rüstete ich mich zu meinem nächtlichen Streifzug; und nachts schlich ich lautlos wie eine Katze umher, teils um mir Bewegung zu machen, teils um mich zu verproviantieren. Jeden dritten Tag brauchte ich einen Käs, den ich mir im Keller holte. Meine Stiefel zog ich gar nicht mehr an: im Liegen brauchte ich sie nicht, und beim Gehen konnten sie mich höchstens verraten; ich steckte sie definitiv zwischen Matratze und Bettlade der Mondfrau, denn an ein Umkehren des Bettzeuges dachte man auf dem Mond nicht. Oft schlief ich nachts, wenn ich meinen Raubzug beendigt hatte, oft machte ich kein Auge zu; und dann quälte mich in dieser Einsamkeit ein Haufe von absonderlichen Gedanken; und dabei kam es mir oft vor, als sei meine geistige Perceptionskraft in der lautlosen Stille schärfer als sonst; manchmal war es, als wäre ich inspiriert; eine ganze Konstellation wohlausgeführter Bilder zog vor meinem geistigen Auge wie ein Bilderbogen vorüber. Und dann fuhr ich auf und glotzte unter der Bettlade hervor, als wollte ich die Bilder schärfer sehen und sie präzisieren. Und schließlich rumpelte ich hervor, und ging wie fiebernd zwischen, der schnarchenden Gesellschaft im Zimmer auf und ab, um mir zuletzt in einem halb geflüsterten, halb unterdrückten Monolog Luft zu machen: Welche Existenz! – begann ich, – diese armen Leute; – hier verlassen, und wie im Bagno! – Und dreißig Kinder aufbringen! – Und Alles von drunten auf der Erde zusammenlesen müssen! – Denn, wo wäre denn sonst eine Verbindung? – Futter, Kleider, Mobiliar; – wo kriegt der Mann seine Käse her? – Er stiehlt sie aus einem *Leydener* Export – Haus! – Ja, das ist auch schneller gesagt als gethan. – Wenn nun der Mond nicht über *Leyden* hält, sondern über *Amsterdam* oder über dem Meer? – Läuft er dann seine hundert Stunden, – oder schwimmt er sie? – Und inzwischen bewegt sich doch die Erde unter dem Mond weg! – Findet er dann wieder seine Strickleiter? – Wo holt sich der Mann seinen Theer für die Strickleiter? – Wo man Käse kriegt, findet man doch nicht auch gleich Theer! – Wenn ein Eisenband an einem Laden losgeht, woher kriegt er ein neues? – Und dann, wenn der ausgemergelte, totmüde Mann heraufkommt, wird er geschimpft, kriegt eventuell Prügel! – Welche Existenz! – Kann man das Armut nennen oder Misére? – Ist dies Verhältnis nicht vielmehr mirakulöse Tollheit? – Von wem hängen die Leute ab? – Verdienen sie etwas? – Thun sie etwa Spitzen klöppeln für eine schlesische Fabrik? und der Mann nimmt das Geld und geht damit nach Holland und kauft Käse? – Habe nie einen Spitzen – Rahmen gesehen! – Besorgen sie etwas im meteorologischen Haushalt der Natur? – Thun sie beleuchten, wie der einsame Bewohner auf einem Leuchtthurm und werden dafür von der Erde aus bezahlt? Unmöglich! – Der Mond ist ja immer ganz schwarz! – Woher kommen die Leute denn? Kommen sie von der Sonne, oder, wie die Leute sich ausdrücken, von »der Butterkugel«? – Oder kommen sie von der Erde? – Vom »großen Käs«? Oder sind sie ein Geschlecht *sui generis?* – Warum sprechen sie denn den Misch – Masch, den man zwischen *Köln* und *Maastricht* spricht? – Wie lange leben diese Leute und was wird aus ihren Kindern? Und wenn Jemand stirbt, was machen sie mit der Leiche? Werfen sie die aus der Keller – Luke heraus? – Ha, infernale Mystifikation! – schrie ich ganz laut und vollständig meiner Umgebung vergessend und schlug mit der Faust auf den Bettrand, an den ich, auf- und abgehend, gerade angekommen war. Ich traf auf einen großen Fuß, der dort aus der Bettdecke herausstand; es war das Bett der Mondfrau; und wie von einer Tarantel gestochen fuhr die Alte im schwefelgelben Nachtkittel im Bett auf: »Himmel, Arsch und Käs!« keuchte sie mit schleimiger Stimme, »was ist das?« Ich drückte mich schleunigst unter den Bettrand und gleich darauf, hörte ich, fiel sie schwer wie ein Mehlsack wieder auf die Küssen zurück. – Ich kroch leise zu meiner Schlafstelle, und für diese Nacht wurde die Ruhe dann nicht mehr gestört.

Ich mochte vielleicht acht Tage auf dem Mond sein, als mir eines Morgens auffiel, daß die Vorbereitungen für den kommenden Tag ganz andere als bisher waren: Die gewöhnlichen Reinigungs – Vorgänge waren alle weggefallen; die Mondfrau putzte keine Kleider aus und machte sich nicht stundenlang mit den Pipitöpfen zu schaffen; die Kinder saßen in besseren Kleidern, ohne zu spinnen, schweigend und erwartungsvoll dort; die Käsportionen waren größer ausgefallen; feierlich und ernst schlappte der hagere, ledergelbe Hausvater durch die Stube. Es mochte etwa die Zeit sein, die wir drunten auf Erden zehn Uhr vormittags nennen, als Tisch und Bänke in eigentümlicher Ordnung zusammengestellt wurden; alle Kinder nahmen Platz; am oberen Ende die Hausmutter; in einen guten Shawl eingewickelt, der vorne von einer schönen Brosche mit leuchtendem, gelben Topas zusammengehalten wurde, schlug sie ein Buch auf, einen abgegriffenen Folianten mit Goldschnitt, in den sie jedoch nur selten und flüchtig hineinsah, und begann folgendermaßen:

»Am Anfang war der große Käs, der tief drunten im Nebel hockt, und schnarcht, und in Dampf eingewickelt ist. –«

»Aber noch ehe der große Käs war, war das Mondhaus, das unter dem Gewölke herrscht.«

»Und das Mondhaus ward erleuchtet, und ernährt, von der großen Butterkugel, die am Himmel schwebt.«

»Und ihre fetten Strahlen befruchteten das Mondhaus, und es ward dick davon.«

»Und eines Tages, als der Mond überdick war, sprang er auf und gebar den großen Käs, der hinunterfiel in die Tiefe, wo er in der Finsternis schnarcht.«

»Und auf dem Mond wuchsen der Mondmann und die Mondfrau; und sie gebaren dreißig Mondkinder, und wurden gespeist von der großen Butterkugel, die am Himmel schwebt.«

»Aber siehe, eines Tages, als der Mondmann an seinem Fenster stund, verlachte er die Butterkugel, die vorüber zog; und es blieben aus die fetten, ernährenden Strahlen, und kamen nur noch kalte, leuchtende Strahlen; ob der Sünde willen.«

»Und der Mondmann, von Fluch beladen, mußte sich eine Leiter bauen, hinunter zum großen Käs, wo kleine, schwarze Menschlein pusten und schwitzen und runde Käse bauen, und mußte sich Nahrung holen für sich, für die...« – Während so die Mondfrau explizierte, wurde es immer stiller in dem kleinen Raum; lautlos und mit glänzenden Augen blickten die Kinder auf den Mund der

Erzählerin; besonders die jüngeren; während von den älteren einige mit ihren Schürzbendeln spielten; woraus ich schloß, daß dieses merkwürdige Exposé nicht zum erstenmal vorgetragen war. – Aber die Mondfrau hatte die obige Phrase nicht zu Ende führen können, denn plötzlich wandte sich der Mondmann, dem schon während des ganzen Vortrags einige unverständliche Flüche entfahren waren, um und mit den Worten: »Verdammter Schwindel! Verfluchte Lüge!« riß er den heiligen Folianten der Mondfrau aus der Hand und schmetterte ihn gegen die hölzerne Wand, daß das ganze Mondgehäuse erzitterte. Die Kinder sprangen kreischend von ihren Plätzen und verkrochen sich zwischen den Bettläden. Die Hausmutter aber, wie mir schien, an solche Szenen gewöhnt, erhob sich mit großer Würde und sagte: »Papa, warum störst Du den Religionsunterricht?« – Der Mondmann: »Weil das Alles Schwindel ist, was Du den Kindern lehrst!« – Die Mondfrau: »Wer sagt Dir, daß das Schwindel ist? Hast Du mir nicht die ganze Entstehung unserer Armseligkeit selbst so erklärt?« – Er: »Meiner Lebtage nicht! Der Gedanke, mittelst einer Leiter auf den großen Käs hinunterzusteigen, war meine originäre Idee!« – Sie: »Wer bestreitet Dir, daß Du ein gescheidter Kerl bist, und daß wir ohne Dich verhungern müßten?« – Ersterer: »Die Kinder werden mich für einen Lumpen und Spitzbuben halten!« – Letztere: »Hast Du damals nicht zum Himmel hinauf gelacht? Und steht die Butterkugel jetzt nicht immer auf der Rückseite von unserem Haus?« – Wiederum Er: »Die Butterkugel am Himmel ist ein gedankenloser Brocken!« – Wieder Sie: »Sie war die Ernährerin von uns Allen, die Erfreuerin unseres Herzens, unsere Göttin!« – Der Mondmann: »Ich bin das höchste Wesen unter dem Himmel, weil ich denke!« – Die Alte: »Du bist ein armseliger, bedauernswerter Tropf!« – Er: »Mondfrau!« – Sie: »Ich fürchte mich nicht vor Dir!« – In diesem Moment ging der ockergelb gewordene Hausherr auf seine Mitbewohnerin zu, packte sie bei der Gurgel und warf sie mit solcher Vehemenz zu Boden, daß das ganze Holzhaus dröhnte. Aber fast im selben Augenblick fuhr unten im Keller krachend ein Laden auf, welches vermutlich die Luk – Thür' war, und es entstand ein dumpfes Gepolter, wie von rollenden Gegenständen. – »Unsere Käse!« rief die Mondfrau, »unsere Käse stürzen in die Ewigkeit!« – Im Nu hatte sich die schwere Frau erhoben, tappte mit wenigen Schritten gegen die Fallthür, schlug sie zurück und verschwand; – man hörte noch ein kurzes Poltern, dann ward die Lukthür drunten geschlossen und verriegelt. – Schnaufend und kreidebleich erschien nach zehn Minuten, während derer der Hausherr starr vor sich hingeglotzt hatte, die Mondfrau: »Fünf Käse«, schluchzte sie, »sind hinausgestürzt. – Eins von den Kindern muß für diesen Monat hungern oder – sterben!« – Der Mondmann blieb starr und regungslos wie von Glas. – Die Kinder hörte man hinter den Bettstatten leise glucksen. Während der folgenden vierundzwanzig Stunden wurde kein Wort gewechselt; und das Schmatzen der Mäuler bei den nun kärglich ausfallenden Käsportionen, das Knerzen der Bettladen und das Auf- und Abschleppen des schweigend in sich versunkenen Hausherrn, waren die einzigen Geräusche in dieser schrecklichen Einsamkeit.

Der Leser möge mir verzeihen, wenn ich über den Eintritt dieser vierundzwanzigstündigen Pause nicht ganz ungehalten bin; weniger der Pause selbst wegen, als, weil ich wieder einen Tag habe, an dem ich Nichts zu berichten brauche, und ich somit dem Ende meiner Erzählung um die gleiche Zeitdauer näher gerückt bin. Denn es ist keine Annehmlichkeit lediglich mit Rücksicht auf den Leser, damit er keine Lücke entdecke, und damit er sich ein getreues Bild von dem ärmlichen Haushalt da droben mache, jedes, auch noch so kleine Ereignis zu erwähnen, und Alles, bis zum Bedenklichen, registrieren zu müssen. – Wer frei erfindet, – der Dichter, – thut sich leichter. Er wählt willkürlich aus seiner Inspiration das aus, was er dem Leser mitzuteilen für gut befindet. – Wer, wie ich, von einer Reise zurückkehrend, dieselbe beschreiben soll, ist ein Sklave und litterarischer Handlanger, denn er ist von dem Gesehenen, von dem Erlebten abhängig; und wehe ihm! wenn er etwas verschweigt. Das Einzige, worin er sich auszeichnen kann, ist der Stil; aber auch da weiß ihm der Leser wenig Dank; denn gerade bei absonderlichen Ereignissen verlangt derselbe eine einfache, ungeschmückte Form. – Übrigens waren die vierundzwanzig Stunden, während derer Mondmann und Mondfrau nichts miteinander sprachen, insofern für mich nicht ganz ereignislos, als mich auch hier meine Zweifel und Gedanken nicht verließen, die ich aber, – Gott sei Dank! – dem Leser nicht mitzuteilen brauche. – Diese Mond – Entstehungs – Geschichte kam mir nämlich nicht aus dem Kopf; und wenn ich auch von der eigentlichen Genesis, die die Mondfrau vortrug, nichts verstand, so war es doch ein Punkt, der mich lebhaft interessierte: die fortwährend rückwärtige Stellung der Sonne, der »Butterkugel« in der Sprache der Mondleute, auf der fensterlosen Mondseite. Es war doch klar, daß das angebliche Lachen des Mondmannes – und wär' es vor tausend Jahren geschehen – nicht den geringsten Einfluß auf die Stellung der Sonne ausüben konnte. Sondern hierfür mußten astronomische Gründe angegeben werden. Wie die naiven Leute da oben sich die Sache schließlich zurecht legen würden, welche Historie sie darüber ausheckten, und ob sie sich derohalber an der Gurgel packten, war dann einerlei. Thatsache war, daß wir seit acht Tagen Dämmerung hatten ohne eigentliche Verdüsterung zur Nachtbildung, und ohne Aufhellung zur Tagesbildung; und nur die außerordentlich regelmäßige Lebensweise der Mondleute gestattete mir noch weiter die Tage zu zählen, und zur Feststellung der Dauer meines Aufenthaltes meine Strohhalme zu stecken. Wie ich gleich hinzufügen will, dauerte dieser merkwürdige Beleuchtungszustand noch weitere acht Tage, also im ganzen vierzehn Tage, und was dann eintrat, wird der Leser auf der vierten oder fünften Seite von hier aus mit Staunen erfahren. Für mich handelte es sich zunächst darum, zu konstatieren, ob wirklich die »Butterkugel«, von der die Mondfrau die fantastische Legende vortrug, selbe hätte früher ernährende Strahlen ausgesandt, auf der Rückseite, also auf der fensterlosen Seite, des Mondes stund, wo allerdings eine auffallende Wärme im Zimmer, wie ich früher andeutete, diese Annahme wahrscheinlich machte. Zur Erreichung dieses Zweckes gab es drei Wege: Ich konnte auf das Dach steigen, wo der Mondmann während der ersten Tage seine Theerpappen – Reparaturen vorgenommen hatte, und von wo aus zweifellos ein tadelloser Rundblick möglich war. Zweitens: ich konnte mit einem Wellenbohrer die rückwärtige Mondwand anbohren und mit dem einen Auge durchblicken. Drittens: ich benutzte die etwas seitliche Lage des Lukfensters im Keller, um durch weites Hinauslehnen und Beobachtung des Horizontes, wenn nicht die Sonne selbst, doch einen Teil ihres reflektierten Lichts auf dem Mondhaus in Form einer Sichel wahrzunehmen. Zum ersten Projekt fehlte mir die Courage, zum zweiten der Bohrer, und das dritte beschloß ich gleich in der folgenden Nacht durchzuführen. – Wir standen vor der neunten Nacht: Samstag Nacht oder Sonntag in aller Früh, war ich heraufgekommen; also die Nacht Montag auf Dienstag in der zweiten Woche, wenn ich recht gezählt hatte. – Es mochte einige Stunden vor Mitternacht sein. Ich hatte keinen Grund anzunehmen, daß nicht Alles bereits in seinen Betten war und schlief; wiewohl ich während des ganzen Abends vollständig apathisch unter meinem Bett gelegen war und auf nichts aufgepaßt hatte, was um mich her vorging. Die Kellerthür war offen; dies war nichts Auffallendes in der letzten Zeit.

Die Mondfrau hatte selbe wiederholt aufgelassen; so wenig auffallend wie das Gemisch von Käs- und Theer-Geruch, welches draus hervordrang und welches meine Nase kaum mehr empfand. Ich war schon sehr vertraut mit den unteren Räumlichkeiten; wenn durch nichts Anderes, durch das viele Käsholen. So ging ich denn rasch die paar Staffeln hinunter, über den weichen Hanf, um die Aufwind – Maschine herum, in der Richtung auf die Käse zu, als ich plötzlich erschrocken wie vor einem Gespenst inne hielt: In der Fensterluke saß ein dickes Weib mit aufgeschlagenen Röcken und hatte über dem Haarscheitel einen langen, strichförmigen, glänzenden Licht – Reflex, wie von einem Vollmond, der, nach der ganzen Art der Richtung und des Auffallens von draußen, aus der Scharnierlücke des halbaufgeschlagenen Ladens kam. Das Weib keuchte und preßte und hielt den Atem an, als gälte es eine Riesenarbeit zu vollenden. Und ehe ich schlüssig werden konnte, was in diesem Fall zu thun, hatte sie mich bemerkt und sprach mich an: »Kommst Du auch Papa? Es ist für Dich höchste Zeit; freilich Du ißt ja schrecklich wenig.« – Ich erkannte jetzt die Stimme, es war die Mondfrau. – Doch diese Entdeckung erschien mir nicht so sehr wichtig; ich wäre wohl auch so draufgekommen; denn welche weibliche, dicke Person sollte denn auf einmal durch die Kellerluke zum Mond hereinsteigen?! – Die Mondfrau war mit dem Stuhlgang beschäftigt; vermutlich dem ersten seit meiner Heraufkunft; diese Thatsache war für mich von nicht geringer Satisfaktion, weil ich den Platz für diesen Zweck zuerst entdeckt hatte; aber auch dieser Gedanke beschäftigte mich nur flüchtig. – Die Mondfrau hielt mich in der Dunkelheit für den Hausherrn. Dies war ein Glück, aber hervorragende Bedeutung konnte ich diesem Umstand ebensowenig beimessen; obwohl, wenn es gegenteilig gewesen wäre, wenn die Mondfrau mich als Fremden erkannt hätte, ich keinen Anstand genommen hätte, sie mitsamt ihrem Stuhlgang hinunter auf den »großen Käs« zu stürzen; lieber, als mich gegebenen Falls von ihrem Mann totschlagen oder aushungern zu lassen. – Nein! was mir von fundamentaler Wichtigkeit schien, war der strichförmige, glänzende Reflex auf dem Haarscheitel der Mondfrau! Das war keine Sonne oder »Butterkugel«-Stoff. Das war genau wie Mondlicht, was da durch die Ladenspalte hereinfiel. – Mondlicht? – Aber, auf dem Mond waren wir ja selbst! – Ha, infernale Täuschung! – sagte ich zu mir, – wenn wir doch nicht auf dem Mond wären! – Doch ich ließ den Gedanken gleich wieder fahren. Es war ja reine Thorheit, über diesen Punkt weiter nachzugrübeln. Und da die Mondfrau, wie mir schien, Anstalten zur Beendigung ihrer Sitzung machte, ich auch durch weiteres Anglotzen des strichförmigen Reflexes, der jetzt auf ihrem Buckel ruhte, nichts profitiert hätte, so machte ich mich aus dem Keller, und ahmte, um ein Übriges zu thun, auf der Treppe den schlappigen Schritt des Mondmann nach. Oben eilte ich dann unter mein Bett. Es dauerte wohl noch eine Stunde, bis die Alte heraufkam. Sie packte ihren Mann, als sie an seiner Bettstatt vorbeiging, kräftig beim Arm, schüttelte ihn und rief: »So, jetzt kannst Du hinunter!« – Dann ging sie zu Bett. – Aber der Mondmann blieb liegen, und die Mondfrau blieb liegen, und ich blieb liegen. Und die Ruhe wurde für diese Nacht dann nicht mehr gestört.

Wenn ich, lieber Leser, abgesehen von den Gefahren, die ich bestanden, und von den Konsequenzen, die sich für meine Person ergaben, einen Wunsch hatte, als ich glücklich vom Mond herunter und die Erde wieder erreicht hatte, so war es der, ein Astronom möchte statt meiner auf dem Felde zwischen *Leyden* und *D'decke Bosh* den Mondmann angetroffen haben. Seine Beobachtungen würden von ungeheurem Wert nicht nur für seine Wissenschaft, sondern für unser ganzes Verhältnis zum Mond, zum Himmel, zum Sonnensystem gewesen sein. Nach seiner Rückkehr wäre er ganz gewiß, statt, wie ich relegiert, zum Ehrendoktor erhoben worden, und einige Kometen oder Fixsterne hätten die Ehre, unter seinem Namen den Himmel zu durchwandern. – So kam ein Mensch hinauf, der, ohne astronomische Vorkenntnisse, keine solche zu erwerben, noch für die Welt nutzbar zu machen suchte, und dem, wenn für ihn das Bewußtsein der persönlichen Gefahr wegfiel, ein Strich – Reflex auf dem Buckel der Mondfrau, schon durch die Farbe, die Silhouette, die ganze Konstellation, tausendmal mehr Interesse erweckte, als etwa die Frage, ob besagter Reflex vielleicht, da wir auf dem Mond waren, von der vollbeleuchteten Venus in ihrer Mondnähe herrühren könne. – Ich mache diese Bemerkung, weil wir jetzt vor dem astronomisch jedenfalls wichtigsten Ereignis meines Mond – Aufenthaltes stehen. Und ich mache sie, um jede Frage mathematischer, physikalischer, oder sonst welcher Natur, die nur dazu führen kann, meine Unwissenheit zu konstatieren, abzuschneiden. – Nachdem nämlich die Dämmerung in ziemlich gleichmäßiger Weise vierzehn Tage gedauert hatte, während welcher Zeit die Sonne mit ziemlicher Wahrscheinlichkeit auf der fensterlosen Rückseite des Mondes stand, wurde es – Nacht! – Ja, Nacht wurde es, nicht Tag, wie ich und vielleicht mancher Leser erwartet hatte. Warum? – Ja, das weiß ich nicht. Es wurde aber Nacht. Und ich bitte den Leser, alle folgenden Ereignisse in diesem Licht zu betrachten; oder so, als gingen sie im Mondkeller vor sich. Und damit weiß der Leser auch, daß wir in der zeitgerechten Abwickelung der Begebenheiten um weitere acht Tage fortgeschritten sind. Irgendwie Hervorragendes war nämlich seit dem letzten Dienstag, der oben erwähnt ist, nicht vorgekommen. – Ein Nachttopf zerbrach. Die Klagen über das Nicht – Ausreichen der Käse wurden mit dem Dünnerwerden der Käseportionen immer größer. Ich selbst schränkte jetzt meine Magen – Bedürfnisse etwas ein, um mich als Mitesser nicht allzu fühlbar zu machen. – Aber ein interessantes, wenn auch kurzes Zwiegespräch zwischen den beiden Gatten, ebenfalls über die Käse, muß ich doch ganz hierhersetzen: Die Mondfrau verlangte nämlich, er solle in der Zwischenzeit, sie meinte wohl, unter dem Monat, hinuntersteigen und Käse holen. Er verneinte kopfschüttelnd. Die Alte war taktlos genug, darauf hinzuweisen, das Hinausstürzen der Käse aus der Kellerluke vor acht Tagen, oder wann es war, sei seine Schuld gewesen; folglich müsse er für Ersatz sorgen. – »Ich darf nicht!« erwiderte der Mondmann. – »Wir verhungern!« entgegnete die Alte. – »Ich darf nicht«,– wiederholte der Mondmann, indem er sich aufrichtete und mit drohender Miene den rechten Arm erhob – »ich darf nicht ohne Mond hinuntersteigen!« – – Ich darf nicht ohne Mond hinuntersteigen! – Von diesen Worten ging wie ein helles Licht auf alle die sonderbaren Gepflogenheiten dieses merkwürdigen Menschen aus. Er durfte nicht ohne Mond hinuntersteigen. War denn der Mondmann durch irgend welche Gesetze gebunden? Faßte er sein Verhältnis zur Erde als ein ethisches auf? – Oder lieferte er den Vollmond jedesmal am Schluß des Monats an einen holländischen Spekulanten ab? – Hatte der Mondmann Religion? – Was war der tiefere Grund dieser merkwürdigen Phrase? – Ich weiß es nicht. –

Wir waren also jetzt in vollständige Nacht gehüllt. Und war der Aufenthalt auf dem Mond bis dahin erträglich, so wurde er jetzt ein elendes und trauriges Dasein. Ich kam mir vor wie im Zuchthaus; wie ein Maulwurf, der zum Winterschlaf verdammt ist. Die Hoffnung, daß ich mich jetzt etwas freier werde bewegen können, erwies sich als eine trügerische. Denn die Mondleute waren an die Dunkelheit gewöhnt; ihre Augen, die nur zwischen Dämmerung und Nacht unterschieden, und, wie ich vermutete, nie ein grelleres Licht zu ertragen gehabt, waren andere als unsere irdische Augen.

Und beinahe wäre ich ein Opfer dieses von mir nicht vorhergesehenen Umstandes geworden, indem die Mondfrau, als ich, durch die Dunkelheit sicher gemacht, einmal im Begriffe war, in den Keller hinunterzusteigen, während sie selbst mit den Kindern zu Tische saß, mich sah; wie wütend sprang sie auf, und da ich schon einige Stufen hinunter gemacht hatte, warf sie mir die Klappthür mit den Worten: »Jetzt wird kein Käs mehr geholt!« mit solcher Vehemenz auf den Kopf, daß ich halb betäubt hinunter in den Hanf fiel. Aus den hinterher geschrieenen Worten: »Jetzt will er auf einmal essen!« schien hervorzugehen, daß sie mich für den Mondmann gehalten, obwohl ich viel, viel kleiner bin. Der lag aber angezogen auf dem Bett und schlief. – Worauf einzig und allein die Dunkelheit im gewöhnlichen Gebahren der Mondleute einen Einfluß hatte, das war die Unterhaltung, die oft halbe, oft ganze Tage stockte. Und wie ein chinesisches Schattenspiel bewegte sich diese merkwürdige Gesellschaft nun an mir vorüber. Im Übrigen aber folgten die Verrichtungen des Tages wie früher in sicherer Regelmäßigkeit aufeinander: Die Kinder spannen; die Mondfrau räumte den lieben langen Tag auf, oder hantierte im Keller, und der Mondmann, der noch während der ersten zwei Wochen einigemal auf's Dach geklettert war, um Dach – Pappen aufzulegen, oder Kloben anzutreiben, lag jetzt meist auf dem Bett, oder ging mißmutig auf und ab. – Eine einzige Erscheinung, die vollständig neu war, trat am zweiten oder dritten Tag der Nacht – Gleiche auf. Auf der Südseite des Monds, – ich sage Südseite, weil ich mich immer nicht von dem Gedanken los machen konnte, daß dort drüben hinter der Mond – Wand die »Butterkugel« stand; ich meine aber die fensterlose Rückseite, – von dort hörte ich bis unter mein Bett hinunter ein eigentümliches Knistern und Pratzeln; ich glaubte erst, es seien die nach vorgängiger Erwärmung nun erkaltenden Theerflächen; gleich in der folgenden Nacht aber kroch ich hervor, zwängte mich durch zwei der Mädchen – Bettstatten und legte mein Ohr an diese Südwand. Das Geräusch, welches immer auffallender und lauter wurde, dauerte mir für eine Kontraktion durch Erkaltung nun zu lange; gleichzeitig stieg ein verdächtiger, brenzlicher Geruch auf; es war für mich fast kein Zweifel mehr, daß die Dach – Pappen draußen brennen, oder in einem Erhitzungs – Stadium sich befinden, der dem Ausbrechen der Flammen knapp vorhergeht. Ich kam in große Beunruhigung. Ich dachte mir: Soll ich den Mondmann wecken? – Ich den Mondmann wecken! – Kann denn ein Mensch, – entgegnete ich mir selbst, – der aus

Zufall heraufgekommen ist, den Mondmann wecken wollen? – Die Leute würden ja wahnsinnig werden vor Schrecken, wenn sie mich an ihrem Bett stehen sähen! Abgesehen davon, daß ich den eigentümlichen Dialekt, den sie sprachen, in diesem Moment nicht hätte nachmachen können. – Ich kann den Leser versichern, daß ich in diesem Augenblicke nicht an meine Person dachte, sondern daß mir der Mond zumeist am Herzen lag. Ich befand mich in der Lage eines Menschen, der Nachts auf einem Eisenbahn – Zuge fährt, und beim Herausschauen aus dem Fenster entdeckt, daß eine Axe heißgelaufen ist, und nicht weiß, wie er sich kundgeben soll. Er ist wohl in Gefahr, aber in weit größerer Gefahr ist doch der Zug. – Doch was wollte ich machen? – Ich schaute noch einmal zum Fenster hinaus, und als ich keine Helle bemerkte, kroch ich unter mein Bett. – Aber erst am folgenden Morgen, als das Geräusch Niemandem auffiel, wurde ich ruhiger.

So kam das Ende der dritten Woche herbei. – Das Leben wurde immer trostloser. Es war eine Qual zuzusehen, wie die Leute in der finsteren Nacht sich aus ihren Betten erhoben und zum kärglichen Mahl zusammensetzten; man hätte glauben mögen eine Arbeiterfamilie, die vor Tagesgrauen aufgestanden, und schweigend und geschäftig den Morgen – Imbiß zu sich nimmt, um sich dann ebenso flink auf die Arbeit zu begeben. Es war ein grauenhaftes Einerlei. Der Mondmann und die Mondfrau sprachen oft tagelang kein Wort; sie waren überhaupt seit jener Rauf – Scene in kein erträgliches Verhältnis mehr zu einander gekommen; und es schien mir, als überlege manchmal die Mondfrau, die überhaupt klüger und was man sagt welterfahrener oder monderfahrener war, welche Rolle sie spielen solle, die der versöhnlichen, nachgiebigen, oder der brüsken, auf ihrem Recht stehen bleibenden Gattin. Leider richtete sie nur mit beiden Manieren so schrecklich wenig aus, weil mit dem Mann gar nichts anzufangen war. Dieser ewig unzufriedene, in sich verbissene, aber zum Klagen viel zu stolze Mann bemerkte gar nicht die kleinen Komödien seiner Frau, sondern war immer mit anderen Dingen beschäftigt. Mir schien, dieser spekulative Kopf steckte weit im Himmelsgebäude drinn, in dem Triangel zwischen Venus, Erde und Sonne, und er wartete auf irgend eine Weltkonstellation, um seine traurige Lage zu verbessern. Die Kinder sprachen fast gar nichts, und aus der unbeholfenen Manier, in der sie gewisse Bedürfnisse der Mutter anzeigten, schien mir hervorzugehen, daß sie des Sprach – Dialekts ihrer Mutter überhaupt nicht vollständig mächtig waren, mit einem Wort, daß es Idioten, zum Teil vielleicht Taubstumme waren.

Es war in einer Nacht um die Wende der dritten und vierten Woche. Ich lag unter meinem Bett. Die auffallendste Erscheinung aus der zweiten Phase meines Mondaufenthalts, das Knistern und Pratzeln außerhalb des Mondgebäudes, beschäftigte fortwährend meine Gedanken. Irgendwelches künstliche Licht, – sagte ich mir, – besteht auf dem ganzen Monde nicht. Es wird nicht gekocht, nicht gewärmt, nicht geheizt; nirgends ein Schwefelholz; Niemand raucht; nirgends eine Friktion oder Reibung. Es kann also aus dem Innern der Mondwohnung Nichts nach außen gekommen sein, welches die Überhitzung der Theer – Platten bewirkt haben soll. Sonach muß die Überhitzung oder In – Brand – Setzung einem meteorologischen Ereignis zugeschrieben werden. Und dann bleibt als Ursache nichts anders anzunehmen übrig, als die Sonne, die, in dieser reinen Höhe von größerer Treff – Sicherheit ihrer Strahlen, und bei dieser Continuität des Auffallens, – denn die Sonne mußte solange drüben gestanden sein, als wir herüben auf der Nordseite Dämmerung hatten, d.i. vierzehn Tage, – schließlich die Theerplatten entzündete, und durch Überhitzen der ganzen Mondrinde, auch nach ihrem Untergang ein fressendes Fortkriechen des Verbrennungs – Prozesses bewirkte. – Damit stimmte, daß das verdächtige Geräusch in der linken Ecke der südlichen Hemisphäre begonnen, und einem draußen wandernden Himmels – Körper entsprechend, sich bis zur rechten Ecke der gleichen Hemisphäre fortgesetzt hatte; während die nördliche Mondhälfte so gut wie noch unberührt war. Dann, – kalkulierte ich weiter, – ist dieser ingeniöse Theer – Überzug nicht nur ein Schutz gegen Wind und Wetter, sondern auch gegen die sengenden Sonnenstrahlen, die sonst das hölzerne Mondgebäude angreifen würden. – Aber dann, – schloß ich endlich, – müssen diese glühenden Theer – Platten von Zeit zu Zeit abgekratzt werden, sonst geht eines Tages die ganze Mond – Baracke in Flammen auf! – Als ich bis zu diesem Punkt in meiner Erwägung gekommen war, bemerkte ich plötzlich am Fenster, an jenem Teil, den ich von meiner Lage unter dem Bett aus übersehen konnte, eine auffallende Helle. Sie war nicht flackernd, sondern ruhig. Deshalb blieb meine Gemütslage zunächst unberührt. Auch schien dieselbe nicht mit dem Mond direkt zusammenzuhängen; vielmehr dem Horizont anzugehören. Aber trotzdem erschrak ich, als dieser Helle, die von der linken Seite her sich ausbreitete, ein großer, feurig – glänzender, compakter

Rand am Himmel nachfolgte, der einem Körper von riesigem Durchmesser angehören mußte. Als wenn eine Feuersbrunst ausgebrochen wäre, verließ ich schleunigst meine Lagerstätte und stürzte ans Fenster. Ein furchtbarer, schauerlicher und grenzenlos schöner Anblick bot sich meinem Auge: Von links her näherte sich eine mächtige, gelbglühende Kugel, die am gänzlich schwarzen Himmel nicht wie ein Gestirn, sondern wie ein verderbenbringendes, aus einer andern Welt hereingeschleudertes, sphärisches Ungetüm sich ausnahm. Obwohl ich mich rechts stellte, – das Fenster wagte ich nicht aufzumachen, – soweit es ging, vermochte ich nicht die ganze Kugel zu überschauen, die mit verwitterten Rändern und eingebettet in einem feuchtgrünen Nebel, mit unheimlicher Stetigkeit nach vorwärts und aufwärts strebte, und, äußerlich betrachtet, wie ein zerschmolzener, schmutziger Schneeballen von der Größe einer Bräupfanne am Himmel stand. Überraschend war, daß der glänzend – duftige Körper trotz seiner Dimension und intensiven Leuchtkraft nicht blendete; es war ein kaltes, bleiches, friedhofähnliches Licht. Die Nebel um ihn herum schienen in fortwährender Bewegung zu sein, und auf Momente zerriß der grüne Schleier, der den eigentlichen schwefelgelben Kern zu umschließen schien, – eine glänzendere, hellere Scheibe rückte heraus, auf der ich dann selbst wieder dunklere Flecke abgegrenzt von helleren Zonen entdeckte. – Aber wer beschreibt mein Erstaunen, als ich, in einem Moment, da die feuchten Dämpfe wie auf eine Seite gerissen wurden, und der Himmelskörper in einem seiner größten Durchmesser sich präsentierte, auf der phosphoreszierenden Fläche, langgestreckt, wie mit feinem Tusch aufgetragen, die deutlichen, die langgehackten Kontouren von Nord- und Süd-Amerika erkannte! – Ein befreiender Gedanke stieg in mir auf: Kein Zweifel, die Kugel war die Erde, von der untergegangenen Sonne beleuchtet, und in ihre leuchtkräftige, dunstige Atmosphäre gehüllt. – Dort schwimmt also die Erde! – sagte ich mir, – und dort in der *Lüttje – Straat* in *Leyden* sitzt die alte Hausfrau mit den langen Zähnen, und simuliert nach, wo ihr Student hingekommen sein mag, und trauert über ihn, wie über einen entlaufenen Hund, den man zu sehr geschlagen hat. – Die prächtige, dunstgeschwellte Kugel war inzwischen noch weiter heraufgekommen, und ich war eben im Begriff, mich auf die eine Seite der Kindbettstatt stützend, von einem etwas höheren Standpunkt aus nachzusehen, ob die ganze Erdfläche erleuchtet sei, als aus dem Hintergrund des Zimmers eine gilfge Stimme rief: »Kinder, der große Käs!« – Und eh' ich mich's versehen konnte, waren sämmtliche Kinder aus ihren Betten gesprungen, und eilten barfüßig an's Fenster. Ich retirierte so schnell wie möglich aus dem schmalen Gang, um unter den Tisch zu gelangen. Aber zu spät! Das vorderste Kind, ein Mädchen von etwa zwölf Jahren, stolperte über mich, und stürzte mit dem blanken Kopf auf den Boden. Scheinbar, ohne sich ernstlich wehe zu thun, denn man hörte kein Wehklagen. Über die Daliegende stürzten noch andere, und im Augenblick lag ein ganzer Knäuel Menschen am Boden. Nun kam auch die Alte herangewackelt. Sie hatte sich Zeit genommen, ihre Schlappen anzuziehen. Das Fenster ward aufgemacht, und die meisten der größeren Mädchen drängten sich nun um die Mutter, die zuvorderst war und sich weit hinaus lehnte, und quatschten und gilften in die Luft hinaus, ohne daß ich ein Wort verstehen konnte. Ich war inzwischen glücklich unter den Tisch gekommen. – Also das ist ihr »großer Käs«, sagte ich mir, von dem sie immer so viel reden, und hier vom Himmel herunter haben sie den kühnen Vergleich abgelesen! – Und jetzt fiel mir auch das Bild ein, welches gerade gegenüber hing mit seiner rätselhaften Amerika – Darstellung, und das der Mondmann hier an diesem Fenster vielleicht vor unzähligen Jahren, vielleicht als junger Mensch, angefertigt hatte. – Ich begriff, wie diese großartige Erscheinung, das Vorüberziehen dieses blendenden Himmelskörpers für die Mondleute ein Ereignis allerersten Ranges war; für sie, die von der Sonne nichts weiter zu merken bekamen, als daß sie ihnen ihre Theerpappen draußen auf der Südseite verbrannte. Es schien auch, daß eine Haupt – Konstellation im Auf- und Unter – Gehen des »großen Käs« heut Nacht gegeben war, weil die Mondfrau so lang und so eifrig draußen mit den Kindern plauderte; – daß er vielleicht oft unterhalb oder oberhalb der Aussichtslinie des Mondhauses wegzieht, wie damals, als ich im Keller drunten die Mondfrau in der Luke sitzend überraschte. Denn von woher anders kam damals der strichförmige Reflex auf ihrem Buckel? – Allmählich zogen sich die Kinder einzeln zurück. Erst ganz spät ging auch die Mondfrau fort mit den zwei Ältesten. Das Eine von ihnen stellte noch, während die Mutter das Fenster schloß, eine Frage, die ich nicht verstehen konnte; die Alte antwortete aber: »Der Papa schaut den großen Käs nicht an: er steigt ja alle Monat hinunter!« – Dann ging Alles schlafen. – Ich aber blieb noch lange wach – obwohl der »große Käs« längst verschwunden war – und saugte den grünen Duft auf, der noch tief ins Mondzimmer hereinfiel, wie eine Nahrung, die man lange entbehrte; wie eine Botschaft aus einem fernen Weltteil, dem man einst angehörte, und den man vielleicht nicht mehr sehen wird.

Sollte der Leser nach dem Vorausgegangenen der Meinung sein, es gäbe noch viel Interessantes oder Schönes auf dem Mond zu erleben, so will ich ihn gleich hier von dieser Erwartung abbringen. Ja, die Geschichte da droben endet mit einer Katastrofe, und es wird Sache des Lesers sein, nachdem er Näheres darüber erfahren, sich sein Urteil zu bilden. Aber, was den Verlauf dieser letzten Woche anlangt, so war sie wohl die traurigste und erbärmlichste meines Mondaufenthalts: Nichts, oder soviel wie Nichts zu essen; denn die Mondfrau hatte die letzten Käse, aus Furcht, der Mondmann könne sie erwischen und den Kleinen heimlich davon austeilen, versteckt. Zur Zeit als ich dies inne wurde, hatte ich selbst nur noch einen viertel Käs, war somit selbst auf Hunger – Portionen angewiesen. Viele der Kinder blieben jetzt in den Betten, wie mir schien, mit Rücksicht auf die kärgliche Nahrung, um die tierische Wärme besser zu konservieren, und von der Mondfrau dazu angehalten. Das einzig Auffallende in dieser Woche war das Benehmen der Mondfrau selbst; und zwar ihrem Gatten gegenüber. Das war auf einmal ein Betugtsein und ein Bescheidenthun und ein Entgegenkommen und Sich – Besorgt – Stellen, welches in mir die gerechteste Befürchtung erweckte, es möchte was Großes bevorstehn, wobei der Mondmann wieder mithelfen müsse. Und wenn wir, was leicht vorauszusehen war, an die höchst notwendige Verproviantierung mit Käsen dachten und an die Ereignisse, die zweifellos auch diesmal mit dem Reifen des Vollmonds eintreten würden, so war Grund genug auf Seite der Mondfrau, den Hausherrn bei guter Laune zu erhalten. – »Wie hast Du geschlafen, Papa?« – »Papa, willst Du nicht was essen?« – »Willst Du noch ein Kopfkissen, Papa?« – Mit solchen oder ähnlichen Fragen suchte sie ihn zu kirren, während er über solch plumpe Manöver nicht nur weit erhaben war, sondern ihr nicht einmal Gelegenheit gab, zu merken, daß er sie durchschaue. Einmal verbrannte sie sich aber doch bei solcher Gelegenheit bös die Finger. Der Mondmann saß eines Nachmittags mit aufgestütztem Ellbogen am Tischende, schweigend vor sich hinblickend und, wie gewöhnlich, eifrig mit seinen Gedanken beschäftigt. – »Über was denkst Du nach, Papa?« frug die Alte. – »Ich hab' da eine neue Idee.« – »Was ist denn das?« – »Ich glaube, daß die runden gelben Käse, die die Holländer bauen, das Ähnlichkeits – Produkt unseres großen, gelben Mondhauses sind, wenn es, auf der Rückseite beleuchtet, hinunter scheint. Der Mond zieht sie gleichsam aus der Erde heraus.« – »Himmel, welcher Blödsinn!« sagte die Alte kopfschüttelnd, »Papa, Du wirst noch verrückt!« – »Mondfrau!« schrie der Hausherr, kittgelb vor Zorn, und in seiner ganzen Länge in dem gelb – damastenen Schlafrock sich aufrichtend, – »Mondfrau!« – so redete er sie immer an, wenn er zornig war; sonst sagte er: Mama! – »eine Theorie, auch wenn sie der Wirklichkeit nicht entspricht, hat an sich schon originäre Kraft; was in meinem gelben Kopf arbeitet, merk' Dir, ist nie Unsinn!« – Die Mondfrau fühlte wohl, daß sie diesmal an den Nerv dieses unglücklichen Mannes gerührt, und schwieg. Aber auch von seiner Seite wurde dieser Theorie, wenigstens die fünf Wochen, die ich noch oben war, nicht mehr gedacht.

Der Leser wird vielleicht von der folgenden Bemerkung ebenso erstaunt sein, wie die Mondfrau über die soeben ausgesprochene Idee des Mondmanns; allein es ist meine Pflicht, alles das dem Leser mitzuteilen, was ich hier heroben Bemerkenswertes oder Auffallendes entdecke. Und es giebt Entdeckungen minutiöser und feiner Art, die man nicht alle einzeln aufzählen kann, die sich aber summieren, und schließlich im Kopfe des Beschauers zu einer Ansicht ganz bestimmter Art verdichten. Und diese Ansicht gewinnt zwingende, überzeugende Kraft. Mit einem Wort: Ich glaube, daß die Mondfrau kein dem ursprünglichen Mondgeschlecht entstammendes Frauenzimmer war, sondern daß sie zu irgend einem Zeitpunkt von drunten, von der Erde, heraufkam. Wann? und wie? das weiß ich nicht. Aber diese Meinung drängte sich mir mit Entschiedenheit auf. Die Art, wie sie die Betten machte, war ganz die Art, wie es am Niederrhein geschieht. Dieses Einschlagen der Plümeaus, wodurch es schmäler und höher wird, die Placierung des zweiten Kopfkissens in die Mitte des Bettes, damit, wenn die Couvert – Decke darauf kommt, es eine schöne, gleichmäßige Fläche bildet, die Art des Drauf – Patschens, die Behandlung des Leintuchs, kurz, eine Menge solcher Kleinigkeiten wiesen auf eine ganz bestimmte Zone von Volksgebräuchen zwischen Maas und Niederrhein hin. Es ist klar, daß der Charakter der Bettstücke hier gar keine Beweiskraft hatte für die Herkunft der Mondfrau. Denn der Alte schleppte eben an Bettzeug zusammen, was und wo er es kriegen konnte. Aber die Art, wie sie, die Mondfrau, dieses Kunterbunt von gestohlenem Bettzeug behandelte, glättete, bauschte, streckte und patschte, war eine ihr eigentümliche, anerzogene und zuletzt in Fleisch und Blut übergegangene Manier. Und woher sollte sie sie denn haben? Ohne auf das dumme Religions – Gewäsch einzugehen, welches die Mondfrau vor vierzehn Tagen ihren Kindern vortrug, – es war eben ein eigens zu dem Zweck der Kinderbelehrung, wie mir schien, vom Mondmann zusammengestoppeltes System, welches die Mondfrau falsch verstanden oder falsch vorgetragen hatte, – darf man doch, rein nach der Beobachtung, fragen, wo die Leute herkamen! – »Nun, wo kam denn der Mondmann her?« – Das weiß ich nicht! – »Nun, wo kam die Mondfrau her?« – Aus der Gegend zwischen Krefeld und Xanten! – Dieses Jucken mit der Haarnadel, wenn es sie am Kopfe kratzte, diese Art den Scheitel zu machen, wie sie das Halstuch legte, wie sie sich mit den Fingern schneuzte, und, – das Wichtigste zuletzt, – das eigentümliche Platt, welches sie in ihren Dialekt mischte, wiesen geographisch und ethnologisch auf einen bestimmten Bezirk in der Nähe der holländisch – deutschen Grenze hin; und da die Mondfrau seit absehbarer Zeit durch ihre Korpulenz nicht in der Lage war, weder den Mond zu verlassen, noch zu ihm heraufzusteigen, so blieb keine andere Annahme übrig, als, daß sie als junges Mädchen, vermutlich auf Veranlassung des Mondmann, die Erde verließ und heraufkam. Wie? – ob durch Gewalt, mit Überredung, aus Neugier, – das läßt sich nicht sagen. – Möge der Leser nicht mir es in die Schuhe schieben, wenn es nicht gelingt, alle die Schwierigkeiten, die sich bei Beurteilung dieser absonderlichen Verhältnisse ergeben, zu beseitigen. Soll ich wissen, woher der Mondmann kommt?! – Soll ich die Genealogie des ursprünglichen Mond – Geschlechts angeben, von dem ich nur so viel sagte, daß ich die Mondfrau davon ausgeschlossen wissen möchte. – Soll ich die ganze Mond – Komödie da droben lösen? Und auf alle die Fragen Antwort geben, die ein Astronom, Physiker, Aëronaut, Anthropologe oder sonst wer an mich richten könnte?! Während ich knapp so viel Medizin auf meinen bisher durchwanderten Hochschulen aufgeschnappt habe, um eine hörbare Meinung darüber abzugeben, wie so die Leute da droben ohne Wasser auskamen! – Was sich übrigens über den Mondmann sagen läßt, ist Folgendes: Auch er sprach Dialekt; aber, man hörte, mehr wie etwas Fremdartiges, und aus Notwendigkeit, um sich mit seiner Frau zu verständigen, wiewohl durch lange Übung sehr geschult; das Rein – Holländische gelang ihm noch etwas besser. In seinen Äußerungen, in seinem Benehmen, in seinen Handlungen verriet er keinen Typus, keine Nation, keine Arbeiter – Klasse. Was er that, seine Verrichtungen für das Mondhaus, seine Leistungen für die Familie, that und verrichtete er gezwungen, mißmutig, und schien dieselben nur als Nebenbeschäftigung in seinem Leben zu betrachten. Was die Hauptsache war, wußte man nicht. Sein Mißmut schien übrigens nicht, oder nicht vorwiegend, aus der Schwere seiner irdischen Arbeit zu entspringen. Vielmehr sprach Alles dafür, daß es innere und tiefere Konflikte waren, die ihn niederdrückten. Er war nicht schweigsam, weil er müde war, sondern er war verschlossen, weil er seine Gedanken Niemand mitteilen wollte. Sein Geisteszustand war überhaupt höchst verdächtig. –

Nun drängten aber die Ereignisse der letzten Woche unaufhaltsam vorwärts, und auf ein leicht vorauszusehendes Ende hin. Die Außenseite des Mondhauses hatte inzwischen einen geradezu bedrohlichen Charakter angenommen. Mitten in der Nacht entdeckte ich einmal eine plötzlich auftretende Helle durch das Fenster, sehr verschieden von dem ruhigen, strahlenden Lichte des »großen Käses«, der noch einige male in der Nacht hoch über unseren Häuptern hinwegzog. Ich öffnete einmal das Fenster und sah nach, und fand, daß auch die ganze nördliche Dachseite in ihrem Teer – Überzug von der Glut ergriffen war, während von der Südseite her eine hell – leuchtende, glostende Fläche mit ihrem Funken – Meer herüberzitterte. Wir mochten jetzt Ende der vierten Woche sein; – das Zählen der Tage mittelst Strohhalmen hatte ich in der Dunkelheit aufgeben müssen. Eine ziemlich hohe Temperatur bildete sich im Zimmer. Das Fenster blieb bald Tag und Nacht offen. Gesprochen wurde jetzt fast gar nichts mehr. Mondmann und Mondfrau gingen schweigend aneinander vorüber, aber offenbar mit Vorbereitungen beschäftigt, deren Einzelheiten ich von unter dem Bett aus nicht verfolgen konnte; die Kinder blieben ganz im Bett. Zu essen hatte es während der letzten drei Tage nichts mehr gegeben. – Es war am vorletzten Tag gegen Mittag, als einige Funken durchs Fenster hereingeweht wurden, und das Bettzeug des zunächst liegenden Kindes etwas in Brand setzte. Das Mädchen stürzte sofort aus dem Bett, und zu ihrem Papa hin, und rief: »Papa, der Mond brennt!« – Und im gleichen Augenblick stürzten sich alle übrigen neunundzwanzig Kinder im Hemd aus dem Bett, liefen an den Tisch zu ihrem Papa, und riefen: »Papa, der Mond brennt!« – Es war aber garnicht so gefährlich. Die Mondfrau hatte mit einem einzigen Klaps den kleinen Brand gelöscht. Es war das einzigemal, daß ich in diesem Augenblick den Mondmann ein heiteres Gesicht machen sah; das passierte also augenscheinlich am Schluß jedes Monats. Denn wer wollte noch zweifeln, daß, nachdem die Käs – Vorräte aufgezehrt waren, und der Mond schon halb in Flammen stand, wir zeitlich in die Nähe jener Epoche gekommen waren, deren Anfang ich damals auf dem Felde bei *D'decke Bosh,* als ich plötzlich auf dem Mond sich etwas bewegen sah, beobachten konnte. Es ist mir nicht mehr alles erinnerlich, was sich jetzt in dem knappen Zeitraum von vielleicht sechs Stunden zusammendrängte. Ich weiß nur, daß die Mondfrau unten im Keller augenscheinlich an der Maschine beschäftigt war, daß die Kinder wie besessen herumliefen und fürchterlich schrieen, sodaß sie sogar das laute Prasseln des jetzt lichterloh brennenden Monddaches übertäubten, was mir nur ein neuer Beweis ihrer niederen geistigen Anlage war, nachdem sie doch diese Szene schon öfters erlebt haben mußten, – und daß der Mondmann plötzlich mit einer langen eisernen Schürstange bewaffnet, und in einem ganz eng anliegenden, gelben, lederartigen Kostüm, aus der Kellerthür hervorkam. Dieses gelbe, mir wohlbekannte Kostüm brachte mir wieder die ganze Szene auf dem Feld zwischen *Leyden* und *D'decke Bosh* an jenem Samstag in Erinnerung. Ich wußte jetzt gewiß, daß hinabgestiegen wird. Ich wußte, daß ein Teil dieses brennenden Stoffs mit hinuntergeht. Und für mich gab es jetzt nur den einen Befehl: Um jeden Preis mit hinuntersteigen! – Dies schien mir durchaus nicht schwer. In dem allgemeinen Wirrwarr, der jetzt entstand, – herinnen komplete Dunkelheit, draußen glühende Feuer – Garben, dazwischen Reflex – Lichter, Schlag – Schatten und Blendungen, Jedes mit sich selbst beschäftigt, – die Mondfrau vermutlich unten im Keller vollständig unabkömmlich, – die Kinder unzurechnungsfähig, – der Mondmann ganz Auge und Aufmerksamkeit für eine glückliche Abreise mit seinem Feuer – Ballast, – unter solchen Umständen war es doch ein Leichtes unter einem Bett, welches dicht neben dem Ausgang stand, hervorzukriechen und eine Leiter zu besteigen, deren Einzelheiten mir nur zu gut im Gedächtnis waren. Ich machte mich also parat, das heißt, ich that das Einzige, was ich in diesem Fall thun konnte: ich zog meine Stiefeln an, und beobachtete mit gespannter Aufmerksamkeit alles, was sich jetzt in Szene setzte. Der Mondmann war mit seinem Schürhaken zum Fenster hinausgestiegen und löste dort durch scheuernde und schabende Bewegungen die Theer – Papp – Rinden von der Mondoberfläche ab; dabei drängte er die obere Hälfte des Überzuges nach oben, gegen den Pol hin; die untere nach abwärts; wobei er also die Kruste, die den Mond umschloß, in ihrer Mitte, in einer Äquator – Linie durchschnitt. Diese absonderliche Arbeit, die ich mehr ahnte als beobachtete, setzte er kurz darauf dicht in meiner Nähe, vor der Ausgangsthür fort, um sie schließlich unten von der Keller – Luke aus zu vollenden. Wie ein gelber Schlotfeger arbeitete und hantierte der erhitzte Mensch, dem seine außerordentliche Länge, wie ich glaube, bei dieser Gelegenheit sehr zu statten kam. – Ein seit einer halben Stunde schon währendes Schnurren und Rollen machte mich in meiner nächsten Nähe aufmerksam; ich erkannte bald, um was es sich handle: dicht unter dem Fußboden bei der Ausgangsthür lief die Strickleiter durch und hinunter in's Freie. Der Mondmann, – überlegte ich, – mußte also bei vollständig hinabgelassener Leiter hinuntersteigen, und die ganze Tret – Arbeit sowohl hinauf wie hinunter durchkosten, statt ihn mitsamt der Leiter hinunterzuseilen. Freilich hätte dann ein einziger Fehlgriff von Seite der die Maschine überwachenden Mondfrau die Leiter in's Rollen gebracht, und dann den unglücklichen Steiger auf dem »großen Käs« zerschmettert.

Ich bedauere, daß ich dem Leser hier nicht etwas mehr Feuerwerk vorführen kann, was vielleicht nach seinem Geschmack wäre. Aber ich muß mich streng an meine Wahrnehmungen halten. Und ich sah leider kein Feuerwerk, weil ich unter meinem Bett oder wenigstens in der Mondstube zurückblieb. Ja, lieber Leser, es ist dies eine traurige Episode, die ich hier vorführen muß; traurig, nicht allein hinsichtlich der Knappheit meiner Geschichte, sondern auch in Bezug auf die Vorgänge an der *Leydener* Universität, und deren Konsequenzen. Denn wie ich später erfuhr, war es nach vierwöchiger Abwesenheit meiner Person, und zu Beginn des Neumond, daß man im Senat der medizinischen Fakultät zu *Leyden* Recherchen anzuheben begann, deren für mich folgenschweres Resultat der Leser am Schlusse dieser Erzählung vermutlich erfahren wird. – Durch mein Verbleiben unter dem Bett war es mir also nicht nur nicht möglich, das Abheben der glühenden Mondhauben, ich meine der beiden Hohldächer, des oberen und des unteren, vielleicht die interessanteste, individuelle Leistung des Mondmannes, zu beobachten, sondern auch das Befestigen dieser, wie mir schien, mit einer centrifugalen Tendenz nach oben behafteten, und jedenfalls rasch in sich selbst zusammensinkenden glühenden Massen an einer eisernen Kette, deren Glieder ich wiederholt draußen an der Eingangsthür anschlagen hörte, entging mir vollständig, und nur die Maßnahmen von Seiten der Mondfrau im Innern der Stube gegen eine etwaige Feuersgefahr für das jetzt blanke hölzerne Monddach können mich und den Leser in Etwas dafür entschädigen, was wir draußen bei rechtzeitiger Besteigung der Leiter hätten beobachten können: nämlich das Hinabschleppen des Vollmond. – Die Ereignisse im Innern der Mondstube spielten sich aber folgendermaßen ab. Als der Mondmann mit seinem Schürhaken durch die aufgeregt hin- und her-rasenden und Feurioh! schreienden Kinder hindurch sich zur Ausgangsthür begeben hatte, war ich der Meinung, er komme jedenfalls zu einem förmlichen Abschiednehmen *retour,* und vollende nur draußen, wo, wie der Leser sich erinnern wird, ein förmliches Trittbrett oder Landungs – Vorsprung war, die Abhebungs – Arbeiten. Statt dessen kam auf einmal die Mondfrau schweißtriefend von ihrer Ab – Winde – Arbeit aus der Klappthür herauf und sie und die Kinder versammelten sich an der Ausgangsthür, die nun geöffnet wurde. Jetzt ahnte mir der Stand der Dinge; ich kroch schleunigst hervor und wollte mich zur Leiter begeben. Aber durch diesen kompakten Wall von Kindern mich durcharbeiten, oder jetzt in diesem Moment, und an dieser gefährlichen Stelle, wo durch den kleinsten Ruck ein halb Dutzend Kinder »in die Ewigkeit« stürzen konnten, einen Skandal und eine Entdeckung provozieren, war doch ein wahnsinniger Gedanke. Die Kinder winkten mit der Hand ihrem Papa Adieu! zu und setzten ihr blödsinnigstes Lächeln auf, wie ich von der Seite sehen konnte, und die Mondfrau sagte zu dem schon drunten stehenden, für mich nicht mehr sichtbaren Mondmann: »Vater, zwei Potschamber!« – und als er nicht hörte, schrie sie noch einmal: »Vater! – Zwei Potschamber!« worauf es »Ja, ja!« von unten ’rauf schallte; der Himmel war voll Lohe und Funken, ohne daß ich einen glühenden Körper selbst sehen konnte. – So vollzog sich die Abreise des Mondmann. Und ich mußte knirschend und ohnmächtig in meiner Wut wie ein Hund wieder unter mein Bett hinunterkriechen, wo ich einem epileptischen Anfall näher war als allem anderen, wo aber ein Strom von Thränen mich glücklicherweise von dem stärksten Druck, der auf meiner Seele lastete, befreite. Was jetzt um mich vor ging, hatte nicht das geringste Interesse für mich, und konnte mich schon deshalb nicht aus meiner Lethargie aufmuntern, weil wir wieder in fast vollständige Dunkelheit gehüllt waren. Aber um meiner Pflicht als getreuer Erzähler zu genügen, und da ich kein Recht habe, die mehr oder weniger feine Nase des Lesers vielleicht gegen dessen Willen zu schonen, will ich hier mitteilen, was ich von unter meinem Bett aus sah. Sobald die Außenthür wieder geschlossen war, und Mutter und Kinder stillschweigend in das Innere der Stube sich zurückgezogen hatten, wurde der lange Tisch von den ältesten Mädchen ans Fenster gerückt, die Mondfrau stieg mit Hilfe derselben hinauf, und während nun die jüngeren Kinder einen Nachtopf nach dem andern, gefüllt mit Pipi, aus dem Mondkeller heraufschleppten, ihn den älteren gaben, die ihn der Mutter hinaufreichten, schüttete diese, halb am Fenster – Gesimse stehend, den Inhalt mit einem kräftigen Ruck über das Monddach, von wo er in langen Strähnen und unter zischender Berührung mit zurückgebliebenen Brandmassen herabrieselte. – Wo diese Pipi – Massen im Keller aufgespeichert waren, weiß ich nicht; ob diese Vorsichtsmaßregel einer Anordnung des Mondmann entsprach, kann ich auch nicht sagen. Aber es stank fürchterlich, und als die Mondfrau herabstieg, lachte sie, und patschte ihren Mädchen auf die Backen.

Ich möchte hier dem Leser einen Vorschlag machen; die Ereignisse der letzten paar Stunden sind vielleicht zu rasch aufeinander gefolgt, und er hat das Bedürfnis auszuschnaufen. Dem Verfasser geht es ebenso. Der Mondmann ist fort, und wird einige Zeit fortbleiben. Bevor er zurückkommt, ist es zwecklos den Faden der Erzählung wieder aufzunehmen; denn wie die Mondfrau mit ihren dreißig Kindern und dem Verfasser da droben in der Dunkelheit hungert, kann unmöglich besonderes Interesse erregen. Ich möchte also dem Leser den Vorschlag machen, die hier durch den Gang der Ereignisse notwendig eingetretene Pause in passender Weise auszufüllen. Ich möchte ihn bitten, dies durch ein kritisches Intermezzo geschehen zu lassen, welches sich darüber verbreitet, ob es möglich wäre, Alles, was wir bisher erlebten, von der Begegnung auf dem Felde bei *D'decke Bosh* an bis zum Abhub der brennenden Monddächer vor wenigen Stunden, was alles mit den Gesetzen der Erfahrung und der Wissenschaft im Widerspruch steht, auf einer natürlichen Basis aufzubauen. Der Leser weiß, mit welcher Ängstlichkeit ich bisher auf seine Bedürfnisse und die des gesunden Menschen – Verstandes Rücksicht genommen habe, wie ich an Adjektivis nichts gespart habe, um für jeden einzelnen Fall in Ton, Farbe, Größe, Geräusch, Schnelligkeit u.s.w. stets einen analogen Eindruck dessen beim Leser hervorzurufen, was ich selber empfand. – Giebt es denn kein Mittel, um aus dem Dilemma, daß die »Mondgeschichte« entweder ein Wunder, oder der Verfasser ein Lügner sei, herauszukommen? – Ich bitte den Leser um seine gespannteste Aufmerksamkeit: Es ist bekannt, wie herumreisende Zigeuner, welche durch kleine Vorstellungen im Saltibankieren oder durch Wahrsagekunst ihr Leben fristen, bei der Wahl ihrer nächtlichen Lagerplätze stets die Neigung haben, möglichst entfernt, oder wenigstens in sicherer Entfernung von menschlichen Niederlassungen Halt zu machen. – Warum? – Vielleicht aus einer bei diesen verwahrlosten Stämmen eigentümlichen Delikatesse, nicht mit Menschen in Berührung zu kommen, die sie, trotz deren höherer Kultur, innerlich verachten. Aber wohl mehr noch aus Vorsicht vor Diebstahl, Überfall, Brandlegung, Männer – Neugier u.s.w. Aus Mitteilungen über die Sitten in der Tropen – Welt, aus den Schilderungen von Robinson Crusoe wissen wir, daß Reisende, die in unbewohnter Gegend von der Nacht überrascht werden, auf Bäume steigen, um dort vor Tieren wie Menschen sicher zu sein; freilich sind sie es nicht vor Schlangen, giftigen Spinnen u. dergl. – Auch vierfüßige Tiere geben sich auf hohen Bäumen der Ruhe und dem Schlaf hin, um wenigstens vor jenen ihrer Feinde geschützt zu sein, die keine so gewandten Kletterer wie sie selbst sind. Der Zug in die Höhe, wenn es sich um Sicherheit handelt, ist also ein Mensch wie Tier innewohnender Instinkt, welcher sich durch die Erfahrung als berechtigt herausgestellt hat. – Weshalb setzen wir ein Taubenhaus auf eine himmelhohe Stange? – Um die jeder Verteidigung fast unfähigen Insassen vor dem Marter zu schützen. Er kommt aber doch hinein. – Was wäre denn das Ideal eines Taubenhauses? – Wenn die Stange in Wegfall käme! – Ja, dann fiel aber das Taubenhaus hinunter!– Gut, aber das Ideal eines Taubenhauses wäre doch eines ohne Stange. – Ja, dann müßte es aber schwebend erhalten werden! – Gut, aber das Ideal eines Taubenhauses wäre doch – ein Kasten, der schwebend erhalten wird, und in dem Tauben wohnen. – Nun denke man sich einen höchst verschlagenen, rührigen, überall gleich seinen Vorteil erspähenden Zigeuner, der vielleicht durch Kränklichkeit zu fortwährender Gedanken – Arbeit verurteilt ist, mit den abgekauten Nägeln am Mund fortwährend lauert und simuliert, daneben mit jenem genialen Naturblick begabt ist, wie ihn im Freien lebende Volksstämme aufweisen, der auf seinen vielfachen Hin- und Herzügen oft bestohlen worden ist, selbst aber fleißig stiehlt, dessen blaue Holzwägen oft angezündet wurden, der aber selbst schon fleißig Bauernscheunen angesteckt, um das davonfliehende Federvieh sich anzueignen, der also durch diese Beschäftigung und Unbilden die meiste Erfahrung besitzt, wie man sich gegen Brand und Diebstahl am besten schützt, – sollte der, auf diese Weise mit großer Überlegung und Erfindungsgabe ausgerüstet, nicht auf die Idee kommen, sich ein einfaches, leicht konstruiertes, aber wohnliches und gegen

Wind und Regen schützbares, vor Diebstahl und Brandlegung sicher gestelltes Wohnhaus in gemessener Entfernung vom Erdboden zu bauen, das er verlassen kann, wann er will, in das aber kein Fremder hineinsteigen kann, wenn er, der Mondmann, – ich wollte sagen, der Zigeuner, – nicht will? Dasselbe müßte mindestens soweit entfernt sein, daß, sagen wir, ein Büchsenschuß es nicht erreichen kann; damit fällt natürlich die Stange, die es tragen könnte, die Unterlage, von selbst weg; wenn möglich, sollte es aber auch mit dem bloßen Aug' nicht gesehen werden können; damit die betreffende Gegend nicht aufmerksam würde und all ihr Hab und Gut versteckt. Auf der andern Seite aber dürfte es auch nicht zu entfernt vom Erdboden sein, um die Steige – Arbeit und die Verproviantierung nicht zu mühevoll zu machen. – Was aber die Verproviantierung anlangt, was wäre wohl diejenige Nahrung, die der Zigeuner sich aussuchen würde, und die die eine Bedingung erfüllen müßte, daß sie konsistent und eine Ergänzung des Vorrats so selten wie möglich nötig machte? – Gestohlene Hühner? – Gewiß nicht! Denn abgesehen davon, daß sie tot, also geschlachtet, sich nur wenige Tage hielten, – lebend aber leicht wegfliegen könnten, – dürfte doch so hoch oben nicht gebraten werden und zwar wegen der Feuersgefahr; die ganze Bude könnte ihm ja eines Tags wegbrennen, und der arme Kerl, der seine Steige – Vorrichtung nicht schnell genug losbringt, stürzte zerschmettert auf die Erde. – Kondensierte Kindermilch? – Noch weniger! – Denn zu deren Zubereitung gehörte ja Wasser, und Wasser dahinauf zu schleppen würde der überlegende Zigeuner wohl bleiben lassen. – Aber was meint der verehrte Leser zu: Käse? – Käse wäre wohl ein intensives, zusammengedrängtes, eine Neu – Verproviantierung selten nötig machendes Nahrungsmittel, welches dem Mais der Italiener und dem Reis der Chinesen keck die Waage halten könnte. – Selbstredend: Gestohlene Käse. – Ich will den Leser nicht durch weitere überflüssige Fragen ermüden, oder ihm Gelegenheit zu unüberlegten Antworten geben, – aber, wenn die Bedachung dieser in Holz ausgeführten Wohnung in Frage käme, mit der Forderung, daß es ein möglichst leichtes Material sein müsse, – nicht wahr, Teerpappe wäre der geeignetste Stoff? Und die Bedachung müßte ganz herum gehen, weil bei der außergewöhnlichen Höhe Wolken und Niederschläge und Entladungen auch unterhalb der hölzernen Wohnung vor sich gehen könnten? Und nicht wahr, bei lang andauerndem Auffallen der Sonnenstrahlen könnte die Bedachung in Brand geraten, und müßte dann schleunigst durch eine neue ersetzt werden? – Welche Gestalt aber würde das Haus annehmen? – Gothisch oder Byzantinisch? – Zunächst doch wohl rund, um dem Wind so wenig wie möglich Gelegenheit zu geben, sich zu fangen, und das Haus herumzudrehen. – So eingerichtet aber und im Innern mit einigen Bequemlichkeiten versehen, wäre es dann nicht eine vollkommen sichere Zufluchtsstätte für einen geschickten Dieb, – unerreichbar für alle Nachstellungen, Polizisten, Bauern, Grenz – Plackereien, Rekruten – Aushebungen, Steuer – Einnehmer, Feuer – Beschau, Kriegs – Tumult, Überschwemmung? – Der Zigeuner, wenn er Hunger hätte, stiege über irgend ein friedliches holländisches oder deutsches Dorf hinunter, machte seine Saltibank – Kunststücke, die er in seiner Jugend erlernt, nähme mit, was zu erhaschen wäre und kehrte mittelst seiner sorgfältig hinter einem Busch versteckten Leiter in seine Wohnung zurück. – Später vielleicht käme er auf die Entdeckung, daß man Nachts stehlen könne ohne Saltibank – Kunststücke zu machen; er stiege nur noch Nachts herunter und würde sich nicht mehr produzieren. – Noch später käme er vielleicht auf die Idee, das in ihm repräsentierte höchst erfindungsreiche Diebs – Geschlecht fortzupflanzen. Und er ginge eines Tags auf einen Jahrmarkt, wo seine früheren Kunst – Kollegen sich produzieren, und würbe um die Gunst einer leichten, sein luftiges Wohnhaus nicht zu schwer belastenden Zirkus – Reiterin, die er auf seinen Schultern hinauftrüge. – Und er zeugte Kinder mit ihr und ernährte seine Familie durch Fleiß, Ausdauer und Geschicklichkeit im Stehlen; und schaffte Mobiliar und Bettzeug hinauf. Aber zuletzt würde er alt und gebrechlich, und sie dick und zornig, und die Kinder, die nie eine Schule besucht, und nie Menschen, und die Erde nur aus höchster Entfernung, gesehen, wären verdummt und Idioten geworden. – Und da kein Knabe da, der das Gewerbe des Vaters übernähme, so zögen die Sorgen ein in dies ursprünglich so genial erdachte Haus!

Während ich so unter meinem Bett überlegte und simulierte, entstand plötzlich eine heftige Schwankung am Mondhaus, der mehrere größere Oszillationen folgten; da ein eigentlicher Stoß nicht hörbar, so war das Karambolieren mit einem Himmelskörper, woran ich zuerst gedacht hatte, unwahrscheinlich. Aber wie aus einem Mund sagten gleich darauf die dreißig Kinder, die inzwischen unter der Aufsicht der Mondfrau wieder ihre Spinn – Arbeit vorgenommen hatten: »Jetzt ist er drunten am großen Käs! – Und die Mondfrau setzte nach einiger Zeit mit einem Seufzer hinzu:

»Ja, jetzt ist er drunten!« im Tone, wie etwa eine Mutter zu den sich nach dem Papa erkundigen den Kindern trübselig sagt: Ja, der Vater ist im Krieg! – oder: Der Vater, der liegt vor Belgrad! – In Wahrheit aber setzte die Mondfrau ganz trocken hinzu: »der hat wieder schön lang gebraucht!« – so daß ich mich über die sentimentale Stimmung der Alten doch getäuscht hatte. – »Nicht wahr auf Amerika – Land?« – frug dann noch ergänzend eines der älteren Kinder. Diese Frage frappierte mich über die Maßen. – Ich will den Leser nicht mit all den Kombinationen belästigen, die ein scharfsinnigerer Erzähler als der Verfasser, – sagen wir: *Edgar Poe,* – aus dem einzigen Wort »Amerika – Land« in dem Mund des einen Kindes zu ziehen sich berechtigt hielte, und damit wieder um zehn unnütze Seiten das Ende der Erzählung hinausschieben; – aber der Leser wird zugestehen, daß das Wort zu denken giebt; weniger in der Richtung der Annahme, daß ein kleiner Ansatz zu Schulbildung bei den Mondkindern doch vorliege; das Wort »Amerika – Land« konnte ja rein mechanisch nachgeschwatzt sein; sondern der Schwerpunkt liegt darin, daß das ominöse Wort von einem der beiden Eltern auf dem Mond faktisch ausgesprochen worden sein muß; denn daß die Kinder die Mondstube nie verlassen hatten, darüber konnte kein Zweifel sein; daß aber ein so distinkter Laut – Begriff und Begriffs – Wert wie »Amerika – Land« zu gleicher Zeit und unabhängig voneinander auf zwei Weltkörpern, die ohne Verbindung sind, entstehen könne, das macht mir niemand weiß. – Also muß das im Mond – Haus von einem der beiden Eltern ausgesprochene Wort von der Erde stammen; also muß eines der beiden Eltern auf der Erde, und dort in der Schule, gewesen sein; und da ich schon ungefähr fünfzehn Seiten vorher die Mondfrau ausdrücklich, und unter Anführung unwiderleglicher Beweisgründe, als eine Xantnerin (oder Krefelderin) angesprochen habe, so bleibt bezüglich des Mondmann nur die eine Frage: Ist er auch ein Erdenkind, ein Holländer und dergleichen, oder gehört er einem spezifischen Mondgeschlecht, einer erhabenen Götterverbindung, einer transcendentalen Himmels – Familie, mit einem Wort, einer Wesens – Reihe *sui generis,* d.i. einem jeden Vergleich mit uns armen Erdenwürmern ausschließenden Geschlecht an? – Ich sah den vertrackten, gelb – kittenen, gallig verkränkelten Mondmann jetzt wieder deutlich vor meinem Auge, wie er über das frische Saatfeld bei *D'decke Bosh* hinschlich, mißtrauisch und vorsichtig seine Schaufel hervorziehen, und keuchend und schwitzend, und manchmal fluchend, seine Arbeit verrichten, wie ein alter Bauer, der verspekuliert hat, und auf seine alten Tage noch einmal arbeiten muß. – Wenn das ein Gott ist, – sagte ich mir, – dann ist es ein kranker Gott. –

Der Leser und ich wurden durch den heftigen Stoß am Mondgehäuse in der Weiter – Entwickelung einer Theorie unterbrochen, welche die Erklärung meiner bisherigen Erlebnisse auf natürlichem, wissenschaftlichen Boden beabsichtigte. Ich hatte den Versuch unternommen, einen schlauen und vorsichtigen Zigeuner sich ein rundes Haus in kecklicher Entfernung vom Erdboden konstruieren zu lassen, mittelst einer Leiter dasselbe zugänglich zu machen, dort oben die Frucht seiner Ersparnisse und Diebstähle zu bergen, schließlich sich ein Weib hinaufzuholen und für zahlreiche Nachkommenschaft zu sorgen. Der Leser wird mir vielleicht zum Vorwurf machen, einen Hauptpunkt in dieser ganzen Erörterung unbeachtet gelassen zu haben, nämlich: wieso denn dieses Zigeunerhaus da droben schwebend erhalten werden soll; und er meint, daß ich die Beantwortung dieser Frage an die Spitze der ganzen Theorie hätte stellen sollen. – Gut, ich gebe zu, daß ohne das Schweben des Zigeunerhauses die ganze Theorie rettungslos zusammenbricht. Aber ich bitte den Leser zu erwägen, daß das Haus aus dem leichtesten Material gebaut war: ausgetrocknetes Fichtenholz; die Bedachung noch leichter; Theer – Pappen; für die Verproviantierung eine konsistente Form gewählt war; runde, holländische Käse, von denen einer allerdings vielleicht zwei bis drei Pfund wog, aber die Nahrung für mindestens drei bis vier Tage bildete; daß alles schwere Material wie Wasser, Stein, Eisen vermieden wurde; daß die Leiter, in beträchtlicher Länge, aus dem leichtesten Stoff, Hanf, war; daß die junge Frau, die sich der kühne Architekt hinaufholte, eine leichte Person war: Kunstreiterin; ja, ich bin überzeugt, daß er, als seine Frau im Wochenbett lag, ihr fortwährend vorpredigte: »Leichte Kinder, hörst Du, leichte Kinder!« – Nachdem also alles nach dieser Richtung, und nach diesem einzigen Gesichts – Punkt vorgesehen war – und die faktisch sothane Einrichtung des Mondhauses erlaubt mir doch, die wesentlichen Züge auf mein theoretisches Haus zu übertragen, – was verbietet denn die Annahme, daß der Zigeuner sein Haus nur als Gondel zu einem drüber schwebenden Ballon betrachtete? – »Nein, – welche Versteigung!« wird der Leser ausrufen. – Gut, ich behaupte ja nicht, daß es so war, ich rede nur von der Möglichkeit; – mit andern Worten: das Haus des Zigeuners würde durch einen zehn oder zwanzigmal größeren Ballon, der mit irgend einer leichten Gas – Art gefüllt war, in Schwebe erhalten. – »Nein – das wäre das Höchste!« – Das Höchste? – nun freilich, – insofern, als der Ballon höher war, als das Haus; – aber will mir der Leser erlauben, einige Fragen an ihn zu richten: Hat der Leser je vom Mondfenster aus direkt in die Höhe geblickt? – »Nein!« – Ich auch nicht. – Konnte also der Leser überhaupt einen etwa über dem Mondhaus schwebenden Ballon vom Fenster aus sehen? – »Nein!« – Gut. – Noch eine Frage: Um welche Zeit stiegen wir damals am Samstag hinauf? – »Bei Nacht!« – Sieht man bei Nacht einen Ballon? – »Nein!« – Darf demnach aus dem Umstand, daß wir nicht in der Lage waren, einen vielleicht über dem Mondhaus befestigten Ballon zu sehen, darauf geschlossen werden, daß keiner da war?– »Nein!« – Gut! – »Aber wo soll der Mensch das Gas zur Füllung des Ballons herbekommen?« – wird der Leser fragen. – Das weiß ich nicht, obwohl die Anwesenheit von Steinkohlenteer, einer Masse aus der mehrere leichte Gas – Arten ohne Mühe dargestellt werden können, zu denken giebt. – »Aber da droben in so beträchtlicher Höhe!« – Da droben handelte es sich vielleicht nur um Ersetzung kleiner, durch mangelhafte Dichtigkeit der Ballonwände entstandene Entweichungen von Gas, und die erstmalige Füllung fand auf dem Erdboden statt. – »Von einem Zigeuner?« – Die Zigeuner sind ein alter, grundgescheiter, in eine Menge Geheimnisse eingeweihter Volksstamm; sie reichen höchst wahrscheinlich über die Assyrer und Chinesen zurück, die ihrer bereits erwähnen; auf ihren tausendjährigen Wanderzügen mögen sie eine große Menge von Erfahrungen aufeinandergehäuft, aus den Kulturen der wichtigsten Völker geschöpft haben; wieviel Erfindungen wurden außerdem schon zweimal gemacht; die Chinesen hatten bereits das Schießpulver entdeckt; warum soll den ältesten Zigeunerstämmen unbekannt gewesen sein, durch Benutzung einer leichteren Gasart, als die Luft, und Abschließung derselben in einem dünnwandigen Raum, Körper herzustellen, die sich vom Erdboden in die Luft erheben können?! – »Demnach will der Verfasser glauben machen, daß die Zigeuner vor den Franzosen im Besitz der Luftschifffahrt waren, und daß Niemand davon etwas merkte?« –

Möge es der Leser nicht für ungut nehmen, wenn ich hier abbreche. – Ich liege unter dem Mondbett und habe Hunger; seit vier Tagen habe ich nichts gegessen; die Mondfrau mit den Kindern vielleicht noch länger; aber letztere brauchen keine Theorieen zu ersinnen, um skeptischen Lesern ihr allerdings wunderbares und dabei doch ärmliches Heim begreiflich zu machen; während dies die Pflicht des Verfassers ist; und ich fürchte, schon die letzten Seiten haben in ihrer Beweisführung, in ihren Repliken und Antithesen unter meinem leeren Magen gelitten. Möge übrigens der Leser meinen Standpunkt nicht verkennen; nicht meinetwegen habe ich die, ich gestehe, etwas gewagte Zigeuner – Theorie unternommen, sondern seinetwegen; was konnte mir daran liegen, die Vorgeschichte des Mondes zu erklären, und der Kant-Laplace'schen Theorie über die Entstehung der Himmelskörper die so notwendige Ergänzung zu verschaffen? – Analyse ist meine Stärke so wie so nicht. – Für mich war es die Hauptsache, dieses ärmliche Mondheim, dieses wunderbare Etwas, welches so und so viel Nächte im Monat verhöhnend auf uns Erdbewohner herunterglänzt, entdeckt und beobachtet zu haben. Und dies verdankte ich einer großen Dosis Courage; denn, offen gestanden, wer von den Lesern hätte damals auf dem Felde von *D'decke Bosh* den Mut gehabt, in die Strickleiter zu greifen und einem unbestimmten Etwas entgegenzusteigen?

Es war unter meinem Bett sehr kalt geworden. Die Entfernung der glühenden Monddächer hatte unser dünnes Holzhaus ziemlich rasch abgekühlt. Zwar war auf die stockfinstere Nacht während der letzten vierzehn Tage seit Weggang des Mondmannes eine kleine Dämmerung gefolgt, welches ich mit dem Wiederherannahen der Sonne auf der Rückseite des Mondes in Zusammenhang brachte, aber dies war nicht genügend, um die Temperatur merklich zu erhöhen. Die Kinder lagen alle wieder in den Betten; vor Hunger und vor Kälte; die Mondfrau, in dicke Shawls eingewickelt, schleppte aus dem Mondkeller Teer – Pappen auf Teer – Pappen herauf; beim Heruntergehen nahm sie die von den Kindern fertiggesponnenen Reservestücke für die Strickleiter mit; ein intensiver Uringeruch erfüllte jedesmal beim Öffnen der Kellerthür das ganze Mond – Zimmer; offenbar hatte die Alte unten im Keller irgend ein verschließbares Blechreservoir, worin sie die zum Löschen der Monddächer bestimmten Pipi – Mengen sammelte, und hatte, da der Geruch ihre Nase nicht weiter afficierte, den Deckel offen gelassen. – Am liebsten wär' ich jetzt vorgekrochen und hätte mit der Mondfrau ein offenes Wort geredet, welches ihr die Lauterkeit meiner Absichten bewiesen, und den plötzlichen Schreck über mein Erscheinen in Abwesenheit ihres Mannes gemildert hätte, wenn ich nur die kleinste Aussicht gehabt hätte, irgend etwas Eßbares zu finden. Die Leute hatten ja selbst nichts zu essen. Ich konnte doch keines von den, – nebenbei gar nicht fetten, – Kindern anbeißen. Und der Ekel über den Urin – Geruch überwog noch bei weitem mein Hungergefühl. – In diesem Zustand lag ich gewiß noch zwei bis drei Stunden, und ich war eben im Begriff in meiner Verzweiflung den Strohsack der Mondfrau nach irgend etwas Eßbarem zu durchwühlen, als ich plötzlich aus meiner halb erhobenen Stellung mit großer Wucht mit dem Kopf auf den Boden zurückgeworfen wurde; mehrere Potschamber unter den anderen Betten fielen um; die Mondfrau unten im Keller stieß einen verwunderten Ruf aus, in dem aber etwas wie Beifall lag, und der etwa »Ho!« klang; die Kinder schrieen alle gleichmäßig auf, und einige riefen »der Papa kommt, – der Papa kommt!« – In der That, es waren wieder dieselben Oscillationen wie heute Morgen, als der Mondmann die Strickleiter verlassen, nur in umgekehrter Ordnung, indem der erste Stoß das Mondhaus auf der Seite, auf der ich lag, also bei der Eingangsthür herunterschleuderte, welcher Bewegung ein ebenso energischer Rückstoß nach aufwärts folgte, und so alternierend weiter, bis die anfängliche Bewegung sich in kleine wellenförmige Oscillationen auflöste. – Ja, der Papa kam allergings, aber es dauerte gewiß noch an die acht Stunden, bis man das Schlürfen seiner Sohlen auf den Theersprossen hörte, welches harte Geräusch zuerst nach oben drang. Eine Viertelstunde später hörte man ihn auch keuchen, und als er wirklich unterhalb der Eingangsthür erschien und den ersten Halt machte, war es nach meiner Schätzung schon wieder Abend geworden, obwohl wir wieder in jener Phase gleichmäßiger Dämmerung lebten, wie sie während der ersten vierzehn Tage meines Mondaufenthaltes herrschte. Inzwischen hatten sich sämtliche Kinder angezogen, die Betten wurden gemacht, Potschamber und Pantoffeln in gleichmäßiger Ordnung unter das Bett plaziert, das Mondfenster wurde geschlossen, damit es beim Öffnen der Hauptthüre keinen Zug gebe, die Kellerthüre zugemacht, Tisch und Bänke gerade hingestellt, und endlich stellte sich die Alte umgeben von sämtlichen Kindern an die offene Eingangsthür in Erwartung des Papa. Es war eine großartige Überraschung und ein großartiger Empfang. Als ich sah, daß ich hinter den Kindern vollständig sicher vor Entdeckung sei, kroch ich unter meinem Bett hervor, und nahm meinen Aussichtspunkt. Bevor ich den Mondmann zu Gesicht bekam, sah ich eine große Menge von Stangen, Packeten, Rollen, Kästen, Töpfen, die sich nach aufwärts bewegten: der Mondmann hatte einen ganzen Tändler – Laden auf seinem Buckel; ein Lastträger im Gebirge konnte nicht stärker bepackt sein; erst geraume

Zeit später entdeckte ich über den Köpfen der Kinder hinweg tief drunten das kleine aber heftig gerötete Gesicht des Mondmannes; es glänzte vor Freude und Entzücken, und in einem Moment des Stillhaltens rief er mit schwacher, heiserer Stimme, fortwährend wie ein Asthmatiker von kurzen Atemstößen unterbrodchen, herauf: »Mutter, – dies – mal – hab' ich – große – Ernte ge – halten.« – »Ja, komm nur herauf. Herzensmännchen!« sagte die Alte, welchem Willkomm ein großes Geschrei und Gejubel der Kinder folgte. – Der Alte glotzte fortwährend herauf, obwohl er sich dabei zweifellos viel schwerer atmete, als wenn er den Kopf nach unten gehalten hätte. Ich glaube, die Thränen traten in seine wasserblauen Augen; er versuchte wiederholt zu reden, indem er wie ein Fisch das große Maul aufsperrte, man hörte aber nichts; endlich ließen die Kinder mit ihrem In – die – Hände – Patschen und Schreien nach, und der Alte kam zum Wort: »Ich – wäre – früher ge – kommen«, sagte er »aber es – gab so – viel....« – »Herzensmännchen!« – antwortete die Mondfrau, – »ich hab' Dich nicht so früh erwartet; Du bist schrecklich schnell wieder da gewesen!« – Die Wahrheit war, daß der Mondmann nach meiner Berechnung mindestens drei Stunden länger gebraucht hatte, um heraufzukommen, als das letztemal. – Aber der müde, freudige Steiger war noch immer nicht fertig, er sperrte immer wieder den Mund auf, als wollte er was sagen; und als es endlich Ruhe wurde, rief er mit einem so breiten Ausdruck der Kinnladen, daß man das Entrücken gewahr werden mußte, herauf: »Die Käs – leute ha – ben ihre – Stadt an – gezündet, und – da gab es – viel zu – holen!« – Die Alte schien dieser Mitteilung keineswegs besonderen Wert beizumessen; denn mit dem Ton freudiger Überraschung rief sie nur hinunter: »So komm nur endlich herauf, Goldkäferchen!« – während die »angezündete Stadt« mir viel zu denken gab. – »Mutter!« rief der drunten wieder herauf, indem er die letzten Sprossen zurücklegte, wobei Kinder und Alte vom Eingang zurückdrängten, was für mich das Zeichen war, mich wieder zu verbergen, »Mutter! nimm mir nur zuerst die großen Dinge ab, sonst komm' ich nicht hinein!« – Nun griff die Alte zu und zog, wie ich von unter dem Bett aus beobachten konnte, ein Durcheinander von allen möglichen Gegenständen in die Stube herein; unter anderem bemerkte ich einen langen Besen, eine kurze Holzleiter, eine alte Steinschloß – Flinte, einen großen Anstreich – Pinsel, einen Kürassier – Säbel; nachdem dies abgeladen war, kroch endlich der Mondmann mit einem enormen Sack herein und ließ ihn dröhnend in die Mondstube fallen. – Das Gesicht des

Alten, obwohl es die Spuren der fürchterlichen Anstrengung nur zu deutlich zeigte, war noch immer helles Entzücken; fortwährend blinzelte er die Alte an, deren Miene ebenfalls freudige Überraschung kundgab. – »Tau – send – Sassa!« sagte sie, »wo hast Du nur alle die Sachen her?« – Ich kann die Kosenamen nicht alle genau wiedergeben, da die Alte viel »Platt« in ihren Dialekt mischte, welches mir selbst Schwierigkeiten machte. – Nun wurde unter Mithülfe der Kinder der Sack aufgemacht. Der Alte schien diesmal gar nicht müd'; er selbst holte Alles heraus und übergab es mit Phrasen und Lobsprüchen den um ihn Herumstehenden. Auch die zwei Potschamber fehlten nicht. Ein gütiges Geschick wollte, daß gleich anfangs ein Käs in der Nähe der Eingangsthür kollerte; der Leser wird begreifen, mit welcher Gier ich danach langte und ihn unter mein Bett beförderte. Unter anderen Stücken kam auch ein großer, weißer Kübel zum Vorschein, der zwei lange weiße Stiele hatte. – »Was ist denn das?« frug die Alte, »ist das ein Potschamber?« – »Nein«, antwortete der Mondmann, »das tragen die Käsleute auf dem Kopf!« – Ich schaute noch einmal genau hin; es war eine frisch – gestärkte holländische Haube. – Die Mondfrau machte ein verdutztes Gesicht; schließlich aber überwog doch die Empfindung, daß es sich hier um eine Art Respekts – Präsent handle, und nach längerem Betrachten legte sie selbe sorgfältig auf ihr Bett. – Was noch Alles aus dem Sack herauskam: Kleider, Strümpfe, Hausgeräte, einige geschlossene kleine Päckchen, die offenbar einer Kolonial – Handlung entnommen waren, und, soweit ich nach der Verpackung urteilen konnte, Cichorie oder Schnupftabak enthielten, diverse Töpfe, einige Kappen, ein Schweinsleder – Foliant, – außerdem der gewöhnliche Bedarf auf dem Mondhaus: Eisenklammern, Nägel, Bandeisen, Hanf – Büschel, ein Fäßchen Teer, eine große Anzahl der roten bekannten Käse, – läßt sich nicht Alles behalten. Aber große Freude herrschte auf dem Mondhaus. Alles ward sorgfältig im Keller untergebracht; einige Käse wurden heroben behalten und nach kurzer Zeit saß die Familie beim schmatzenden Mahl, während der Alte in seinem unermüdlichen Fleiß drunten im Keller die Strickleiter heraufwand.

Nun soll der Leser nicht glauben, ich werde ihn mit derselben Behaglichkeit durch diesen zweiten Monat schleppen, mit der die ersten vier Wochen, wie ich glaube, in zu großer Anschaulichkeit vor ihm ausgekramt wurden, – und ich werde ihm nun lang und breit erzählen, wie der Mondmann zuerst sein Dach wieder deckte – wie gesponnen, gehämmert, Käs gegessen, Betten geklopft und

Pipi gemacht wurde, – wie es allmählich wärmer wurde, – und wie draußen in dem ruckweise Sich – Entzünden und Glühendwerden des Daches ein Stück von dem Mond nach dem andern zu glosten anfing, und damit beleuchtet wurde, – wie der große Käs erschien u.s.w. Freilich wäre manches Neue aus diesem zweiten Monat zu erwähnen; wie das Verhältnis zwischen Mond – mann und -frau ein ganz anderes und viel besseres war: – wie sie immer zu ihm »mein Goldmännchen« oder das bewundernde »Tausendsassa« sagte, während er sie meist »Mutter« oder »Mutterchen« anredete; wie die Alte den für den Mondmann fatalen Religionsunterricht teils ganz mied, oder jede Gelegenheit benutzte, um den Kindern den Papa als eine Respekts – Person, der man die höchste Verehrung entgegenbringen müsse, hinzustellen; – wie die geistige Verfassung des Alten damit eine ruhigere und behaglichere wurde, – seine Auffassung und Beurteilung der Verhältnisse um ihn eine viel freiere, –wie er sich und seine Familie weit weniger in der Richtung von Himmel, Weltkörper, Sonne und dergleichen in ein Verhältnis zu bringen suchte, als vielmehr in der Richtung vom »großen Käs«, mit dem er sich, man sah, in einer gewissen Art ausgesöhnt hatte; – was für Freude ihm der große Foliant machte, und wie er oft darin las, und ihn dann mit dem verglich, den die Mondfrau damals beim Religionsunterricht vor sich gehabt; – wie er gesprächiger wurde und seine Kinder streichelte; – wie er seine Ideen, – die allerdings barock genug waren, – jetzt wenigstens mitteilte, sodaß man ein Urteil bekommen konnte, was in ihm vorging, und was der Gegenstand seiner ewigen schwarz – blutigen Unzufriedenheit war; – und schließlich, ob diese plötzliche Wandlung dem Heraufschleppen besseren und reichlicheren Futters, oder der neuen Haube für die Mondfrau, oder dem Folianten zuzuschreiben war; – kurz, es könnte manches zu Gunsten der Verlängerung der »Mondgeschichte«, und auf Kosten der Bequemlichkeit des Lesers, noch mitgeteilt werden, was während des zweiten Monats dem Interieur des Mondhauses ein verändertes Aussehen gab. Aber eine Episode darf ich dem Leser, bevor ich definitiv von diesem merkwürdigen Heim Abschied nehme, doch nicht vorenthalten:

Es war gegen Ende der ersten Woche, eines Nachmittags; Alles saß beisammen am langen Tisch; die Kinder in besseren Kleidern; vielleicht war es Sonntag; (ich hatte jede Kalender – Rechnung bereits aufgegeben) – als die Mondfrau ihre frühere Frage, die ihr, wie es schien, recht geläufig war, wiederholte: »Papa, was giebt's denn neues auf dem großen Käs?« – »Ach, – sagte der Alte, – das ist ein merkwürdiges Volk; jetzt haben sie ihre große Stadt angezündet!« – »Die Stadt angezündet, – replizierte die Mondfrau, – ja, warum denn?« – »Ach, ich glaub' um uns zu ärgern!« – »Uns zu ärgern! – ja, was hat das für einen Sinn?« – »Weil wir heller sind, – weil wir mehr Licht von der Butterkugel bekommen!« – »Ja, bekommen denn die Käsleute keines?« – »Es ist ja immer ganz dunkel, wenn ich hinunterkomme; – wir haben doch wenigstens vierzehn Tage Helligkeit!« – »Ja, wissen denn die Käsleute, daß wir heller d'an sind?« – »Sie schauen doch herauf!« – »Welches dumme Volk, sich um uns zu bekümmern!« – »Ach, Du hättest dabei sein sollen! Dieses Feuer, das sie machten!« – »Nun, und, – was thaten sie noch?« – »Sie gestikulierten und schrieen und hüpften oben von ihren Häusern heraus, – und ich stand dabei, und mich sahen sie nicht!« – »Dich sahen sie nicht, warum denn? – Bist Du denn anders, wie die Käsmenschen?« – »Mondfrau!« sagte der Alte, zwar besänftigend, aber mit einem Ton des Vorwurfs, wie mir schien, über die Zumutung, ihn mit den Käsmenschen zu vergleichen. »Nun, und was thatest Du?« – »Ich raffte zusammen, was ich kriegen konnte, Hüte, Töpfe, Besen, Pinzel... sie warfen ja alles aus den Häusern heraus, – und freuten sich über die Flammen, – und thaten ganz verrückt; – einige bliesen in gelbe Röhren, daß es fürchterlich schallte, – andere holten ein Stück aus dem Fluß nach dem andern und warfen es in die Flammen, daß es hoch aufqualmte; – es war ein Hauptspektakel!« – »Nicht wahr, Papa, – frugen jetzt einige der älteren Mädchen, – wir sind schöner als die Käsleute?« – »Oh, viel schöner, – antwortete der Mondmann mit dem Ausdruck einer starken Überzeugung, – die Käsleute haben unregelmäßige, verzerrte Gesichter, und verzerren sie noch jeden Augenblick anders!« – »Nicht wahr, wir sind auch gescheiter?« – frugen die Kinder weiter. – »In jedem Fall – gesetzter, – antwortete der Alte sehr nachdenklich, – gesetzter und mit regelmäßigeren, schöneren Gedanken...« – wurde aber immer nachdenklicher dabei. – »Warum müssen wir denn drunten die Käse holen?« fuhr ein älteres Kind weiter. – »Weil wir keine heroben haben«, antwortete der Gefragte sehr kurz und fast trocken; sein Gesichtsausdruck veränderte sich aber immer merkwürdiger. Einige andere Kinder stellten noch einige unpassende Fragen, die dem Alten wohl sehr zu Herzen gingen, denn plötzlich sprang er auf, preßte die flachen Hände gegen die Schläfe und rief, indem er wie wahnsinnig im Zimmer auf- und ablief, mit halb erstickter Stimme:

Ach Gott, wir sind ein besseres, höheres, edleres Geschlecht, und müssen hinunter zu den niedrigen Käsleuten, denen das Futter zum Maul hineinwächst, und müssen uns durch ihre Kellerlöcher zwängen, damit wir nicht verhungern! – Die Mondfrau hatte den Anfall gar nicht herannahen sehen, sondern spielte mit der neuen Haube. – Jetzt sprang sie auf, drohte den Kindern heimlich mit der Faust, jagte sie zu Bett, und machte sich dann um ihren kranken Gemahl zu schaffen. – Den ganzen folgenden Tag trug der Mondmann ein Tuch um den Kopf, und war wieder so nachdenklich und schweigsam, wie während des ganzen ersten Monats.

Ich löse das Mond – Rätsel nicht, lieber Leser, – und wenn Du es vermagst, so hast Du jetzt das Gesamt – Material meiner Betrachtungen vor Augen. Ich habe nichts mehr hinzuzufügen. Ob der Mondmann ein himmlisches oder ein irdisches Wesen war, ich weiß es nicht. Aber die täppischen und kindischen Zwischenfragen der Mondfrau in dem soeben mitgeteilten Diskurs lassen vermuten, daß auch sie, obwohl äußerlich frappant irdisch geartet, doch in ihrem Urteil über den »großen Käs« auf der untersten Stufe stand, sonach kaum als reifes Frauenzimmer die Erde verlassen hatte, vielleicht als halberwachsenes Mädchen von drunten geraubt worden war, und den größten Teil ihres Lebens hier oben zugebracht hatte. Umgekehrt der Mondmann, der vielleicht ursprünglich ein siederisches Geschöpf, war durch seine häufigen Besuche auf dem »großen Käs« doch zu einiger Kenntnis über die Vorgänge auf der Erde gekommen, welche er freilich von einem höchst beschränkten und sonderbaren Standpunkt aus betrachtete. – Wären es Franzosen gewesen, mit denen wir es da droben zu thun, so hätte ihr fleißiges Mundwerk uns vielleicht manches verraten, und unsere Wahrscheinlichkeitsschlüsse stünden auf einem sichereren Boden und wären weniger lückenhaft; so sind es Holländer oder holländisch geartete Leute, die ihre besten Gedanken für sich behalten, und deren knappe und trockene Redeweise uns nur zu Vermutungen kommen läßt, von dem, was sie wissen und was in ihrem Innern vorgeht. – Der Leser wird begreifen, daß, sobald nur die ersten Zeichen des herannahenden Mondwechsels sich kundgaben, ich, mit einem Viertel – Käs bewaffnet, zur Schlafenszeit mich hinausschlich auf die Mondlandung, um bei dem ersten Sichtbarwerden der Strickleiter mich auf dieselbe zu stürzen, und mir so selbst für den Fall des Entdecktwerdens, durch schleuniges Hinabklettern die Verbindung mit der Erde zu sichern; denn ich fühlte, daß, wenn ich jetzt nicht um jeden Preis den

Mond verließe, ein Verbleiben darauf vielleicht auf unabsehbare Zeiten mein Schicksal sein werde. – Und Schwiegersohn auf dem Mond zu werden, war, obwohl ich auf der Erde nichts zu verlieren hatte, und beim Wiederbetreten derselben mir in *Leyden* nur Schlimmes bevorstand, – doch nicht nach meinem Geschmack. – Als ich so da draußen saß, und sah in die weite Welt hinein, – über mir der brennende, prazelnde Mond, – unter mir eine gähnende Unendlichkeit, – kam mir die Erinnerung an meine Hausfrau mit den langen Zähnen, an das Leydener Studentenleben, an meine Beschäftigung auf der Anatomie, und ich kam mir vor, wie jemand, der aus der Vacanz zur Schule zurückkehrt, der zwei Monate auf dem Land bei einfachen, ruhigen Leuten gelebt hat, und in das Gewühl der Stadt zurück muß, und mit Wehmut gedachte ich der possierlich dummen Gesichter der Mondkinder, die ich nun verlassen müsse, und die ich schon zum letztenmal gesehen hatte. – Von draußen konnte ich jetzt vortrefflich beobachten, wie das Feuer auf der schwarzglänzenden Mondrinde weiterfraß. – Ich überlegte die ganze Prozedur zur Abnahme der feurigen Dächer, – die große Feuersgefahr für das leicht gezimmerte Mondhaus selbst, – die Schwierigkeit der Befestigung der lodernden Theermassen an der eisernen Kette, und genügende Entfernthaltung von dem nun schutzlosen Haus, – und kam schließlich zur Überzeugung, daß, wenn ich, wie beabsichtigt, das letztemal hinter dem Mondmann dreingestiegen wäre, ich zweifellos verbrannt wäre, – zum mindesten erstickt; denn bei der Neigung der brennenden Hülle nach oben zu steigen, mußten mich die glühenden Gase, während der Alte hinabstieg, fortwährend in einen Mantel verderbenbringender Atmosphäre hüllen; und wenn dies auch nur eine Viertelstunde währte, während welcher die glostende Masse in sich zusammensank, so war ich verloren, da von einem Zurückbleiben auf der Leiter, hier, am Anfang, noch keine Rede sein konnte. Diese Erkenntnis erfüllte mich voll dankbarer Gesinnung gegen die weiblichen Mitglieder des Mondhauses, die durch ihr Ansammeln an der Eingangsthür mir damals das Besteigen der Leiter zur Unmöglichkeit machten. Aber die Angst, nun doch in irgend einer Weise mit dem Feuer in Berührung zu kommen, wenn auch nur durch ein unglücklich abbrechendes Teerstück, veranlaßten mich, sobald die Leiter hinabgerollt war, – und dies geschah kurz darauf und dauerte an die fünf Stunden, – dieselbe sofort zu besteigen, und mich einige dreißig Meter hinunter zu retirieren, wo ich mich so gut wie möglich zwischen den Sprossen zurechtsetzte. – Auf diesem Platz blieb ich eine halbe Nacht, als ich aus dem Geschrei der Kinder und dem Übergreifen der züngelnden Flammen auch auf das nördliche Monddach erkannte, daß die Stunde der Krise herangekommen sei. In der That erschien bald der Alte wieder im gelben Lederkostüm mit dem langen Schürhaken und brach von den drei Mondöffnungen aus die Dach – Überzüge ab, riß dann in einem äquator – ähnlich angelegten Kreis die obere Dachhälfte von der unteren durch, so daß das Mondhaus heraus schlüpfen konnte und packte schließlich mit der Rechten eine Kette, von der ich bei meinem entfernten Standpunkt nicht sehen konnte, wie sie befestigt war, die aber, wie ich glaube, verzweigt unter beide Hohldächer schon von Haus aus angebracht war, und riß mit einem einzigen Ruck beide flammende Hauben so weit nach seitwärts, daß sie, ihrem Zuge nach oben nachgebend, plötzlich mehrere Meter hoch über dem schwarzen Mondhaus erschienen. Diese Maßregel erschien mir äußerst praktisch; denn es war klar, daß, hätte der Mondmann den brennenden Hohlmond seitwärts oder unterhalb des Hauses nur kurze Zeit gehalten, dieses wie die Strickleiter in höchster Gefahr waren, anzubrennen. In einer gewissen Entfernung über dem Haus aber, wo die Flammen nach oben züngelten, war ein Übergreifen des Feuers ausgeschlossen. – Dies Alles war draußen auf der Mondlandung vom Alten bewerkstelligt worden; und er, wie das Haus, und die an der Ausgangsthür neugierigen Gesichter der Mond – Insassen waren im Nu in tiefes Dunkel gehüllt. Aber schon kurz darauf senkten sich die zu einem großen Ballen zusammengeschmolzenen Monddächer infolge ihrer natürlichen Schwere langsam herab, und der Mondmann, der diese wohl noch aufgelockerte, aber nicht mehr brennende Kugel soweit seitwärts wie möglich herabführte, begann unter dem Jubelgeschrei der Kinder seinen Abstieg. – Ich eilte voraus, so schnell ich konnte; nicht so sehr aus Furcht, mit dem Mondmann oder seinem glühenden Vollmond in allzunahe Berührung zu kommen; sondern ein unbestimmtes Etwas trieb mich vorwärts; ich wollte aus diesen abnormen Verhältnissen heraus sein; ich wollte wieder die Erde unter meinen Füßen haben, um all' das Unbegreifliche, was ich gesehen, in meinem Verstand ruhig ordnen, in meinem Gedächtnis übersichtlich plazieren zu können. – Ein anderer hätte sich vielleicht mit Rücksicht auf seinen Magen nach einer gemischten Kost gesehnt, um aus dem Käs – Einerlei herauszukommen; – ich sehnte mich nach irdischer Speise für meine Augen und für meinen Kopf, um aus dem Mond – Einerlei und seinen beschränkten Gesichtspunkten herauszukommen. Ich dachte an mein Bett in *Leyden* und an meinen Platz im Wirtshaus zu *»de groene Meerfrouw«*, wo ich alles während der zwei Monate Vorgefallene reiflich zu überlegen und mit meinen Kommilitonen zu besprechen mir vornahm. – Aber ich kam nicht so schnell vorwärts, als ich beabsichtigte; die dickeren Luftschichten, in die ich hineinstieg, machten meine Adern heftig pulsieren, und bei der ganz veränderten Kraft – Anstrengung ermatteten meine Glieder in dem Maße, daß ich nur Sprosse für Sprosse nehmen konnte und bald den gewonnenen Vorsprung vor meinem Nachmann verlor. – Es war vollständig Nacht um mich. Über mir der Mondmann stieg mit einer Ruhe und Gleichmäßigkeit nach, wie ein Lastträger im Gebirge, der einen Weg zum hundertsten oder tausendsten Mal zurücklegt; die Mondkugel verbreitete nur einen strahlenden Schein, der wirkungslos in die Nacht hineinschoß, ohne zu erhellen; das Mondhaus über uns war vollständig in Finsternis gehüllt; tief unter mir entdeckte ich einen schwachen Lichtkomplex, der zunahm, je mehr wir uns der Erde näherten, und bald war es klar, daß wir in ein Zwielicht hineinstiegen; ob es das einer Morgen- oder Abend-Dämmerung war, ließ sich noch nicht feststellen. – Wenn dieser Mondmann, sagte ich mir, wirklich der Bewohner jenes Himmelskörpers ist, den wir mit Mond bezeichnen, – und daran zu zweifeln wäre nach allem Vorgefallenen ein so großer Fehler, daß der feste Glaube daran geradezu als Tugend erschiene, – dann muß er oder seine Vorgänger auch schon so lange da droben hausen und die Mondgeschäfte verrichten, als der Mond den Erdbewohnern bekannt ist; denn es geht nicht an zu glauben, daß erst der Mond existierte, und dann ein solches imaginäres Haus sich an seine Stelle setzte; ist das der Mondmann, – sagte ich ganz laut zu mir, – der da droben jetzt hunterschlürft, und holländisch spricht, dann muß er mit seinen Vorfahren seit etwa dreitausend Jahren diese Bude innehaben, d.h. solange als der Mond bekannt ist. – Ich fühlte, ich kam wieder ins Combinieren hinein, und es werde wie alle vorherigen Male zu nichts führen; aber die Luft war so mild, und das Niedersteigen ging so glatt und regelmäßig vor sich: ich konnte mein Gehirn nicht zwingen, eine andere Gedankenrichtung zu nehmen, und so mag denn die Walze in der Musikdose da droben zum letzten Mal ablaufen: die Assyrer, – fuhr ich fort, – sind das älteste Volk, die des Mondes erwähnen; sie kannten seine Phasen, und waren überhaupt durch ihre gründliche Himmelsschau die Nation, die den Grund zur Astrologie legte; seit ihnen kann sich nichts Wesentliches in den Mondverhältnissen, wie das Beziehen des Mondes, das Hinaufsteigen, das Abheben der Monddächer, das Herunterschleppen des Vollmonds u.s.w. ereignet haben, weil sie es sonst, entweder selbst, oder die nach ihnen kommenden und ihre Studien aufnehmenden Völker, wie die Griechen und Römer, entdeckt haben würden. Also so, wie der Mond heut' ist, so muß er seit drei bis viertausend Jahren gewesen sein. Dann ist der Mondmann nur der Nachkomme einer seit urdenklichen Zeiten das Mondhaus bewohnenden und die Mondgeschäfte besorgenden Familie, wobei zwar in der Weise eine Ergänzung von der Erde aus stattgefunden haben mag, als eine Schwiegertochter, – so lange der Mannesstamm nicht erloschen war, – oder, in diesem Falle, ein Schwiegersohn hinaufgeholt wurde zur Sicherung der Nachkommenschaft und zur Sicherstellung des Gewerbs, – ähnlich wie das Scharfrichter – Metier oder sonst absonderliche Berufsarten sich durch eine lange Reihe von Jahren in derselben Familie heimnisch erhalten. – Nun ist bis auf die Assyrer zurück nie ein Fall beobachtet worden, wonach ein Herabsteigen oder Besteigen des Mondes vorgekommen oder belauscht worden wäre. Und zufällig trifft es sich, daß dasjenige Volk, welches noch älter ist als die Assyrer, und das uns, wenn es Überlieferungen hätte, sagen könnte, ob es auch schon den Mond am Himmel gesehen hat, die Zigeuner sind. Und zufällig ist es, daß, wie wir auf dem Wege der Vermutung oben schon gefunden haben, dieses das Volk ist, das durch seine natürlichen Bedürfnisse, wie durch seine hochentwickelte Intelligenz, auf die Erbauung einer Sicherheitswohnung in den unzugänglichen Höhen des Himmels sich angewiesen sah. Und ein dreifacher Zufall ist es, daß, während alle die alten Kulturvölker ausgestorben sind, dieses auf die prekärsten Bedingungen zur Erhaltung seines Stamms angewiesene Zigeuner – Volk heut noch lebt, und mit schiefen Augen zum Mond hinaufschaut, als erkännte es da oben ein von ihrer Weisheit mitten in den Himmel hineingeschobenes glänzendes und göttliches Monument. – Summa: Das Mondhaus oder der Mond ist eine vor den Assyrern und vor aller Überlieferung in den Himmel hineingebaute Zigeuner – Wohnung. Fragt sich: Wie bleibt das Mondhaus schwebend? – Die Gastheorie habe ich lang und breit oben schon besprochen. Aber alle Steinkohlen der Erde, glaube ich, würden nicht zu dem Gasquantum ausreichen, um seit bald viertausend Jahren eine Kinderstube mit zweiunddreißig Insassen, mit Proviant, Theerfässern und Käsen in dieser Höhe am Himmel schwebend zu erhalten! – Aber was konnte eintreten? – Der Zigeuner konnte einmal seinen Ballon zu stark gefüllt haben, und durch die energische Aufwärtsbewegung gelangte das Mondhaus bis in den Bereich der Anziehungskraft der Sonne, und die schließliche ungeheure Höhe der Zigeunerwohnung war das Resultat der einander entgegenwirkenden Anziehungskräfte: Sonne und Erde. Aus dieser Höhe war ein Herabziehen des Mondhauses nicht mehr möglich. Aber bald merkte der Zigeuner, daß nun auch der Ballon überflüssig war. Er kappte also den Ballon über sein Haus, und nun nahm er seine Strickleiter, die zwanzig oder dreißig mal zu kurz war, um die Erde zu erreichen, und spaltete sie, um nicht zu verhungern, in ebenso viele Teile, und da sie von Haus aus dick und fest war, so gelang es; und wie einer, der bei einem Brand sich an einem zerschlitzten Betttuch drei Stock hoch herunterläßt, so ließ sich unser Zigeuner mit der zusammengeknüpften Strickleiter auf die Erde hinab; und unten kaufte er zunächst allen Hanf zusammen, den er kriegen konnte, und baute sich so erst eine sichere Verbindung mit der Erde. – Aber bald merkte er, daß sein Holzdach oben von der Sonne in Brand gerate, und jetzt erst legte er Theerpappen auf, und als diese regelmäßig sich entzündeten, aber ohne dem eigentlichen Dach zu schaden, nahm er sie regelmäßig ab und ersetzte sie durch neue, und die glühenden brachte er als Vollmond hinunter auf die Erde und verband mit diesem Gang gleich den der Verproviantierung; und der alte Zigeuner, der ursprünglich zum Stehlen sich ein Haus in die Luft baute, blieb jetzt droben – aus Gewohnheit. Und pflanzte sein Geschlecht und sein Metier fort. Und wenn er keine Zigeunerin bekam, holte er sich eine Assyrerin mit hinauf. Und sein Enkel vielleicht eine Lydierin. Und im Wechsel der Völker seine Nachkommen eine Griechin oder Römerin. Und noch spätere eine Gothin. Und allmählich wurde das Interieur des Mondhauses germanisch. Und der Letzte seines Geschlechts holte sich eine Krefelderin oder Xantnerin. –

Es wurde bitter kalt. Und der Leser, der über die soeben gemachten Ausführungen spöttisch lächelt, oder bedenklich den Kopf schüttelt, möge bedenken, daß ich mich zwischen Himmel und Erde befinde, und daß mein Herz, fast zerspringend vor Heimweh und Freude, im Begriff war zur Erde, wie zu einer Mutter, zurückzukehren. Die Kälte brachte mich auch zurück zu meiner Steige – Arbeit. Ein feuchter Dunst lag auf meinen Kleidern und auf meinen Haaren, ein Zeichen, daß wir den Dunstkreisen der Erde immer näher kamen. Wir mochten an die vier Stunden schon gestiegen sein. Es war aber noch immer stockfinster. Trotzdem glaubte ich, daß wir dem Tag näher waren, als der Nacht, denn die dämmrige Ausbreitung unter mir war eher heller geworden. Schwarze, gigantische Figuren mit insektenhaften Beinen sah ich unter mir lautlos sich hin und her bewegen. Ich glaubte, wir passierten jetzt das Reich der Dämonen, welches nach der mittelalterlichen, theologischen Anschauung zwischen Erde und Himmel inzwischen lag; es waren aber die Schattenbilder von Mondmann und mir, die von der gloßenden Mondkugel auf die Nebelmassen unter uns geworfen wurden. Bald tauchten wir auch in den Nebel ein, und sahen nun gar nichts. Trotzdem wurde es immer lichter, und zweifellos war für die Erde die Sonne im Begriff des Aufgehens. Sonach war diesmal der Mondmann um viele Stunden später daran, als vor zwei Monaten, wo er gegen Mitternacht unten landete. Ein eigentümliches Sausen drang von unten herauf; waren es die von der nahenden Sonne bewegten Luftmassen, oder waren es die Wälder, oder die Flüsse, oder das Meer, – kurz, ich fühlte, wir seien in nächster Erdennähe. Ich überlegte genau, welche Gänge ich zuerst machen werde, um meine Verhältnisse in *Leyden,* besonders der Universität gegenüber, zu ordnen, – als mich plötzlich ein schrecklicher Gedanke überfiel: wir konnten ja ebensogut in Panama oder auf Havaï herunterkommen, und ich war dann ohne Hilfsmittel unter Fremden oder Wilden, und eine halbe Weltkugel von meiner Heimat entfernt. Ich beschleunigte meine Kletter – Arbeit. Der dicke Nebel gab mir Hoffnung, daß wir uns in einem kalten und feuchten Klima befanden. Nach etwa einer Viertelstunde tauchten wir aus dem Nebel heraus, und – unter mir lag eine stark angereifte Wiese; es fiel mir ein, daß es ja jetzt Januar sein müsse; von einer Erkennung der Gegend war keine Rede; aber der Tag war entschieden im Anbrechen; nach etwa zehn Minuten kam ich gegen das Ende der Strickleiter. Zu meinem Schrecken sah ich, daß die Leiter nicht ganz zum Boden herabreichte, gleichzeitig aber auch bemerkte ich, daß sie umgeschlagen, und das umgeschlagene Ende weiter oben festgebunden war. An ein Losbinden dieses Stückes war aber für mich nicht zu denken, weil ich schon über die Stelle weg war. Jetzt noch vor Thorschluß, mit dem Mondmann in Konflikt geraten, war gar nicht nach meinem Geschmack. – Ich stieg also zunächst bis zur letzten Sprosse herab, um Umschau zu halten. Und da nur wenige Meter bis zum Erdboden fehlten, so nahm ich zum letztenmal die Kourasche zusammen, und ließ ich mich fallen. Ich kam zwar nicht sehr sanft auf dem gefrorenen

Boden an, aber doch ohne mich zu verletzen; trotzdem konnte ich nicht gehen, geschweige fortlaufen, wie ich beabsichtigt hatte, denn ich wollte vom Mondmann und seinen Geschäften nichts mehr sehen noch hören. Ich merkte, daß es die Ungewohnheit war, mich auf dem Erdboden fortzubewegen, denn ich machte lauter falsche Bewegungen und stieß überall an. Mit Mühe schleppte ich mich wenigstens von dem Platze weg, wo der Mondmann herunter kommen mußte, und bald war Mondmann, Strickleiter und Mondkugel für mich im Nebel verschwunden. Eine furchtbare Last, fühlte ich, löste sich jetzt von meinem Herzen. Und diese war so groß, daß ich über die Angst, ich könnte in einem fremden Lande sein, laut hinauslachte. Bald konnte ich meine Füße wieder richtiger gebrauchen. Ich ging in der eingeschlagenen Richtung immer weiter. Und nach wenigen Minuten erkannte ich halb im Nebel und von der etwas durchbrechenden Sonne fantastisch beleuchtet den Kirchturm von *D'decke Bosh.* Wir waren also, wenn auch nicht ganz genau an derselben Stelle, doch in nächster Nähe davon gelandet, wie vor zwei Monaten. Trotzdem konnte ich mich nicht allsogleich in der winterlichen Gegend orientieren. Und als ein Bauer aus der Richtung von *D'decke Bosh* herkam, frug ich ihn nach dem Weg nach *Leyden.* Dieser Bauer muß mir angemerkt haben, daß ich irgend woher kam, woher zu kommen nicht mit rechten Dingen zuging. Er schaute mich lange prüfend an; und endlich, wie den Versuch aufgebend, meine Person zu eruieren, wies er mit der Hand nach rechts, und sagte: *»Dort lag Leyden!«* – Er betonte das Wort »lag« in besonderer Weise. – Ich ging in der angegebenen Richtung, und bald konnte ich mich an einigen Brücken und Gewässern orientieren. Aber welches furchtbare Bild bot sich meinen Augen: Die halbe Stadt war abgebrannt, ein eigentümlicher Geruch lag in allen Straßen; von den größeren Gebäuden standen noch Kirchen, Universität und Magistratsgebäude. Vor dem letzteren, an dem ich vorbeikam, standen Tausende arme, halb – erfrorene Menschen und warteten auf das Austeilen von Brot. Eine furchtbare Leere in der ganzen Stadt; alle Wirtshäuser und die meisten Läden geschlossen. Endlich, nach langem Herumlaufen kam ich in die *»lüttje Straat«,* und pochenden Herzens stieg ich die Stiege meiner Wohnung hinauf, und klopfte an die mir wohlbekannte Thür; ein altes, greisenhaftes Weib ohne Haube mit zerzausten Haaren öffnete, und als sie mich sah, fuhr sie mit einem gellenden Schrei zurück, und fiel wie leblos auf den Boden.

Es war meine Hausfrau. Eine Scheu hielt mich ab, mich teilnehmend um sie zu bekümmern. Ich ging auf mein früheres Zimmer zu und drückte auf die Klinke. Mit einem Krach, als wäre sie eingefroren gewesen, ging die Thüre auf; gleichzeitig fiel durch die Erschütterung ein dicker Band, ein medizinisches Lexikon, von der höchsten Stelle des Bücherregals mit einem dumpfen Schlag mitten in das Zimmer; eine dicke Staubwolke schlug mir entgegen; alles war fingerdick mit Staub bedeckt; meine anatomischen Präparate verschimmelt; alle meine Papiere und Schriften gelb und eingebogen; an den Ecken und Kanten der Möbel Spinngewebe; auf dem Tisch mit der gestrickten Decke lag ein Schreiben, welches weniger dick verstaubt war, als die übrigen Gegenstände; ich nahm es und ging damit zum Fenster, um es zu lesen; auf dem Weg dahin passierte ich den Spiegel; ich blickte in das vollständig blind gewordene Glas und blieb fast starr vor Schrecken: mein Haar war fast vollständig ergraut; mein Gesicht zitronengelb und ledern; meine Augen erloschen, und um den Mundwinkeln hatte ich, wie festgefroren, jenen Zug der Bitterkeit, wie ich ihn beim Mondmann in seinen düsteren Stunden bemerkt hatte. Entsetzt wandte ich mich ab und versuchte in meinem Gedankengang wenigstens die grauenhafte Kouleur auf das schlechte Spiegel – Glas zu schieben.

Auf dem Weg zum Fenster fiel mein Blick in's Freie: ein schreckliches Bild der Zerstörung; nur schwarze Mauern und eingestürztes Gebälk. – Ich öffnete das Schreiben; es war von der Universität, und enthielt meine Relegation. Ich war erst fest entschlossen nicht zu weinen. Aber plötzlich wurde ich überwältigt. Und kaum fähig, mich noch aufrecht zu erhalten, machte ich noch einige Schritte, und brach dann schluchzend über meinem Bett zusammen. »Ach Gott!« – rief ich, auf den Knien liegend, und mein trockenes Gesicht in den staubigen Kissen vergrabend, – »ist das das Los, wenn wir aus Verzweiflung von der Erde fliehen, und andere Götter oder überirdische Gewalten aufsuchen; – zurückgekehrt, stoßen uns nun die Menschen auch von sich, und ohne einen überirdischen Besitz entdeckt zu haben, will man uns auch als irdische Bürger nicht mehr anerkennen, – und wir sind schwebend wie zwischen Himmel und Erde?« –

Biographie

1853 *12. November:* Oskar Panizza wird in Bad Kissingen in Franken als sechstes Kind des Hoteliers Carl Panizza und seiner auch schriftstellerisch tätigen Frau Mathilde, geb. Speeth, geboren. Er wird katholisch getauft.

1855 *26. November:* Panizzas Vater stirbt an Typhus. Die Mutter führt das Hotel »Russischer Hof« allein weiter.
Nach dem Willen der Mutter werden alle Kinder protestantisch.
Von der katholischen Kirche angefeindet und verfolgt, verläßt die Mutter mit den Kindern Bad Kissingen und geht nach München.
Verurteilung und Geldstrafe, Bestellung eines katholischen Vormunds für drei Kinder, die die Mutter vor der katholischen Kirche versteckt.

1860 Erster privater Unterricht.
Die Mutter bestimmt Panizza zum Geistlichen.
Ein Sturz vom Hochrad im Kindesalter führt zu einer zeitlebens anhaltenden Gehbehinderung.

1863 Panizza, der schwer lernt, wird auf das private pietistische Knabeninstitut der Brüdergemeinde in Korntal geschickt, um auf das Gymnasium vorbereitet zu werden.
Strenge religiöse Erziehung.

1868 Konfirmation.
Herbst: Schulwechsel auf das Gymnasium nach Schweinfurt.
Erster Klavierunterricht.

1870 Panizza wechselt auf ein Gymnasium in München. Schlechte Leistungen in der Schule.
Fortsetzung der musikalischen Ausbildung. Panizza hat den Wunsch, Sänger zu werden.

1871 *Winter zu 1872:* Mathilde Panizza nimmt den Sohn in München in ihre Obhut.

1872 Panizza verläßt das Gymnasium ohne Abschluß und besucht unregelmäßig die Handelsschule. Er erhält Privatunterricht.
Besuch der Gesangsklasse des Konservatoriums in München.

1873 *Mai:* Von der Mutter gezwungen, beginnt Oskar Panizza eine Lehre beim Bankhaus Bloch in Nürnberg.

August: Wegen schlechten Benehmens wird er aus der Lehre entlassen.
Herbst: Einjährig-Freiwilliger beim III. Bayrischen Infanterie-Regiment. Die Warnungen seiner Mutter vor den Konsequenzen halten ihn von der Desertion ab.
Erste literarische und kompositorische Versuche.

1874 *Herbst:* Entlassung aus dem Militärdienst und Rückkehr nach München aufs Konservatorium mit dem Wunsch, Berufsmusiker zu werden.
Herbst: Panizza erkrankt an der Cholera.
Gasthörer an der Universität, wo er philosophische Vorlesungen besucht.
Panizza ändert seine Pläne: Er will das Abitur nachholen und studieren.

1876 Erneuter Besuch eines Schweinfurter Gymnasiums.
Herbst: Glänzendes Abiturexamen.
Wintersemester: Beginn des Medizinstudiums in München.

1878 *Frühjahr:* Reise nach Italien. Vermutlich hier infiziert er sich mit Syphilis.

1880 Er promoviert mit dem Prädikat »summa cum laude« zum Dr. med. und erhält seine Approbation.
Militärarzt der Reserve in München.
Reisen nach England und Frankreich. Studium der französischen Literatur, insbesondere der Dramatik.

1881 Halbjähriger Aufenthalt in Paris.

1882 Rückkehr nach München.
Panizza wird Assistenzarzt in der Oberbayerischen Kreisirrenanstalt unter Prof. Dr. Bernhard von Gudden.
Depressive Gemütserkrankung.

1884 Aus gesundheitlichen Gründen und wegen Differenzen mit dem Vorgesetzten kündigt Panizza seine Stelle als Arzt.
Er wendet sich endgültig der Literatur zu.
Herbst: Fortan erhält Panizza eine ihm aus dem Familienerbe zustehende jährliche Rente von 6000 Mark.

1885 Erste literarische Publikation: »Düstre Lieder« (Gedichte).
Panizza läßt sich als praktischer Arzt in München nieder, gibt aber schon nach kurzer Zeit die Praxis wieder auf.
Von nun an lebt er ausschließlich von seiner Rente.
Herbst: Reise nach London, wo er sich bis zum Oktober 1886 aufhält.

1886 Literarische Studien im British Museum.

1887 »Londoner Lieder« (Gedichte).

1889 Zeitweiliger Aufenthalt in Berlin.
»Legendäres und Fabelhaftes« (Gedichte).
Panizza studiert die italienische Sprache und Literatur und reist nach Italien.

1890 Panizza verkehrt im Kreis der Münchner Modernen um Michael Georg Conrad.
»Dämmerungsstücke« (Erzählungen).
Beginn der journalistischen Tätigkeit, die für Panizza bis 1902 von herausragender Bedeutung bleibt.

1891 Panizza wird Mitglied der naturalistischen »Gesellschaft für modernes Leben« unter der Führung von Michael Georg Conrad.
20. März: Panizza hält in diesem Kreis seinen Vortrag »Genie und Wahnsinn«. Da er den von den Gegnern der »Gesellschaft« verlangten Austritt ablehnt, wird er aus dem Militärarztverhältnis entlassen.
Die Veröffentlichung seiner »englischen Erinnerung« unter dem Titel »Das Verbrechen in Tavistock-Square« hat eine Anklage gegen Panizza wegen »Vergehens gegen die Sittlichkeit« zur Folge, die jedoch zurückgezogen wird.

1892 »Aus dem Tagebuch eines Hundes« (Satire).

1893 »Visionen« (Erzählungen)
Unter dem Pseudonym Bruder Martin O.S.B. veröffentlich Panizza die satirische Schrift »Die unbefleckte Empfängnis der Päpste«, die umgehend verboten und beschlagnahmt wird.

1894 Erste dramatische Publikation: »Der heilige Staatsanwalt« (Komödie).
»Der deutsche Michel und der römische Papst«, eine antikatholische Kampfschrift, erscheint.
Herbst: »Das Liebeskonzil. Ein Himmelstragödie in fünf Aufzügen« wird veröffentlicht.

1895 »Das Liebeskonzil« wird verboten und beschlagnahmt. Gegen Panizza wird Anklage wegen Gotteslästerung erhoben.
30. April: Verurteilung zu einem Jahr Gefängnis wegen Vergehens gegen die Religion. Ärztliche Bemühungen, Panizza für unzurechnungsfähig zu erklären, scheitern.
8. August: Haftantritt in der Strafanstalt Amberg.
Theodor Lessing publiziert die Schrift »Der Fall Panizza –

eine kritische Betrachtung über ›Gotteslästerung‹ und künstlerische Dinge vor Schwurgerichten«.
»Der Illusionismus und die Rettung der Persönlichkeit«, eine individual-anarchistische, unter dem Einfluß Max Stirners verfaßte Schrift, erscheint.
11. Oktober: Uraufführung des Einakters »Ein guter Kerl« in Leipzig. Es bleibt das einzige Stück Panizzas, das zu seinen Lebzeiten aufgeführt wurde.

1896 *8. August:* Entlassung aus der Haft.
Oktober: »Abschied von München«. Das Werk wird verboten und beschlagnahmt, Panizza wird steckbrieflich verfolgt.
16. Oktober: Emigration nach Zürich.

1897 »Meine Verteidigung in Sachen ›Das Liebeskonzil‹«.
Juni: Gründung des eigenen Verlags und der Zeitschrift »Zürcher Diskußjonen«. Panizza veröffentlicht darin u.a. seine während der Haft geschriebenen »Dialoge im Geiste Huttens« und den Essay »Christus in psichopathologischer Beleuchtung«.

1898 »Psichopatia Criminalis« (politische Satire).
»Nero« (historische Tragödie).
27. Oktober: Panizza wird wegen des Umgangs mit einer minderjährigen Prostituierten, tatsächlich aber wohl aus politischen Gründen, aus der Schweiz ausgewiesen.
21. November: Umzug nach Paris.

1899 Von Paris aus setzt Panizza die Zeitschrift »Zürcher Diskußjonen« fort.
Dezember: Die Gedichtsammlung »Parisjana. Deutsche Verse aus Paris« wird wegen Majestätsbeleidigung (Wilhelms II.) in Deutschland beschlagnahmt und löst eine internationale Fahndung nach Panizza aus.

1900 *10. März:* Panizzas in Deutschland befindliches Vermögen wird durch die bayerischen Behörden beschlagnahmt. Panizza ist nun mittellos.
Erstes Auftreten der von ihm selbst als solche diagnostizierten Halluzinationen.

1901 *13. April:* Aufgrund seiner Mittellosigkeit reist Panizza nach München und stellt sich den Behörden. Er wird verhaftet.
22. Juni – 3. August: Zur Untersuchung seines Geisteszustands wird Panizza in der Münchener Kreisirrenanstalt untergebracht.
28. August: Haftentlassung ohne Angabe von Gründen. Ein

ärztliches Gutachten erklärt Panizza hinsichtlich des Verfassens der »Parisjana« für unzurechnungsfähig.
Rückkehr nach Paris. Panizza fühlt sich schweren seelischen und körperlichen Belastungen ausgesetzt.

1902 Die letzten Ausgaben der »Zürcher Diskußjonen« erscheinen. Damit endet Panizzas publizistische Tätigkeit; er schreibt jedoch noch bis 1904 zahllose Artikel für seine nicht mehr existierende Zeitschrift.
Verschärftes Auftreten verschiedener Halluzinationen. Panizza glaubt sich von Kaiser Wilhelm II. und dessen Mittelsmännern in den Wahnsinn getrieben.
Zunehmende Isolation.

1903 Panizza arbeitet an »Imperjalja« (bis April 1904, unveröffentlicht), einer der internationalen Presse entnommenen Aufzählung von Schwerstverbrechen, die Wilhelm II. direkt oder indirekt begangen und zu verantworten habe.

1904 *23. Juni:* Nachdem die Halluzinationen eine unerträgliche Intensität erreicht haben, verläßt Panizza Paris und reist nach Lausanne, dann nach München, wo er sich für zehn Tage freiwillig in eine private Nervenklinik begibt.
20. Juli: Panizza bezieht in München ein Zimmer.
9. Oktober: Selbstmordabsicht.
19. Oktober: Panizza läuft nur im Hemd bekleidet durch München und provoziert damit seine Einweisung in die psychiatrische Klinik.

1905 *Februar:* Panizza wird in die Bayreuther Heilanstalt St. Gilgenberg eingeliefert.
28. März: Panizza wird gegen seinen Willen entmündigt.
Er setzt seine literarische Tätigkeit fort.

1906 *7. November:* Datum der letzten schriftlichen, erhaltenen Äußerung Panizzas.

1908 *März:* Einweisung in das Luxussanatorium Herzogshöhe bei Bayreuth.

1914 »Visionen der Dämmerung«, eine Sammlung bereits früher veröffentlichter Erzählungen, erscheint ohne Panizzas Wissen.

1915 *13. August:* Tod der Mutter Mathilde Panizza.

1921 *28. September:* Oskar Panizza stirbt im Sanatorium Herzogshöhe an einem Schlaganfall und wird zwei Tage später auf dem Städtischen Friedhof Bayreuth beigesetzt.

Geschichten aus dem Sturm und Drang

Zwischen 1765 und 1785 geht ein Ruck durch die deutsche Literatur. Sehr junge Autoren lehnen sich auf gegen den belehrenden Charakter der - die damalige Geisteskultur beherrschenden - Aufklärung. Mit Fantasie und Gemütskraft stürmen und drängen sie gegen die Moralvorstellungen des Feudalsystems, setzen Gefühl vor Verstand und fordern die Selbstständigkeit des Originalgenies.

Lenz Zerbin oder Die neuere Philosophie **Wezel** Silvans Bibliothek oder die gelehrten Abenteuer **Moritz** Andreas Hartknopf. Eine Allegorie **Schiller** Der Geisterseher **Goethe** Die Leiden des jungen Werther **Klinger** Fausts Leben, Taten und Höllenfahrt
ISBN 978-1489596925, 468 Seiten, 19,80 €

Geschichten aus dem Sturm und Drang II

Wezel Kakerlak oder die Geschichte eines Rosenkreuzers **Bürger** Münchhausen **Schiller** Der Verbrecher aus verlorener Ehre **Moritz** Andreas Hartknopfs Predigerjahre **Lenz** Der Waldbruder **Klinger** Geschichte eines Teutschen der neusten Zeit
ISBN 978-1489597106, 424 Seiten, 19,80 €

Dekadente Geschichten

Im kulturellen Verfall des Fin de siècle wendet sich die Dekadenz ab von der Natur und dem realen Leben, hin zu raffinierten ästhetischen Empfindungen zwischen ausschweifender Lebenslust und fatalem Überdruss. Gegen Moral und Bürgertum frönt sie mit überfeinen Sinnen einem subtilen Schönheitskult, der die Kunst nichts anderem als ihr selbst verpflichtet sieht.

Rilke Die Aufzeichnungen des Malte Laurids Brigge **Huysmans** Gegen den Strich **Bahr** Die gute Schule **Hofmannsthal** Das Märchen der 672. Nacht **Rilke** Die Weise von Liebe und Tod des Cornets Christoph Rilke
ISBN 978-1489596833, 392 Seiten, 16,80 €

37384551R00085

Printed in Poland
by Amazon Fulfillment
Poland Sp. z o.o., Wrocław